江南义事

安达 著

江苏凤凰文艺出版社

图书在版编目（CIP）数据

江南义事 / 安达著. —南京：江苏凤凰文艺出版社，2023.9
 ISBN 978-7-5594-7459-9

Ⅰ.①江… Ⅱ.①安… Ⅲ.①长篇小说-中国-当代 Ⅳ.①I247.5

中国国家版本馆 CIP 数据核字(2023)第 003147 号

江南义事
安达　著

出 版 人	张在健
责任编辑	李珊珊
责任印制	刘　巍
出版发行	江苏凤凰文艺出版社
	南京市中央路 165 号，邮编：210009
网　　址	http://www.jswenyi.com
印　　刷	江苏凤凰通达印刷有限公司
开　　本	880 毫米×1230 毫米　1/32
印　　张	8.75
字　　数	200 千字
版　　次	2023 年 9 月第 1 版
印　　次	2023 年 9 月第 1 次印刷
书　　号	ISBN 978-7-5594-7459-9
定　　价	58.00 元

江苏凤凰文艺版图书凡印刷、装订错误，可向出版社调换，联系电话 025-83280257

目　录

第 一 章	摒弃富贵期功名	恪守祖训扬正气	……	001
第 二 章	居官无私把奸参	矢志不渝罢职还	……	013
第 三 章	欺君蔑旨乱朝纲	啸侣把臂述权珰	……	026
第 四 章	姑苏一方聚豪气	阊门五义结金兰	……	037
第 五 章	半仙设坛卜吉凶	狐鼠盈廷建生祠	……	045
第 六 章	大义凛然骂逆像	铁骨忠魂斗阉党	……	055
第 七 章	官船押解过吴门	同仁相惜结姻缘	……	063
第 八 章	秉性恒贞传闺训	茅屋萧条伴清风	……	071
第 九 章	太监九千岁作怪	东林六君子遇害	……	079
第 十 章	锦衣卫出京巡捕	七君子受旨遭逮	……	088
第十一章	仗势耍威民声沸	苦心煞费士气哀	……	100
第十二章	缇骑官出言不逊	吴市民举手无情	……	108
第十三章	周茂兰追船送父	朱祖文挺身报恩	……	117
第十四章	五人仗义掣风雷	知府感慨写捕告	……	125
第十五章	通政使换折护民	顾首辅出面劝君	……	133
第十六章	血溅诏狱叱奸贼	重刑上身折坚骨	……	141
第十七章	命运无常地断脉	魂魄不散天降灾	……	152
第十八章	击鼓申冤荒庙住	刺血上疏狱底探	……	164
第十九章	凶手残忍用极刑	顺昌冤屈留余恨	……	172
第二十章	太监纳妾虐民女	女史借机救姊妹	……	185

第二十一章	千秋留名垂青史	五侠赴义啸长天	……	199
第二十二章	遗命嫁女难分离	罹难魂归未有期	……	209
第二十三章	天子明理闲裁遣	首奸畏罪急投缳	……	217
第二十四章	阉党树倒猢狲散	良臣昭雪天下传	……	230
第二十五章	惩凶治恶解怨恨	毁祠建墓慰忠魂	……	238
第二十六章	追封忠臣天子令	树立丰碑万民仰	……	248
第二十七章	墓园无寂喜神守	弦歌不辍义风扬	……	257
后　记			……	271

第一章　摒弃富贵期功名　恪守祖训扬正气

> 江南只合士人生，
> 黄榜题名斗柄横。
> 青史谁能提笔写，
> 浩然正气有莘耕。

多年后，中了进士的周顺昌还不忘童年时自己跟在爷爷身边的所见所闻。

万历十一年（1583），在苏州城西郊外住着一户周姓人家，其主人叫周冠，所居房屋比周围一般的蓬门荜户稍宽敞些。周冠第九世祖是南宋宰相周必大，周必大是江西庐陵人，他与陆游、范成大、杨万里、朱熹等名家交游频繁，在南宋文坛居于领袖地位。周必大后裔一脉旅居苏州，至周冠五世祖时，举家从苏州府吴县迁居常熟，到周冠父亲这一辈，又从常熟迁回了吴县，其民籍系苏州府吴县十三都十三图。

是年，八月十七日黄昏，周家添丁。周冠认为：人性如天，即天命所归，顺之者昌，逆之者亡，希望后辈景况越来越好，能崇文，有卓越的文化才能，便给小孙子取名叫顺昌，字景文。

顺昌自幼聪明好学，在祖父的影响下，七岁就能诗善文，且生性耿直。祖父经常出对联与之戏玩。一次，祖父带他去城内沧浪亭，准备现场教他绘画，路上出了一个上联："园作棋盘亭作子，谁人会下？"小小的顺昌略一思索，指着路边的河，答道："巷当琵琶河当弦，哪个能弹！"口气比祖父还大。至园内，祖父又出一联："园里大树撑绿伞。"顺昌指着水塘中的锦鲤道："池中小鱼着红衣。"

周冠就是喜欢他这个孙子，后来他去任福建尤溪县的县学教谕，这教谕即是主管该县文庙祭祀，并教育该县所属儒生的小官，他把顺昌带去放在身旁。

那时，顺昌专心博览群书，时常旁听祖父教课，听得最多记得最牢的是祖父授给别人的言语："为官为将为师，要立德立言立功，要无贪欲无空话无官气，要有操守有条理有修炼。"他一直记得卧室墙上挂着祖父亲手写的唐朝李翱的警句："理辨则气直，气直则辞盛，辞盛则文工。"

少年时，顺昌平时只要稍有轻浮戏谑言语，祖父就会板脸喝止。他接受的尽是"仁义礼智信，温良恭俭让，忠孝廉耻勇"之类的教育。顺昌十三岁那年，祖父任浙江衢州龙游县令，不久因病去世，遗留《经书旨》于世。顺昌心中铭记书中勉励之句，口诵不绝，永誓不忘，以至一身都恪守祖训。

顺昌二十一岁时，经考试中得了秀才，系吴县儒学附学中的一个生员，即儒生。他已长得六尺身材，浓眉大眼，鼻直口方，髭须连鬓，一派正气。他性聪颖，识时务，善豪辩，遵道守义，时登讲席，从不自满，声誉远扬，并享受官府奖励的公膳津贴。闲时，他喜欢用工笔画墨兰、松鹤，并间描山水，其技艺可谓神韵天成。

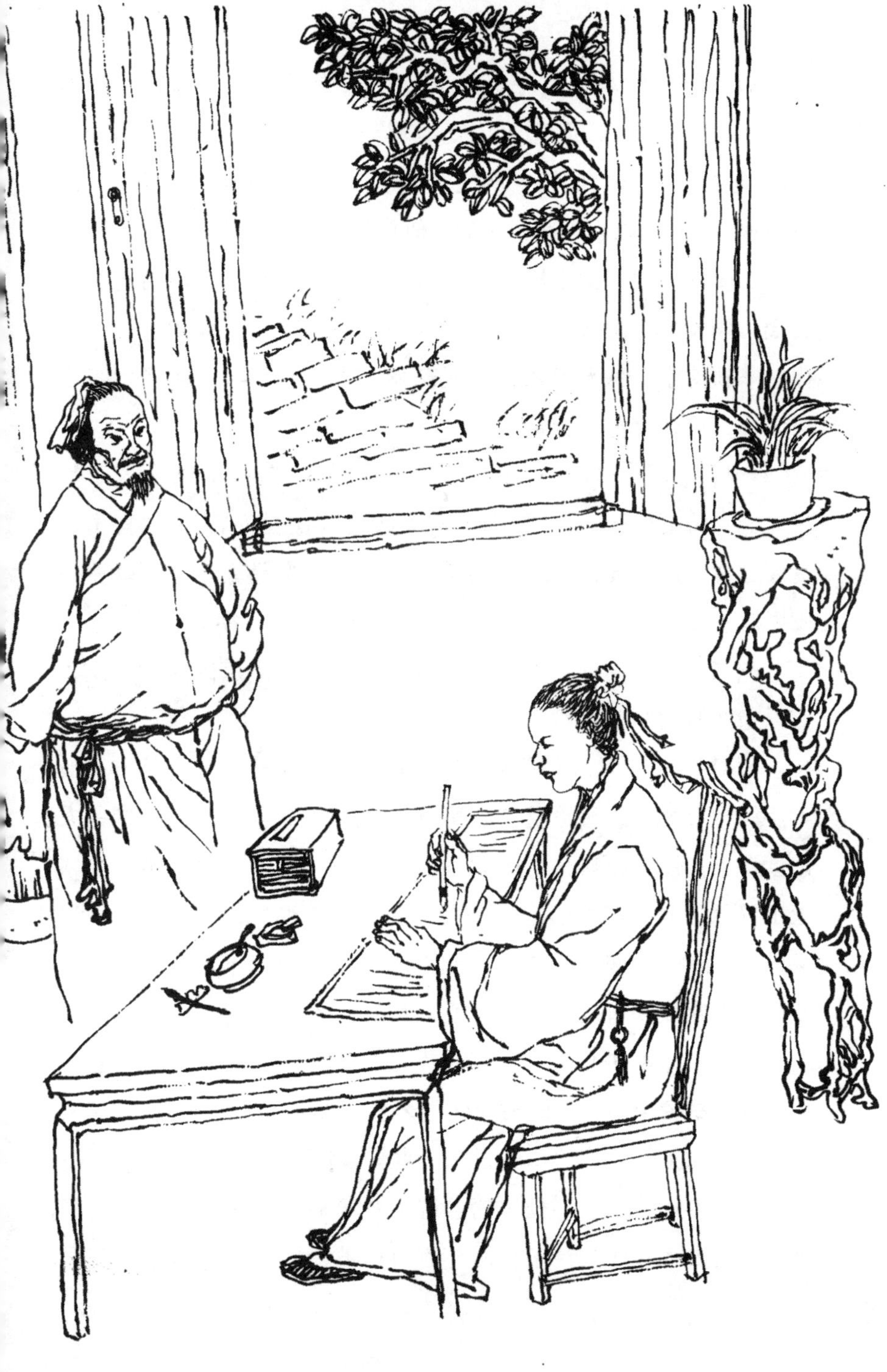

顺昌年轻时与好友喝酒贪杯，一次喝醉了，他母亲告诉他"醉必伐德丧仪"，还让他认真地写一个"醉"字，并要解释一下。经过反省，他回答："醉之从'卒'，卒，终也，危辞也，故应戒也。"从此以后，遇到应酬，他总是推托，未曾多喝过。

二十四岁时，父亲周可贤与母亲张氏相继抱病，顺昌与夫人吴氏一同奉养。父母病逝，家贫未葬，只得安厝于庙内。夫人吴氏，辛勤持家，身无锦衣，首无珠翠，食无甘脂，所生子女，皆自乳养，被亲友称为贤媛。

一日，同学朱陛宣对顺昌戏言道："梦见棺材，将要做官；梦见大粪，将要发财，你呢？"无官无钱的周顺昌回答道："官本是臭腐之物，所以要想做官就易梦见死尸；钱本是粪土，所以要想发财就易梦见粪便。"此番言论，被当时身边的人视为笑谈。

顺昌二十九岁时，参加应天府乡试，经过学道的科考录送，遂以遗才身份列为乡试前茅。

面对世风日下，人心不古，顺昌常与同学朱陛宣、邹谷、殷献臣等相互砥砺，每论及世风问题，他愤然誓言道："我们这些人饱读诗书，浏览经典，目的就是激贪厉俗，笃志为民，实现儒家士子寻常的悬壶济世的抱负。人生平庸世故也罢，但不能不讲仁义道德，迷失信仰！若今后真能得志，自己一定不忘本心，决不会做追求富贵荣耀、图谋私利等令人羞耻之事。"

顺昌三十岁进京会试，有人托他和同学携带财物，欲逃避关税，虽然酬劳丰厚，可顺昌与同学朱陛宣坚决拒绝，他道："应试之人怎能做欺君负心之事，岂能自食誓言？"

顺昌参加会试，连登甲榜。进士及第后，顺昌在太学行过释褐礼，脱去布衣而换穿了官服。他当初被授的官职只是个杭州司理，司理即是主管一方狱讼刑罚之官，也叫推官。

在京师的杭人为其置酒相贺，席间演岳武穆事，顺昌不胜愤怒，便上去举拳将饰演残害岳飞的奸相的伶人一顿捶打，过后却一走了之，举座皆惊！明日，友人问故，他道："昨遇不平，打秦桧耳。"

当时，叶向高为首辅，他一直推崇前首辅申时行之继承东林之正气，闻之道："吾邑刁顽难治！"于是改派顺昌去他家乡福州就任推官。

是年冬，顺昌赴福建前，便道还家。

到家后，他为勿忘其父母之德，取《诗经·小雅·蓼莪》中"蓼莪"（追思长辈恩德）之意，自号为蓼洲。并将书斋取名"蓼庵"，且撰有一联曰："咬菜留先泽，焚香问自心。"

未待几日，顺昌谒父母灵柩，慎终思远，悲伤泣拜后就赶紧行路赴任。

旅途中，周顺昌想起临别时，学友朱陛宣、邹谷两人送自己至城外大运河畔浒墅关，即赋《赴闽口占》一首：

半载联镳驻帝京，
都门一别又分行。
海波遥挹南天转，
闽树高连西塞横。
旅店夜灯孤照影，
驿梅寒雨暗流声。
八闽三晋皆王土，
共咏甘棠万古情。

要说做官之人，捞油水的机会可多得是。顺昌在动身赴福建前，苏州有个同姓的年轻人因酗酒犯事，在审判前，其母送来百两银钱，恳求顺昌至巡抚江南的都察院御史徐民式处说情，顺昌了解了具体情况后，果断予以拒绝。

也巧，徐民式也是福州人，他儿子在福州也因杀人犯下死罪，得知顺昌去他家乡福州赴任推官，便登门拜访顺昌，亲自恳求其审案时手下留情。顺昌说："若查明贵公子没有杀人，就立即释放；若真的杀了人，我宁可丢职也不徇私枉法。"

徐民式悻悻离去，待顺昌出发船至湖州，他还派手下中军拿着厚礼和亲笔信，再次来请托，却又被顺昌毅然拒绝。

到福州后，顺昌根据案子实情，依法惩处了徐民式的儿子，没有徇私枉法。

顺昌刚到福州任上不久，就遇到了一件非常棘手的事。

当地有一名税监，名叫高寀，是陕西米脂县人。他原本是当地乡下一个偷鸡摸狗的无赖之徒，一次偶然的机会，高寀凭着会唱几段打情骂俏的小戏，混进了陕北一支正在调往京城的军队。军队到了京城，高寀也没有手艺，只能跟着一些乡下进城做工的泥水匠一起干活，才勉强吃饱肚子。

一次在一个修造府邸的工地上干杂活，东家时不时来看现场，听了高寀哼唱的乡间野调，觉得有味，这个东家就是魏忠贤。

后来，高寀被东家魏忠贤叫出去到饭馆，在他吃喝时让高寀说唱小调，为之助兴。高寀尽情发挥这点技能，攀附上了魏忠贤。后来，高寀便将曾在一起干过活的另一名同事侯兴的妹子，介绍给魏忠贤做了第五房姨太太，并声称"厂爷就是咱的亲生父母"，终于得到了魏忠贤的提携，被派到福州做了一名监税官差。

高寀在福州任上已有多年，他勾结当地地痞，充当爪牙，横征暴敛，为恶地方，持富敌国。其爪牙历年搜刮百姓，买货却不付货款。百姓索要拖欠的货款，高寀就令人放火烧其房，作恶已达三十余次，杀死二十余人，平日随意关押市民无数。他的恶行终于激起地方"民变"。商民无奈，冲至税监府门，讨要说法。高寀竟敢以巡抚之子当人质，而逼地方官严惩平民。顺昌视之，挺身而出，坚持正义，在临危之际，主持公道，免了百姓一难。

一次，一些百姓反映，高寀一伙每年收得福建地方税银无数，而只有不到五万两上交至内库和工部。周顺昌根据线索逮住经办人，一下子搜出了他们贪污的几十万两银子。

被抓住把柄的高寀，连夜急送周顺昌巨额礼金和一些细软珍玩。周顺昌觉得他所送的这些赃款赃物也是他贪来的，看都不看一眼，感受到这是在侮辱自己，顿时心中生起怒火，便下令衙役绑了高寀手下的几个爪牙。

查实案情后，周顺昌将那几个爪牙腰斩于市，并向朝廷参奏高寀一本。高寀终于被朝廷革了税监之职，他在福州所贪税银皆被没收，以充国用。

福州一害被除后，百姓欢欣鼓舞，知道周顺昌刚正不阿，奉公拒贿，廉洁不染，上不负皇上，下不负黎民，人品像冰雪一样晶莹剔透，便有人送他一个"冰条先生"的外号。

在此期间，面对官场不洁，顺昌曾上疏圣上建议重立《戒石铭》:"尔俸尔禄,民膏民脂,下民易虐,上天难欺。"得以采纳颁布。原来,宋灭蜀后,宋太宗将五代后蜀皇帝孟昶整饬吏治的《颁令箴》缩写为这四句。南宋时,高宗同意监察御史宰相周必大的建议,把诗人黄庭坚书写的这一《戒石铭》作为祖训,曾经颁旨要求刻石置立于各府、州和县级衙门大堂前。至明朝,太祖朱元璋还明确下令建造亭子保护刻石,故称"戒石亭",用以提醒所有官员不得贪赃枉法。顺昌像其祖上周必大一样上疏倡义。

在福建履职期间,顺昌非常关心民生,事事亲为,勤劳勤勉。而他苏州家中的生活竟然靠借贷度日,还经常发生有亲友上门讨债之事。妻弟吴公如写信相告,顺昌回信道:"负诸亲友,尚有还日;取诸民间,必无还期。"他宁愿继续负债,得罪亲友,也不愿在福州任上贪污一毫民脂民膏。

顺昌三十七岁时,已任满六载。遗爱在口碑,直道在人心,其在政绩考核中被列为上等。到期卸任时,顺昌暂被拟为礼部主事,候选。

别闽回乡那日,福州的绅民相率送行,恋恋不舍,送之最远者达百里之外。诸如建祠塑像、勒碑易靴之事,顺昌事先就曾告诫,一律不许。他回乡依旧与赴任时一样,随身仅有一担行李。

顺昌回至家中,有友人视其所居之房屋,仅有四小间和一个院落,甚是狭隘,便劝其复兴祖业。他满足地说:"吾视此有广厦之安矣!"并拿来笔墨,落下"儒有一亩之宫,自不妨草茆下贱;士无三寸之舌,何用此土木形骸"这一手迹示人。意思是:读书人有一方简陋居处,自己不妨放下身段在房前屋后视锄草为耕;士人若无雄辩的才能,苟用此屋藏身又有何为?

顺昌祖上遗留下来有不少田地与房产,至顺昌父亲周可贤手中，因接济别人，分予家仆，结果至顺昌时所剩无几。

顺昌出道做官赴任前，他想房屋多了，需要更多的仆从，开销必然增多，哪里取之？谋取民脂民膏，是违背自己意愿的事，便将部分房屋低价转卖给了别人。

房产恰巧转到一个仆人手中，该仆人揣测顺昌有赎回之意，便托人对顺昌说："如果其手头不便，赎钱不能一次付清的话，可以慢慢地偿还，该仆将房屋打扫得干干净净，还坐等顺昌来赎回。"

然而，顺昌却委婉谢绝了。他认为自己除非去做官搜刮民脂民膏，才能有条件恢复自家祖业。因为明朝的俸禄标准是中国历史上非常低的，一般仅够维持自己和家人吃饭而已。正因为俸禄较低，明朝官员大多易违心图贪。也只有像性情耿直、志在兼济、锐意进取的部分江南有识之士，如一些东林学子，秉持"修身、齐家、治国、平天下"的儒家思想，才诚意、正心、洁身自好，能真正为民请缨，遵循公理。

不以物喜，不以己悲。迈入仕途，自俸资外不可取，践行这些早年笃志为仕的初心，是周顺昌等大多数士子一生追求报国治政的志节。

周顺昌回乡居住这年秋天，吴县米价忽然狂升，米市昼掩，百姓待嗷。顺昌得知是人为操纵所至，便找到吴县知县，力擒首恶，宽其余党，安了民心。

不慕富贵，安于清贫，面对困境，坦然顺受。顺昌特别崇尚圣贤与豪杰，认为做人当如松，历寒不衰，铁骨铮铮，壮志凌云。归来后，他还喜欢书写宋代周敦颐"老子生来骨性寒，宦情不改旧儒酸"之诗句示人，也算是自嘲。

顺昌总是认为，凡情，皆体现于忠、孝、廉、节之事中；凡趣，皆独于诗、酒、花、月中见之。情趣之乐，并非在做官与聚财之中。

中进士后，顺昌依旧素衣敝屣，他曾对好友文震孟道：弟独居蔬食，饮食男女，一无所事，馈赠书牍，尽行文娱。又对好友殷献臣道：至求田问舍、积玉堆金，视头上乌纱若捧夜光珠行乞，唯恐失之，实不能也。

暂居苏州待业时，顺昌闲来无甚事。一日，他约朱陛宣一起游灵岩山，想顺便去天平山拜谒范仲淹墓，陛宣应允。中午，两人到达木渎小镇，一番小饮后便上山。

登山途中，顺昌忽然想起了自己十年前游天平山而创作的《听莺赋》一文，记得当时自己得意挥毫，录成法帖，送赠好友文震孟。今临灵岩，又听莺鸣，不觉忆念，不知文兄在京近况何如，离京未别，即刻补诗而出：

此日边烽接帝都，
忍将归计向征途。
十年怀抱樽前尽，
且向青山学钓徒。

顺昌边做边吟，到达灵岩山顶庙里，陛宣向和尚讨得纸笔，为之录下。顺昌又即兴作了一首律诗：

灵岩荒草埋游路，
野老相携到上台。

香泾花残虚辇过,
庑廊叶落见僧来。
迹留石藓人千古,
力尽藤萝酒一杯。
七十二峰湖上晚,
登临末了卧青苔。

心往何处安？君子不器，一介书生，生不逢时，无矫正世道人心之力，不如无官一身轻，做个民间野老该有多好啊！顺昌告诉陛宣：这次归来，不管朝廷怎么对待自己，自己已无心再入仕途，练字习画，教教学子，与学友们诗词唱和，岂不乐哉！

至天平山仰天坞时，顺昌拜谒了先祖周必大题写的《游山记》，以及周必大为范成大所写的两块墓碑。顺昌想起范仲淹少时贫而苦学，有断齑画粥的故事。他十分叹服先贤范仲淹的人生忧乐观，便对陛宣道：范仲淹少贫，曾住在山间庙里读书，昼夜不息，每日仅用两升小米煮粥，隔夜粥凝固后用刀切成四份，早晚各吃两块，再切一些腌菜佐食。如此三年，经过一番苦修，通过科举考试，范仲淹终于晋升为官，岂不是我辈学习的楷模？

"蓼洲兄，你如今要学范公，这可真不是时候！"陛宣道，"如今世道衰微，人心不古，豺狼当道，你若要唤醒世人，涤清世道，即便你付出生命的代价，也怕难改世风！"

"是啊！"顺昌长叹道，"为官是要胸有大义，肩有责任，唉，如今为国为民，寸心难表！"

"还要为国为民？朝中那魏贼，凶险残恶，专害忠良。据说他还生取童子脑髓，和与药饵，祈阳道复生，能予女子接种，可有此事？"陛宣问。

"忠君爱民，屈身事莽，是为官本分。"顺昌答道，"至于那魏阉收买幼童，刳颅脑，以试方术，是为秘戏。在福建时，似乎有所耳闻，说那高寀过去就是为魏阉收买童子的线人之一，可惜本人任期已至，未能取证。"

"真是残酷！"

"此事也许不假！"

第二章　居官无私把奸参　矢志不渝罢职还

> 青松寒立不卑躬，
> 独自巍然傲上空。
> 阉党妖风吹勿倒，
> 冰花玉树郁葱葱。

山清水秀的江南，民风淳朴，人勤物丰。江南名城苏州，古为吴地，简称苏，史上亦称姑苏、平江、东吴、吴中等，有二千五百多年历史，是吴文化的发祥地，位于东南沿海的长江三角洲中心区位，抱太湖，依长江，有"人间天堂"之美誉。唐朝贞观之治时，全国分为十道，苏州属江南道。由于疏浚后的京杭大运河这一"黄金水道"贯穿而过，逐渐升为江南地区唯一的雄州。

至明朝，由于历届官员都注重兴修水利，使得农业发展势头较旺，农民特别重视种桑养蚕，苏州便成为全国纺织丝绸业和商业之中心。盛世江南，经济繁荣，文化也昌盛。每期科举考试，江南一省的上榜人数就占了全国的近一半，于是有"天下英才，半数尽出江南"一说，且廉吏之多也不胜枚举。

天启元年（1621），周顺昌年三十八，被授为吏部主事。这年上任，他不携家眷，单身赴京师就任。在京城就职时，顺昌由于刚直忠贞，兢兢业业，不几月，升为文选员外郎。他想起原东林首魁顾宪成，曾同自己一样任此官职，便时常告诫自己，见贤思齐，以其为师，为振兴吏治，必须革除朝野积弊。

寓京师时，有人愿以女为顺昌妾，顺昌坚决拒绝，曰："吾与妻盟心久矣，义不负吾糟糠之妇也。"

这期间，他敢于慷慨言事，疾恶如仇，崇尚正义，不满阉党言行，便加入江南有名的东林书院，结交了许多东林人士。

天启五年（1625），应天巡抚周起元因上疏弹劾阉党而遭削职，顺昌满腔悲愤，为其归乡送行，指斥无讳，作《送中丞绵贞周公南归序》一文，遭御史倪文焕弹劾。此时，周顺昌因与选拔官吏的吏部职掌相左，也不待任满，请告还乡。

是日，正是北国银装素裹的冬季，京师彻骨的寒风席卷着铺天盖地的大雪，叫人闭户难行。辞归的周顺昌，也因惦记远在千里之外苏州生病的妻子，便立即退还位于宣武门内西单石虎胡同所租房屋，打发了助手和用人，自己准备冒雪返乡。

雪花蹁跹，妖娆似蝶。背着简单的行李，周顺昌迎着早晨刺骨的寒风，踉踉跄跄地走在大街上，欲去找马车。顺昌本想抽空去告别一下在京任首辅的好友文震孟，无奈天气不佳，又听说他近日烦事缠身，就此作罢，更因思家心切，无空去登门，只好提前上路返乡。

一路上，因天气不好，南下的航船很慢。望着死气沉沉的北方冬景，周顺昌感慨万千，记得秋天时妻子来信，又问双亲未落葬的事，无奈旧事忧心，又忆起秋日里自己写的那首《愁》诗：

独坐雁声急，

风高秋气空。

家书千里外，

旧事一尊中。

北地兵戈满，

南园草木丛。

朝来看壮发，

强半欲成翁。

他一路在船中反省，自思自己平日里口太快，心太直，肠太热，自今可一切不问，也许可以慰安守静，只为国无尽忠之人而隐忧，又为缺少一些意气相投之人而遗憾，还有对留京友人的惦念，以及自己胸中块垒无处倾诉的郁闷。

几天后，一个傍晚时分，船只终于到了姑苏城外。

今日江南也遭一场多年未遇的大雪，雪花正纷纷扬扬地落在大运河的水面上。先见虎丘塔，再见姑苏城。远远地望去，虎丘云岩塔与枫桥铁铃关上的旗杆，静静地在天空中竖立着。隐隐约约，渐渐地又闻寒山寺那闲闲的鼓声。

船停了，上得岸来，他好像一下子将在京城遭受的不快之情忘却了，并不感觉到寒冷。掌灯时分，迈着沉重的步子，他回到了阊门外林家巷的老宅。

叩开院门，管家顾阿大急切地回头喊道："夫人，夫人，老爷回来了！少爷、小姐，老爷回来了！"进入院门，只见廊檐下正在玩雪的儿子茂兰与女儿茂芹飞跑过来，围住父亲。

面对风雪夜归人，整个家庭顿时充满了喜洋洋的气氛，这也给身体欠佳的夫人吴氏,一下子带来了不少心理宽慰,也乐得丫鬟芸香走起路来一蹦三跳。

整个寒夜,周顺昌叹着气,难以入眠,给夫人讲了一些京城所遇之事,以及罢职的原因。

当今朝中,宦官魏忠贤篡权,结党营私,搞得朝廷上下地黑天昏。阉党分子掌管东厂与锦衣卫特务机构,胡作非为,训练亲兵,到处派出密探,侦听朝臣言论,出入宫闱,矫旨办事,权势熏天。

那权奸魏忠贤,本名魏二,出生于太行山东麓的河北肃宁县魏家庄,七岁时上过一年多学堂,因贪玩根本没有识得几个字,逃学后就偷鸡摸狗,混在下九流群中多年,养出了滑头无赖、见风使舵的本领。

稍大后,魏二投靠一远房叔父,学过厨艺,渐成大厨,这是他唯一的正当手艺。因染吃喝嫖赌习气,被其叔父遣回。父母早年夭折了一个大儿子,为了拴住剩下的独苗魏二,让他走正道,十七岁时就给他娶了老婆冯氏,第二年他们养了一个女儿。

魏二喜欢赌,因此欠下了不少债。父亲劳累过度病逝后,生活困难,母亲活不下去,便嫁到了一个姓李的人家。魏二为了得到援助,投靠继父,改了姓名,叫李进忠。他秉性不改,嗜赌成性,落到穷家难维,最后只好将五岁女儿卖掉。女儿被卖给一个叫杨六奇的人家当了童养媳,老婆冯氏不得已出走改嫁。对冯氏,传说魏二平时就不怎么待见她。魏二心仪之人是其姨母家的印月表妹。可是魏二在十七岁结婚那年的一个夏日,与十六岁的印月在村外树林中玩耍时,见印月玉颈白嫩,香肩圆润,以及那胸口的饱满,就先夸她皮肤长得白皙,上前抱紧不放,血液喷张,把她给糟蹋了。

挣扎中的印月将魏二的耳朵上部咬裂了,所有亲朋好友都知道这两个人的事。印月曾与邻村一侯姓定过娃娃亲,失贞后无脸在家,就离家出走,跟随一个戏班子远走他乡去了。魏二也后悔一时胆大,从此失去了表妹。在以后多次喝醉酒时,魏二还念念不忘印月,总是要将心里话说出来,甚至恨不得要把自己阉掉。

后来,魏二受债主追逼欺辱,在家乡待不下去,逃难乞讨,母亲也因他而气绝身亡。

无路可走的光棍魏二,信了一个算命先生的戏言:"戒赌戒淫,受刑后必定富贵长久。"他觉得反正无脸见亲友,也无家门可辱,靠寺庙可是有吃有住,不愁生存。

魏二为了扭转自己潦倒的境况,想到进宫当太监这一途径。要走进宫谋生之路,那就要等待应招太监的时机,这不能不说是孤注一掷的赌注。能当上太监也不是那么容易的,因为民间百姓生活疾苦,走投无路的人当太监也是一条谋生之路。

经过反复思考,魏二决定要做阉人。为此,魏二特地出去拜师咨询,还现场观看了他人手术的全过程。

为省去刀子匠动手的六两银钱手续费,他决定私自阉割。根据大明法律,太监的选拔也是有程序的,况且每年被选上的也不过十分之一二。入选的对象一般是未婚男子,而他已结过婚,并不符合条件,那就需要隐瞒事实,到邻县去报名。而且,私自阉割要是被举报,会被判流放,甚至会遭杀头之祸。因为男子阉割后非男也非女,目的是"嫁"到宫里,不可有欺君行为。

魏二没有生存的好办法,也没钱去找专门机构的净身师。经过深思熟虑,他先饮酒壮胆,咬牙挥刀自己干,真的将自己的命根子割了。

伤势好些后，魏二流浪乞讨，夏住荒郊，冬住破庙，乞讨过大半个肃宁、涿州二县。他积聚了些零钱，跑到了京城，可依然不知怎么能进宫。只得到处打听，眼巴巴地等待机会。

找柴必需上山去，找水必需寻水源。机会来了！魏二在富人居处区经常打转，搓手探头，四处觅缘。没过多久，他找到了为一个大户人家担水的活儿。他央求该户管家，再另给他找个帮工打杂的机会，管家见他言辞豪爽，精明能干，就将他引荐给了主人。找得巧，该主家就是宫中一个司礼的秉笔太监，并司东厂提督的孙暹公公。很快，由于魏二勤快会做，被孙公公带到宫内，做起了扫马圈的活儿。

自此，他进了宫，恢复了原来的姓，改李进忠名为魏进忠。

在这皇家禁苑，他到处留心，夹着尾巴，装傻卖乖，深得人心。他有善于攀高结交的本事，跟在管事的头儿后面，屁颠屁颠地跑，接着又做了名小厨。

一段时日后，他悉数掌握了宫中各类规矩、办事程序，以及人事关系等，时不时还出宫到文殊庙去拜师学习佛理，请教处事经验。

一晃十来年过去了，他混得不错，升了小级。因他会厨艺，给矿税太监邱乘云开过不少小灶，由此结交。

这邱乘云，先前也曾做过孙老公公的掌家，现在还是在孙公公麾下。魏进忠为其鞍前马后，做菜端饭，打水扫地，洗脚端尿，侍候得可算周到。经邱太监的提携，孙公公的准许，魏进忠出宫跟着邱太监做马仔出使，进驻到四川云安县一个银矿，做了一个小矿监。

后因当地土著民众罢矿，邱太监诬陷一个地方官员，以致该官员入狱，并病死于狱中。这病死之人就是史上有名的"女贼"秦良玉的丈夫。

这个邱太监，后来终究得了报应，在他移官重庆府衙时，意外被人报复，在一个夜晚丢了首级。

于是，没有人领管的魏进忠也就回了宫，继续做起了原来扫地的活。接着，他利用在矿上捞到的一些银两，孝敬马公公。

经马公公的安排，魏进忠来到了司礼太监王安身边，进入皇家内库，在甲字库做收纳。这份差事，就如仓官硕鼠，可美坏了魏进忠。

这一转折，使他手头富足，有权就有钱，从此，他便发了迹，广交有权有势的太监，终于有机会在宫里侍奉皇太子朱常洛以及皇孙朱由校。

接下来几年，紫禁城、宫上宫下、宫内宫外，连环恶斗，确实发生了不少事，以至在一个月左右驾崩了神宗（万历）、光宗（泰昌）两位皇帝。

这一段时间他干了些什么？

他学了文化也识了一些字，掌管了东宫御厨，贴身侍候皇孙朱由校。在宫内发生的"妖书案""巫忠案""梃击案""红丸案"几大案中，还轮不到人微言轻的他直接参与。

万历神宗驾崩后，光宗朱常洛登上皇位，光宗因长期情绪压抑而沉迷酒色，又因郑贵妃欲扶亲儿福王为太子，买通奸医给光宗吃错药，仅一个月光宗就驾崩了。

在争夺皇储（皇位的继承人）的"移宫案"中，做了"主角"的先帝遗孀李选侍，也欲扶自己的亲儿上位，企图垂帘听政，将皇长子朱由校隐藏于暖阁，自己住到了乾清宫。

乾清宫可是帝权的象征，如不让太子在此龙袍加身和佩戴皇冠，也就无法登位行使帝权。后来在大臣杨涟等人干预下，李选侍只好被迫移宫。

魏进忠因协助过李选侍，因而事后惶惶不安。

太子朱由校如期登位，次年改号为天启，称为熹宗。

朱由校生母死得早，对乳母客氏念念不忘，他不忘那被搂在怀中的体暖，这也是人之常情。

朱由校继承皇位，年方十六，尚未大婚，情窦萌动，被三十出头的妖艳客氏诱惑，众人惊骇不敢言。宫中规定奶妈完成使命必须离宫，朱由校却不顾众臣反对，将客氏留在了宫中，对其倍加护爱，封其为奉圣夫人，任凭其出入宫禁，貌似国母待遇。

当时客氏为了掌握宫内各种信息，必须利用太监，她与太监魏朝打得火热。魏进忠若要接近客氏，魏朝就成了他的障碍。魏进忠将贪来的一棵硕大的东北人参送给大太监王安。王安被感动了，帮魏进忠除了魏朝这个"情敌"。于是，魏忠贤与客氏成为相好，被赐为"对食"。

这年，经客氏的帮助，魏进忠掌管东厂。他一上任，正巧得知有人准备在皇帝成婚那天进行反叛。他破获了这桩大案，立了大功，被天启皇帝赐名，改"进忠"为"忠贤"。

一段时间后，魏忠贤为了达到向上爬的目的，与客氏合谋，恩将仇报，找到王安辞官这个机会，在皇帝面前道他"口是心非"，使王安这个三朝老臣下台，自己升为司礼掌印太监。

魏忠贤顺利扳倒了对其有恩的王安，可自己是文盲，看不懂一般奏折，更不能秉笔，只好将这个位子给了自己的亲信王体乾。

接着，魏忠贤又利用被王安整过的手下人刘朝，残忍地将王安这个正派的太监，杀死于南苑海子里，并瞒着皇帝，说其畏罪自缢而亡。魏忠贤差人在南海子边上空地里，一把火将其化为灰烬，不留一点痕迹。

就这样，魏、客里通外联，利用皇上弄权，势焰滔天，培植党羽以树私，窃取威福以惑众，收拾一些不顺其眼的朝臣，可谓小菜一碟。魏忠贤篡权朝廷，贪财纳贿，卖官鬻爵，广纳干儿继孙和一些干将，有什么"十孩儿、四十孙"，特别能干的有"五虎、五彪、十狗儿"。从内阁到六部直到驻节巡抚，都有他的亲信。

明朝不设丞相，由内阁辅佐皇帝管理国事。内阁提事，按照意旨草拟一个意见，然后经皇帝点头交给司礼监批红，就是圣旨。有时皇帝嫌烦不管，就由司礼监直接批红。把内阁和司礼监掌握在手，魏忠贤也就等于完全把持了朝政，使得群臣争相攀附他。

魏忠贤原来是个文盲，他嫉妒别人读书，掌权后就拆除了一些书院。阉党分子朱童蒙启奏诬陷都察院的左、右都察史邹元标、冯从吾，说他们在京创办首善书院，是东林派士子在倡立门户、结党拉派。邹、冯甚至还希望皇上也能参加经筵讲学，以免被嫌疑是树立门户。其结局当然是遭魏忠贤一伙忌惮，这两人被罢了官。

周顺昌看不过朝廷这些事。他也是东林一员，不肯趋炎附势，还经常积极与良臣一起讨论如何上疏参奏权奸。现在时运不济，权奸得势，嚣张跋扈，自己不得不先罢职南归……

周夫人听了半夜老爷说的关于魏忠贤的事，不禁凄然长叹。
正是：律己以严重社稷，只身孤影傲尘寰。

当晚，周顺昌久久未能入睡，想到离京匆忙，未能与好友文震孟告别，便拿起笔写封书信给他，开笔略微寒暄后，便感叹道：

孤而不介，可见吾辈立身，全要一副铁肝石肠。魏公亦不过吃寻常茶饭，小变大行景色耳，便众镝（箭头）交加，无能自展，可惧哉，可惧哉！姚（希孟）公云："杨（涟）长于舌，左（光斗）长于笔，魏遍集二公之短。"信然，信然！中宵不寐，服老兄之知人也。大率今日之人，求富贵利达之心多，上之为国家者固不可见，即求一真正为功名者亦复寥寥，各执其是，各行其私，每有所恨，惜不与兄共之。如此局面，如此议论，唯有披发入林，做第一流人物为最上者……

次日上午，顺昌正准备出门寄信，远见一人冒雪叩门前来。
来人正是顺昌的门生陈文瑞，现任吴县的县令。他是福建人，也是清贫寒士一个，原来数次进考不中，也不会攀附。顺昌到闽省就职时，闻其品优，竭力辅导其应考，结果省试与殿试皆中，遂任地方知县，近又适巧调至苏州吴县就任。
今日，他因迎候京城钦差未至，乃泊舟阊门登岸，特意前来拜望恩师。
"晚生特来拜见恩师与师母！"陈文瑞跪地作揖。
"陈县令，不必行礼！"周顺昌来不及答礼，"天冷，怎么冒雪来访？"立即向前弯腰搀起陈文瑞，并连忙邀其进屋。

陈县令见室中寒冷，无火可烤，便问："如此雪天，老师何故不生火？"周答："我这几根穷骨头是冻惯了的，况且柴薪价格不便宜。"

正在院内扫雪的周夫人随即停手，进来为陈县令端上了一杯热茶。顺昌觉得屋里不暖和，便取出一瓶白酒，并端上放有几小块腐乳的小碟来，聊以祛寒。

"老夫虽为官十多载，仅靠一点俸禄维持生活，的的确确算个寒儒了。今日只用这薄酒和腐乳招待父母官，请勿见笑！"周顺昌面对陈县令有些不好意思，"一起小酌，请多包涵！"

"哪里，哪里！"陈县令道，"学生牢记恩师'五升米十文钱即可饱餐一日，何用金多''一杯村酿，足胜千金之宴席'之言。"说罢，两人举杯对饮。吴夫人又拿家里冬天仅有的雪里蕻，热上一碟端来，给他们下酒。

几口酒下肚，顺昌顿时觉得四肢骸骨热将起来，叹道："吾生来不具封侯富贵相，只是身轻似叶重名节。如今权奸蔽日妖横行，本当碎首殿廷请尚方，无奈一点孤忠付长叹，今日罢职归来神清气闲。朔风寒雪中，能与你扫雪烹茶，共饮薄酒一杯，也算有幸！"

"薄酒豆乳，吃得暖和！"陈文瑞道。

席间，谈及朝政，周顺昌拍案怒斥魏贼专权，欺君蔑旨，残害忠良，阴谋篡国的滔天罪行。

正是：时事变幻倦政务，绝意仕途守清忠。

陈文瑞正欲问老师有何除奸救国之计时，随员来报："陈县

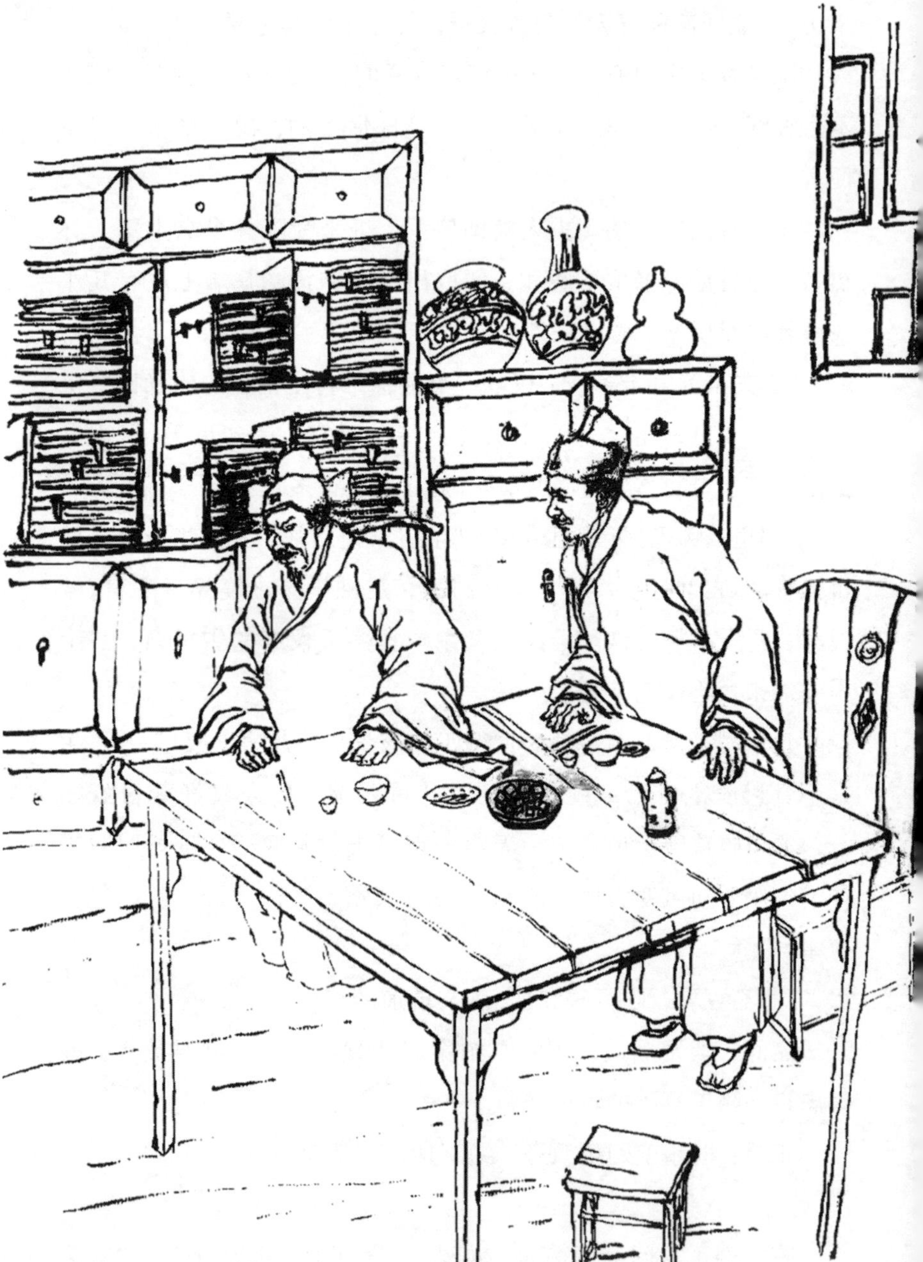

令,上司来催,李太监官船已至,速望迎伢。"

周说:"一个太监,接他作甚?"

陈文瑞苦笑道:"他是钦差,何敢怠慢!恩师呀,后生也厌烦奸贼当道的官场生涯,若有机会也想辞职回乡去过田舍生活。今日就告辞了,改日再来看望。"说罢便急忙而去。

陈文瑞刚刚离去,老仆顾阿大匆匆来报:"外边人传说,说文震孟老爷在京劾了魏太监一本,竟遭削籍,即将归家了。"

周顺昌大惊,遂令顾阿大速往文家打探文老爷归期。

第三章　欺君蔑旨乱朝纲　啸侣把臂述权珰

鸠占枝巢鹊路殚，
难存国体朔风寒。
正人君子弹冠去，
滴泪还乡怎苟安？

再说不几日，周顺昌接到内旨，知道自己也已经真的被削职。他至阊门药圃打探到文震孟次子文乘处，得知文震孟被贬也回至苏州，暂住在其长子文秉在天池山的寓所，于是他便立即赶往城西天池山竹坞里去探望。

按照"邦有道则仕，邦无道则隐"的圣人之训，文震孟没进姑苏城，住在西郊天池山竹坞。为面晤文兄，周顺昌大清早独自一口气跑出阊门，向西郊匆匆奔去。

雪后结冰的路面在早上特别滑，周顺昌拄杖来到上津桥，只见他脚下一滑，差点跌个趔趄。

忽然桥堍有两个坐在台阶上的轿夫站起，一人说道："周老爷是去天池山望文老爷去？上轿吧！"

"你们怎么晓得我去望文爷的？"周顺昌问道，"亏你们两个猜得着。"

"文老爷昨日从京城回来,周老爷今日肯定会去,这不是吗?"其中一个轿夫就是周文元,他是开书场的,今日一早书场未开,他出来兼做生意。他早先就在周府做过一段时日的轿夫,对周顺昌老爷非常了解:"怎么走得?我们两个免费抬周老爷去!"

"不消抬得,我自个走去。"周顺昌执意不用轿,说,"我自个走惯了。"

"好笑!一个吏部官,不用轿子乱奔,岂不坏了官体?"另一轿夫不理解,"平常城里老爷、大叔们游山去也都是要坐轿的,怎么周老爷要走?"

"别混账,你们去忙,我自去。"周顺昌不理他们,迈脚走开了。

"也别怪周老爷,做官清廉,他没有钱。"周文元对伙伴说,伙伴听了摇头道:"不假,有钱能使鬼推磨,无钱落得脚奔波。"

太阳渐渐地从东方升起,周顺昌边走边想,今会文兄,一来问问朝廷政事,二来了解文兄离京原因,三来吐吐积压在心中的块垒。他很快就走过了西津桥,远看青山漫漫接近,一旁浅溪碧水,风景真好,出门时的烦忧,渐觉减少了一些。

走着走着,但见群山深处,更见一些未完全融化的白雪静覆山崖,松影苍茫,涧水冰结,鸟声脆啼。路旁护林的小屋和一些树枝上还挂着无数冰条,这便使自己想到在福州任职时的往事。

福州高寀一害被除,周顺昌奉公廉洁,拒收贿赂,不置物业,福州人称其品德像冰雪一样晶莹剔透,送他一个外号叫"冰条先生",周顺昌也默认。

想到这些,又面对眼前的雪景,周顺昌心头自然掠过一些

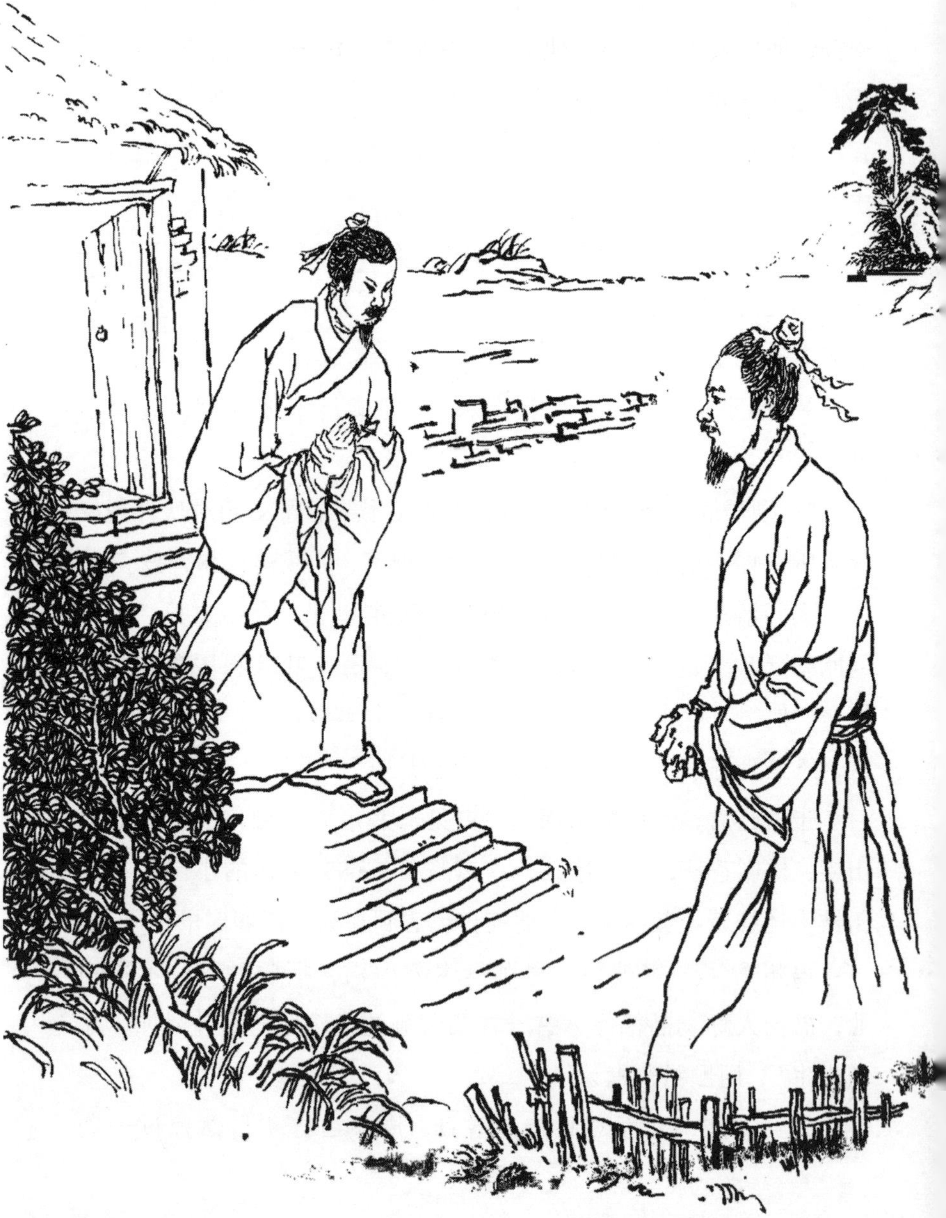

快意。

走着，想着，周顺昌翻过寒山岭，穿过白马涧，越过贺九岭，就到天池山下竹坞了。不觉路过了翠竹丛，隐约瞧见了松影下有几间柴门茅屋，恍如世外桃源一般。若能安隐此地，不入朝廷，享用美景，该是何等的惬意？想起仕人难改初心，顺昌立即有诗感慨道：

竹坞云光别有天，
柴扉萧索雪花妍。
中流砥柱牵尘世，
难挽狂澜太极玄。

只见他脚踏苔径，急叩文家柴扉，喊道："有人吗？"

"何人？"文震孟听到门子禀报，急忙闻声出门迎望，"原来是蓼洲兄啊！"

"哎呀，文兄啊！"顺昌双目圆睁，问道，"你怎么这么快就回来了？"

两老友相见，携手相扶，进入室内。一进屋内，顺昌发现桌上有一纸，是文震孟在写《邢布衣传》，刚写的内容不过四百字，记的是姑苏葑门外一个先人，他节操坚贞，孤高不俗，居处简朴，恬静淡泊，是个隐士，名叫邢量。

"文兄居此西郊，莫非在学先人邢量吧？"顺昌问。

"学学邢量也不错，除了闭门读书，著文自乐，平时能教授几个乡里孩童，也是件乐事。"震孟道。

一阵寒暄后，他们不禁唏嘘流泪，说起一些朝廷上的事。

"蓼洲兄，你走后，朝中光景更是一塌糊涂！"文震孟心情异常沉重，愤愤不平地说，"那魏贼忌恨王安太监，矫旨将他暗杀，又与客氏密谋，矫旨赐光宗选侍赵氏自尽。胡贵人知情欲密告皇上，魏贼派人将她推入井中。接着又勒令裕妃张氏自尽。那魏贼在内廷挑选心腹，大肆弄兵，招纳万人，日夜操练，擂鼓之声，响彻宫廷，隆隆铳炮声震死皇幼子。眼见大明江山难保矣！"

接下来，他们谈得最多的是张皇后。据说天启每与张皇后亲近，客氏就眼红。天启每说一句话或做一件事，客氏探得，马上就传与魏忠贤知道。为了离间皇帝与皇后，他们心怀叵测地商量了一个阴谋，想让皇帝对张皇后心冷。魏忠贤动用心腹李永贞，教几个奸人，在宫中四处造谣，诬陷张皇后原是盗贼所生，是后来过继于张皇亲为女儿的。

想不到天启皇帝听说后反而说：只要本身好，管甚亲生过继，并传旨禁提。刑科给事毛士龙据旨捉拿几个传谣的奸人，巡城御史将其处死。魏、客二人不好庇护，便记恨毛给事。

后来，张皇后怀孕了，魏贼便与客妖用计，使其堕了胎。

为了事事遂意，魏忠贤不得不结交几个帮助自己说话的朝官。他先试探哪些人能为自己所用，后又将吏部尚书、兵部尚书、掌堂部御史、礼部侍郎、首辅等，统统作了更换。

一开始，魏忠贤并未与众臣结怨。只是一个御史崔呈秀，营差去淮扬，贪赃甚多，被掌堂御史高攀龙疏参，魏忠贤将其上疏留中不发，即截留在宫禁中，不交议也不批答。崔呈秀慌得将两万两银子请李永贞送魏忠贤，此事被压未发。

一些望风使舵的人，知道魏太监掌得皇帝旨意，能升降官员，于是就各显神通，设法巴结。一时间争先恐后，行贿攀亲，同姓的阁臣魏广微认魏忠贤为叔父,魏传樾拜魏忠贤为父。异姓的倪文焕、阮大铖、杨维垣、梁梦环也纷纷认贼作父。

好笑的是苏州府昆山籍的吏部尚书兼东阁大学士顾秉谦,怕自己岁数大魏忠贤不收,对魏忠贤道:我老了,认您为父不雅,就不如叫自己四个儿子做您的孙子,称呼上公为祖爷。后来,众人皆呼魏忠贤祖爷,实由顾秉谦而起。

皇帝被称为万岁,历来已久。可不知道是哪个马屁精先称呼魏忠贤为"九千岁",魏忠贤觉得自己服侍过三朝皇帝也配此称,听得开心便自认了,"九千岁"也就渐渐传称开来。

有了这么多"亲戚"和党羽,魏忠贤很自豪,他与阁老沈潅商议,在官中设内营,起内操,参诬诸臣,实际他也存叛逆之心。

魏忠贤还结交了戍守边关之将领毛文龙,得到了许多貂鼠人参与黄金白银,只要毛文龙来京师请功,总是能得到许多的赏赐,哪怕明知毛文龙是妄报军功,乞封冒饷,魏忠贤也不揭穿,二人相互利用。

最可恶的是魏忠贤听从崔呈秀、阮大铖等三人的提议,在镇抚司中设立了夹、掤、棍、杠、敲一套五样刑罚,威慑众臣。崔呈秀、阮大铖推荐许显纯为掌刑官。

御史周宗建奏议时事,两次指责过疏本被留中不发之弊。

读书人是要有社会良心的,文震孟作为壬戌科新状元,才授得翰林院修撰,就呈了一本关于勤政讲学内容的上疏。其中劝谏道:"神情既与群臣不相洽,必与天下不相照……更可异者,空人国以庇私党,置道学以逐名贤。此岂清世所宜哉?"本上提及的"私党",明显指向魏忠贤,此本当然被留中不发。

魏忠贤大怒,怂恿天启皇帝将文震孟"降级调外"。

京城满是乌烟瘴气,文震孟实在看不过眼,面对这塌方式腐败,就是献出生命也难以力挽狂澜,满怀万种辛酸,想有所为而不能为。实在待不下去,还未等降处,他只得称病,乞假回乡。

这些事,文震孟一一告知于周顺昌。

"真有这等事?"周顺昌流泪咳呛,问道,"魏贼无君无国,作乱宫闱,祸起萧墙,皇位危如悬丝。出此逆贼,大明惨凄,难道没有一个大臣出面挞伐?"

"堂堂天子也庇护不了王姬,外臣岂能干涉?"文震孟背手仰叹道,"魏贼广置心腹,假传圣旨,参诬诸臣,排除异己,扫杀忠良。干儿崔呈秀手握兵权,干儿许显纯掌握锦衣卫。他们看谁不顺,就捏造事实,诬陷下狱,严刑屈打,逼供成招,再斩杀于牢。他们造出铁脑箍、阎王闩、红绣鞋、锡汤笼等惨绝人寰的酷刑。最近,逆贼们捏称熊廷弼、杨镐失守边疆,诬陷这两人因怕受责,曾用三十万两银子托汪文言贿赂杨涟、左光斗等十七人,为自己开脱责任。这一假案逮捕了数十人,现恐怕已有一大半人遭受酷刑毙命……株连蔓延,你我虽已回乡,岂能安枕,等着瞧吧!"

"好呀!阉贼,我要将你食肉寝皮,剜心摘肝!即使点其脐灯,也不解黎民之怒气。"周顺昌听了这一叙述,咬牙竖眉,怒不可遏,道,"文兄阿,这些阉人,何日里才能诛尽?"

"如此朝廷,我等有何办法啊?"文震孟捶胸顿足,有气无力地叹道,"大明完哉!"

言谈间,有个和尚在门子的带领下走了进来,"贫僧闻讯得知文老爷归来,特来拜访!今日是腊八节,贫僧便带了几碗腊八粥过来。"说完放下手中的竹篮,一扭头又发现了周顺昌,便招呼道,"呵,周老爷也在此!"

"此僧何人?"顺昌没有打量,翻着书架上的书顺便问道。

"是寒山岭法螺庵的和尚,"文震孟又补充道,"先朝赵凡夫筑圹于天平山之北寒山岭,为葬其父,在坞中购地二百亩,精心设计建'寒山别墅',隐住于此,还兴建了法螺庵,延僧居住,义守坟茔。这个地方好啊,他可真会选地方。"

"我以前在城西白莲泾龙树庵时,周老爷来过我庵,庵名是周老爷以'老树拒门如龙'而取'龙树庵'的。"和尚拱手道。

"原来是老熟人!"周顺昌想起来了,"你就是那放生得法于杭州云栖的西厓法师,多年未见,眼生了!近来可好?"

"好!天启元年正月,周老爷您说'钱谦益老爷以前写过《龙树庵记》与《放生说》两篇文章,你只为我们写过《龙树庵放生池记》一文',光阴似箭,"和尚道,"我现又在寒山岭法螺庵当家,周老爷人正字好,今天巧遇,本来想求文老爷的,现在顺便也求周老爷了,能否再为本庵山门题个匾?"

"好说!"顺昌便欣然应允,笼手在袖,低头沉思。

文震孟唤门子即刻去找来纸与笔墨。

周顺昌根据梁武帝好佛造浮屠,命肖子云给寺院飞白大书"萧"字的故事,称佛寺为萧寺,便一挥而就,写下了"存萧寺"。

周顺昌心中有不平之气,字带焰而飞,写得力透纸背。和尚双手接过,谢了又谢,高兴归去。

"两耳不闻窗外事!还是出家人心静啊。"震孟叹慕道。

"如今局面,唯有披发入林,做第一流人物为最上者,或者皈依佛门也罢!"周顺昌道。

西厓和尚走后,就着桌上的纸笔,顺昌执笔一气呵成,画下了一幅《雪霁访友图》。接着,他们俩蔬酒接叙,满浮大白,不觉已松月临窗。

静谧的江南,能永远平安祥和吗?触景生情,周顺昌又想起离京前夜,将留别文震孟与姚希孟二位知己的一首未发诗,挥笔又题写到纸上:

> 抗手悲歌出帝都,
> 几行愤泪洒征途,
> 中朝豺虎方盈阙,
> 东土烽烟又逼吴。
> 报国独留知己在,
> 酬恩忍使至尊孤。
> 云霄事业看雄剑,
> 吊古惟应问烈夫。

前途未卜,世道险恶,知己难遇。他认为只有秉持道义,像烈夫一样挥剑斩魔,才是酬报君恩的最好方式。

更阑夜静,灯花欲落,玉漏将残,他们抵足畅谈,忧国情深,忧民义重,不知疲倦。晓钟初动时分,两人才歪头歇息。

次日早上,他们刚吃好早餐,来看兄长的文震亨来了,只见他手中拎着两包茶叶走将进来,见周顺昌也在,便道:"蓼洲兄,你也在,正好!你猜我今天带来的是什么样的好茶?"

"可是虎丘白云茶?"顺昌问道。

"当然是!"

"嗜好品茗者，正翘首以待！"

"寥洲兄，我在自著的《长物志》'香茗'一节中说：虎丘，最号精绝，为天下冠。此言并非完全夸耀，就连我杭州喜欢吃龙井茶的朋友也同意这一说。此茶虽好，而虎丘无奈只是弹丸之地，茶树仅百株，产量极少，现在有人用此地天池茶或其他地方的岕茶来代之，且卖高价。"震亨说得很得意，转而又低声嗟叹。

"震亨弟在瞎说！"文震孟道："去年巡抚毛一鹭至虎丘逼僧人拿茶未果，僧人被鞭笞，僧徒不堪其扰，竟然一怒之下，把山上茶树连根刨掉，剃除干净。哪里还有虎丘茶？事后，我特做《剃茶说》一文，可惜了！恐怕以后只能喝我这山后的天池茶了。"

"兄长说得有理！我这一包是真的原虎丘白云茶，另一包是虎丘茶树移栽至乡下而产的阳羡岕茶，二者差不离，不信分别冲泡试试。"震亨道。

"真香！"顺昌用鼻分别嗅了嗅已经被打开的两包茶，"那就尝尝看！"

"今天此茶，是去年春天时，我用临摹北宋李公麟所画的一幅《虎丘采茶图》与僧人换得的。虎丘白云茶，以后绝矣！好在仍有乡下的岕茶可以喝！"震亨道。

找来紫砂茶具后，每人得一小盏虎丘茶，另泡一大壶岕茶。顷之，满屋飘香。

"僧人不堪受剥已几十年，这次是毛一鹭害绝了白云茶！无奈呵！我时饮其赝，平日只好用岕茶或松萝茶充之。"顺昌切切地愤恨道，"看来今日一饮极品，乃虎丘一味绝矣！做一回最后的仙人罢。"

"僧人受虐，苦不堪言，只好忍痛割爱。好在聪慧的僧徒在太湖边长兴、阳羡和徽州等地的一些寺庙边早就移种了,即为芥茶,已作贡茶进献,白云茶已涅槃转世了。"震亨道。

顺昌捧起茶盏,细心啜之,觉得真如琼浆入喉,香爽生意,接着乘兴写下茶诗一首:

　　　　大明绝唱芥茶篇,
　　　　风雅迷仙几百年。
　　　　吴中所稀天下贵,
　　　　涅槃转世露华鲜。

震亨道:"好诗!好诗!好茶只有君子识!"说罢,便向其兄讨得一把白素扇子,请求顺昌试笔题上。

第四章　姑苏一方聚豪气　阊门五义结金兰

> 挥拳怒嚷书场闹，
> 好恶乖方尚义来。
> 投合结交倾意拜，
> 五人连理共枝栽。

且说在苏州阊门内，有一个行侠仗义之人，名叫颜佩韦，少年时也算是一个无赖，凭拳头在阊门外枫桥一带，混出些小名气。近日，闻得城内玄妙观边李王庙前，日日有人在那里说《岳飞传》，他想那岳飞可是个忠孝之人，这书肯定好听。他今日出门时跟老母打过招呼，约了开寿衣店的好友杨念如，一起来到周文元开的书场听书。

周文元早年本是吏部侍郎周顺昌家的一个轿夫。这不，周顺昌赴京任官，为省用开销，没将他带去，他只好开一个书场混饭吃。这书场，生意也还不错，一般每日收入有一两千钱，除了支付茶水和说书先生的钱，剩下的也只够他吃酒和赌耍。

颜佩韦和杨念如两人来到玄妙观，只见摆小摊的、耍拳的、玩小杂耍的，都各自招揽着路人。书场还没开始，门口有一群人正议论着一件事。

说是最近,魏忠贤在京接待驻节江南的应天巡抚兼副都察御史毛一鹭和苏杭织造府太监李实。那毛一鹭与李实一样在京认了大太监魏忠贤做了干爹。为了讨好这个自封的九千岁太监,毛一鹭伙同李实特为魏忠贤量身定制了不少锦衣,锦衣上特别用缂丝技艺绣了龙凤图案。魏忠贤见了好生喜欢,还当场夸奖说:"江南苏州的姑娘好看,绣的活也好看!"

李实听魏忠贤这么一说,马上拍马屁道:"苏州出美女,干爹要么再讨一房姨太太,在江南苏州找一个姑娘,咋样?"

"嗯,如能在江南讨一个也不错!"魏忠贤有意。

"那好呀,这事件就由小的与毛一鹭一同去办,定成!"李实知道,此事不难。

经过两个多月的精心挑选,李实暗访到姑苏城内桃花坞一个绣户人家,有个十六岁的标致姑娘叫薛素月。此姑娘从小聪慧,身材窈窕,中等个儿,修眉凝黛,眸含春水,颈白如蜡,指如葱白。两年来,来她家说媒的络绎不绝,可素月心高气傲,一个都不允,跟爹娘说一定拣个中意的郎君才肯嫁。她爹娘就这么一个闺女,便由着她性子,也未曾想招个女婿倒插门养老送终,反正苏州阊门外,有普济堂和清洁堂可以养老。素月有一双巧手,刺绣手艺是跟其母学的,她绣出的衣褂,左邻右舍,亲朋好友,无一不夸。

毛一鹭借收购绣品之机,差人去薛家提媒,却碰了壁,被薛老伯骂了一通。毛不服气,暗思一策,派人上门通知,以薛家交货不及时又拖欠刚派下的"生祠饷"税款,限二日交出三十件绣品和税款。

可是只隔一晚，薛老爹就被官府抓了去，送进大牢，且放话说只要素月答应了这桩婚事，就可以放了他。

薛老爹最近身体本来就不好，又闷又气，更担心女儿也会被抓走，焦虑之下，心口渐渐隐痛。在牢中，薛老爹怎么也想不通会有这世道，他不禁开口大骂："谁算计我，谁敢欺负我闺女，非叫他人头落地不可。"喊得多了，就遭到了狱中禁子们的掌打脚踢，以至薛老爹受了内伤，吐出血来，病在牢中。

这么一来，素月的母亲支撑不住，病倒在床上。

又过了两天，在一个风高月黑的夜晚，一伙人冲到素月家，用被筒裹着素月，绑架了她，将她抬了出去，送到了平门码头的船上。连夜，毛一鹭一伙就开船载着"九千岁的贵人"，驶离苏州向京城去了……

听到这，颜佩韦一拳捶在板凳上，拳头出了血，破口骂道："这群狗贼，依仗权势，搜刮民财，抢占民女，难道天下没有王法吗？"

"丧尽天良，无恶不作！"杨念如摔了茶盏道："不造了这批狗官的反，不成！"

讲的人无奈，听的人诧异，好些人都剑眉倒竖。

此时，日升中天，说书人李印泉来了。众人在门口立即相帮撑起布篷，搬好桌椅板凳，人也渐渐越聚越多。

突然，有一人径直走到台前，拱手作揖道："李先生，我是徽州来苏州做茶叶生意的，在下姓程，名尚甫，刚在山塘野芳浜开了茶馆，因久仰先生大名，也想请先生去说上一回。"

"去、去、去！我们这还刚开讲，怎么能到你们那里去？"一旁的周文元助手小二睁圆双眼道，"凡事总有先来后到吧？"

徽商程老板道："是，好说，好说！"

小二道："那二位今日在此听了书，明日再议可否？"

"有理，有理！"程老板懂礼顺意，并迅速付了茶钱。小二立即端上了二盏虎丘白云茶。

"正是：欲知千古事，须听评话来，逢场要作戏，闹里看戏台。今天说的是《岳飞传》，昨日讲过金兀术攻破北方延州（延安），现在要说童贯起兵了。"只见李印泉醒堂木一拍，开始有声有色，眉飞色舞，说得精彩动人，观众立即听得十分入神。

颜佩韦听至"韩元帅之子杀败金兵"一段，不觉起身，大声叫好。

韩元帅就是韩世忠，韩世忠是南宋名将、词人、抗金英雄，陕西省绥德县人，人称韩蕲王。颜佩韦与几个好友一起在苏州郊外游玩时拜谒过韩世忠墓，他们还在其墓前练过拳。韩世忠墓在郊外木渎的灵岩山南麓。其墓碑，是曾被誉为天下第一碑的神道碑。碑宽近三米，连同龟趺碑座高达十余米。碑文共八十八行，每行约一百五十字，计一万三千余字，所以人们都称其为"万字碑"或"蕲王万字碑"。碑额《中兴佐命定国元勋之碑》十个大字是宋孝宗亲笔题写的。碑文为赵雄奉敕所撰，由周顺昌先祖周必大当年书写，其内容记述了韩世忠辗转南北抗金的事迹。

颜佩韦曾听说过：南宋初年抗金战役之一，就发生在苏州城东黄天荡。说是高宗建炎三年（1129）冬，金兀术率号称十万的大军南侵，在安徽马鞍山马家渡过江后，一直向南越过太湖，连破临安（杭州）、越州（绍兴）。高宗逃往浙东，而金军持续追赶。第二年，韩世忠招兵八千组成水师，经过严格训练后，乘海船入海口（上海），经长江进至已是敌后方的镇江，欲把在江南迷恋抢掠的金兵北归之路截断。韩夫人梁红玉亲自击鼓，指挥作战。金兵是旱鸭子，比较怕江南水兵，一直难以北渡。

颜佩韦平时喜欢吃糕，还听母亲说过苏州定胜糕来源的轶事。说韩世忠与金兵大战黄天荡时，只有几千兵力，而金兵有数万人，部分乘船载货北归的金兵已被困在黄天荡，如何以少胜多呢？这颇让韩、梁夫妇大伤脑筋。

一天，有人从苏州城中挑一担糕送到军中，上面有一只点红印的要给梁夫人本人亲自吃。此糕两头大，中间细，梁氏没见过，觉得事有蹊跷，掰开此糕看见内夹布条上写着："敌营如定榫，头大细腰身；当中一斩断，两头不成形。"

原来，金兵喜欢走旱路，在江南地区走旱路就得绕水转，他们虽有十多万人，但战线较长，不少人就宛如在水中央，能与之正面短兵相接的人数并不多，不值得一怕。梁氏知道这是高人献计，便与韩世忠连夜出兵，从阳澄湖乘船经金鸡湖，直冲敌营，拦腰截之，金兵首尾难顾，宋军果然获得水上胜利，并围拖十万金兵近两个月，有力地支援了在北方作战的岳家军。后来民间称这种两头大中间束腰的糕为"定胜糕"，"定胜"的谐音有"定榫""定升"之意。

韩世忠为人耿直，不肯依附权臣秦桧，曾为岳飞遭陷害而鸣不平，江南人都非常敬佩他。

当颜佩韦听说书人道"韩世忠蒙冤被囚"时，不知怎么回事，脖子一粗，突然大怒，上台竟然一脚踢翻书案，连呼："怎么说这歪书？可恼！可恼！"听众见状，大为惊慌。

有人趁机将说书人拉走："我们不在这里说书了，移到半塘开讲去。"书场主人周文元扑来,一手揪住颜佩韦衣领,一手抡起拳头便打,怒道,"老子好一个书场被你搅散了,打你这狗头!"只见颜佩韦头一歪躲过了一拳,并迅速拦腰将周文元抱起摔倒在地。

众人上前拉架,书场顿时一片混乱。

这时,颜母因为家中有事,赶来寻子,适巧遇见这场面。只见颜母上前大喝一声:"住手!还不放手,打死人,不要偿命的吗?我时常劝诫叮咛,你怎不守良言?"听到母声,颜佩韦立即清醒过来,停手一顿,马上转身扶起周文元道:"对不起,周老板!"转身便向进来的母亲跪下,说,"孩儿听书听得激动,来了气,错打人了!"

"适才小儿冒犯,老妇为儿给你来请罪!"当颜母准备拉周文元手时,周文元问颜佩韦道,"这等说来,是令堂了!不必,不必!请问这位大哥尊姓大名?"

"在下乃住在城外枫桥的颜佩韦也。"颜佩韦拱手回答道。

此时,只见两个人向这边挤过来,在一旁的杨念如定眼一看:"这不是马杰老弟么,你怎么来此?哈哈,相逢一笑皆知己,岂是区区陌生人!颜大哥,这二位弟兄是马杰、沈扬,都是我等小朋友。"

周文元走上前道:"蛮好!颜大哥在上,方才你听见不平,奋起大怒,知你也是个有情有义之士,你尊奉母亲,是个孝子,今日小弟们幸遇,衷心钦佩。"

沈扬大声对周文元道:"周兄,颜兄刚才听书时爱憎分明,是个义气中人。如颜大哥同意,就屈大哥与我等四人,定盟结为兄弟。"他又转身作揖对颜母道:"不知老伯母允否?"

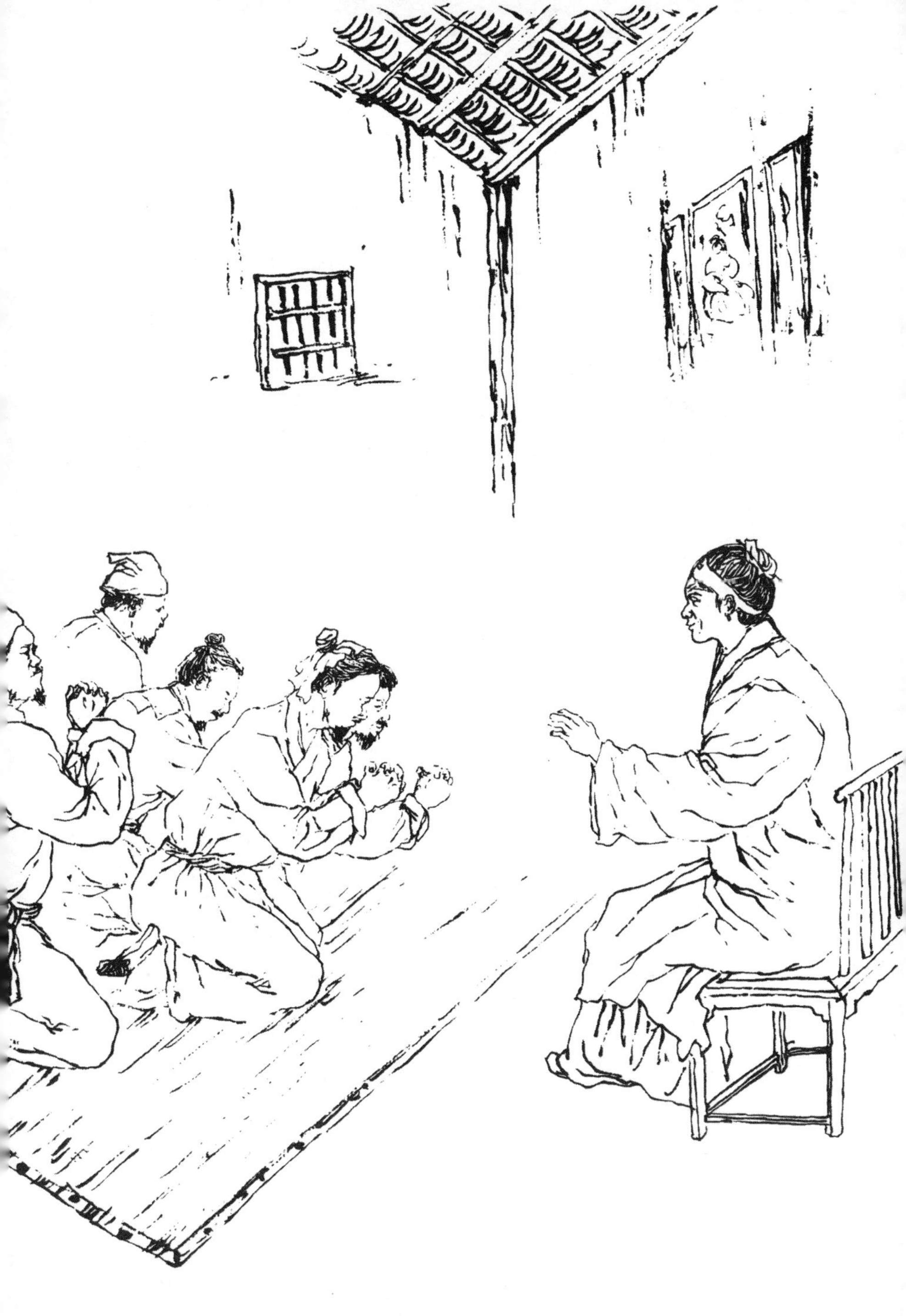

颜母目睹此景，甚为高兴："既然你们脾气合得来，我还反对不成？"

"这叫不打不相识也，不知颜大哥贵庚？"周文元问道。

"小弟平头三十，杨念如二十八。"颜佩韦回道。

周文元道："我比杨兄小点，二十七，排第三。"

"我马杰二十五，第四。"

"我最小，"沈扬道，"二十三。"

颜佩韦又摸着头道："我一生落拓，半世粗豪，不读诗书，自守着孩提真性，略知礼义，偏厌那学究斯文，感激众兄弟看得起！"

当下，排定岁序，由颜母主盟，众兄弟齐集抱拳，拈香面堂，共吐誓言，对天叩首，再相互作揖一拜。

"我儿有幸，请四位同去草舍，杯酒一聚，如何？"颜母高兴得要请客。

"幸得伯母在此主盟！"杨念如道，"小侄住阊门外三乐湾，就此顺便奉送伯母回家。"

"我等也一起去登门奉拜。"周文元说着，朝马杰、沈扬挥手道，"顺便路过阊门去买些酒与菜。"

人心凝聚无契约，生死之交一碗酒。世间多少繁杂事，借酒穿肠尽一杯。一番觥筹交错，情感交融的五人，重情重义，就此结为金兰，人称"阊门五义"。

第五章　半仙设坛卜吉凶　狐鼠盈廷建生祠

生祠破土虎丘郊，
凑集钱粮塑梦蛟。
搜刮脂膏供寇贼，
凶星吉曜避人嘲。

　　魏忠贤一方面拉拢官僚政客认作干亲，排除异己，陷害忠良；另一方面又希望能够青史留名，为树立自己的威信，到处应允爪牙为自己建造"生祠"和塑立"神像"。

　　随着魏忠贤的权势上升，众臣都想讨好和抬举魏忠贤。先是浙江巡抚潘汝祯，向皇帝提呈一本奏疏，盛赞魏忠贤的功绩，说杭州的丝织工人，深感皇恩浩荡，倍感魏大人复兴织造业利民有功，杭州民间愿在西湖之滨，为魏忠贤建立一个生祠。于是上报到朝廷，得到皇帝应允，并赐名"普德"。皇帝的态度，起了推波助澜的作用。该生祠比岳王庙还大。于是为魏忠贤歌功颂德的人绵绵不断，各地竞相兴建祠堂。

　　为魏忠贤建生祠，几乎一阵风遍及全国，地方上相互攀比，借机敛财。从天启五年（1625）春开始，只一年多，全国各地就为魏忠贤建造了四十多座祠堂。

凡对此举态度不积极者,只要有人咬你,必遭罪,甚至被置之于死地。浙江巡抚潘汝桢上疏建祠时,有一巡按御史只因呈稿迟了一天,便遭到罢官削籍之祸;蓟州有一监军没有准备好建祠的祷文也遭罪;遵化有一兵备副使入祠未拜,因此而下狱致死。为建生祠,阉党爪牙横收暴取,到处敛财,一时造成了整个社会的恐慌。

生祠建筑的规格,各地不尽一样,相互攀比。延绥的魏忠贤生祠盖的是琉璃瓦,犹如皇宫殿宇;蓟州的生祠中,魏忠贤的塑像是"全身冕旒";开封建生祠毁掉民房两千余间,建成官殿九楹,和皇帝殿堂的规格完全一样;在都城北京,魏忠贤的生祠更多,光上林苑就建了四个,"数十里间,祠宇相望";江西在建祠时,还拆毁了朱熹等人的三贤之祠;安徽凤阳,还将魏的生祠造在朱元璋祖坟附近。

为建生祠,全国各地不知消耗了多少人力物力,贪官污吏侵吞了多少公帑私币,占夺了多少民田民宅,砍伐了多少珍奇树木,掀起了全国性的贪腐高潮。

杭州的生祠建得最早,苏州的生祠建得最好。

新任不久的应天巡抚毛一鹭,认魏忠贤做了干爹。他与任苏杭织造的太监李实等一起谄媚承旨,积极准备在苏州为"九千岁"建造一座最好的祈福生祠。

苏州府吴县监生陆万龄,应时上疏说:孔子作《春秋》,忠贤作《要典》,孔子诛少正卯,忠贤诛东林党,应建生祠,与孔子并尊。

经过一番筹划,苏州方面在虎阜东郊选址为魏忠贤修建祠堂。经办人吹捧魏忠贤恩泽天下，就上疏求赐祠堂名，得名"普惠祠"。

天启六年秋，钦差李实到达苏州后，经办人陆万龄派生祠监工侯兴邀来风水先生，勘测堂址，设坛作法，准备举行仪祭。

风水先生姓赵，叫赵祖峰，世代祖居浙江兰溪县。他先前走江湖，以算命为生，历本不熟，不知什么是阴历、阳历、天干、地支、时辰、生肖。但他最拿手的是能算得准被算人的父母谁先亡故，他只会说一句"父在母先亡"，接下来就问对方是不是，不管你说"是"或"不是"，他都能解释，即断句为"你父亲在，母亲亡了""你父亲在母亲之先亡了"或预测你父母将来也必是这两个结果之一。再会油嘴滑舌，他也觉得赚不到什么大钱。于是，他习了堪舆之术，买了个定向罗盘，专看门相、坟地、宅基等风水。

他曾跟一位老道人四处奔走，知道了一些堪舆术语。地方上一般人家定亲、砌房、搬家、安葬、祭祀等，总要找个半仙说道说道。这赵半仙看人说话，信他的话他就不为难人家，不信他的话他就处处捣鬼，无非就是要收取钱财。

这毛府台、李太监要为魏公公造生祠，由陆万龄管工来请赵祖峰去看风水，赵祖峰说自己可是见财神了。他为陆万龄说了一些吉语，又预言了生祠是吉星高照，讲得振振有词。

生祠要赶快破土，赵半仙不免要去虎阜一遭。他步出阊门，来到半塘桥，见河中船只穿梭，岸上人烟聚集，无比热闹，便说选这个地址就是最宜。

远望那陆万龄跑来跑去，赵不免叫他一声："陆堂长，陆堂长！"

"何人叫我？原来是赵先生来了！"陆万龄道，"你怎么才来，好不正经。"

"破土得讲究时辰！"赵半仙道，"何消急忙？"

"只怕毛大人、李大人快来了，我们要准备伺候不是？我自心头急！"

"那当然！"赵半仙道，"今日二位老爷亲临破土，搭盖的敞篷应该结彩！"

一阵鼓乐喧天，官府一批人员来到。两役上前撑上黄伞。

主持执事的叫侯兴，他妹妹就是被高寀介绍给魏忠贤做了第五房姨太，说起来还是九千岁的舅佬倌，是毛一鹭带他来苏州做督工的。

"风水术士有请！"，侯兴喝道，"管工堂长先磕头！好，起来！仪门门相可曾勘定？"

"禀老爷，左青龙，右白虎，朱雀玄武，乾坎艮震，巽离坤兑，俱已定格！"赵半仙道，"请陆相公昭告土地神，待罗盘细定方位。"

"此事可关系到厂爷的未来，你要好生仔细！"执事侯兴道。

"晓得！"赵半仙道，"请几位大人拈香，请陆堂长奠酒化纸！"

"礼生候赏！"，侯兴大声道，"赵先生，仪门什么向？"

"乾山巽向，即是西南向，"赵答应道，"大门高八丈七尺，两边仪廊高九丈，正殿取九五之尊意高九丈五尺。"

"好！今日工匠从哪里动土，上梁定在何日何时？"毛一鹭捋着胡须问。

"在西南动土极好，紫微星曜吉多！"赵答道，"半月后上梁休错。"

"恐怕来不及,"陆万龄道,"可再宽几日?"

"那一日吉祥呈瑞!"赵半仙对视着陆道,"这时刻若有迟延,定有杀身大祸。"

"喂,可不能瞎说!"侯兴道。

"这是据理而论!"赵半仙道,"先鼎造主殿,安置厂爷神像,日子不可草定。"

陆万龄拿着图卷走过来,对毛一鹭、李实道:"这是图样,请二位大人龙目观看。"只见他指点着图,"这是山塘河边的照墙、牌坊、仪门、廊甬、正殿、厢房、殿后花园、池塘、殿后楼房,一一皆有。"

只见图样上门墙高耸,殿宇巍峨。据说该图纸是特请地方上曾建过故宫的蒯祥后代精心设计的。

毛一鹭道:"嘿,看样子气派胜过杭州。""不错,金陵的生祠也不能如此。"

李实道:"尔等好好干,仔细监督,厂爷到时自然会赏。"

"全靠二位大人抬举!"陆万龄作为堂长很得意,开始屁颠屁颠地在现场团团转,"请教毛大人,这厂爷的塑像用甚材料?"

毛一鹭回答道:"要选用上等的沉香木来雕刻,腑内要用金银珠宝填充,外披蟒衣围玉带,头戴七曲缨冠,吩咐小的急塑。"

"那身上蟒龙是几爪?"陆问。

"五爪罢了!"毛道,"沉香像,要似当今天子,还要白玉底床,锦绣龙帷,再配紫金狮样香炉,御前之供奉,太庙式蒸尝,晨昏进膳,一样不能少。"

赵半仙装模作样摆弄一番,嘴里喋喋不休地不知念些什么经。在八门定位后，司仪就命令抬上猪羊，摆酒祭祀，鼓乐笙歌喧天。

李太监、毛一鹭叫来寇知府、吴县令等一帮大小地方官，一起拈香行礼，在赞好之余说，要一面鼓动正式大兴土木，一面命令加紧到地方照计划催征"祠饷"。

毛一鹭与李实商量着并吩咐税监，叫地方官、百姓和商人，募捐筹款。标准是地方各级官员认捐半年俸禄，乡绅富户摊资抽丰，机户、粮农按人头每人上缴五钱银子，就像皇朝赋税、国库钱粮一样征收，这征纳的钱粮叫作"祠饷"。并命令苏州知府寇慎、吴县县令陈文瑞协助抽派民工运输材料，征用工匠做义工，要求按计划日夜施工。

傍晚时分，一内监找到陆堂长与赵半仙道，两位老爷已回衙门去，即求见赐，赏封在此，并拿出赏银。这一封三两是赵先生的，赵半仙笑纳；这一封五钱是侯先生的，侯兴不悦，接下银钱，其实他还有另外的月薪工资，不比特请的赵半仙，赵半仙得的是一次性奖赏。

"怎么兄有三两，吾只得五钱？"侯兴转向赵半仙道，"有道理在此，赵兄寓居在哪里？"

"我看了风水，画了图样，自然应得。"赵半仙骄傲地说道，"我寓居金门内。"

"凭本事吃饭，应该的！"侯兴嘻嘻道，"我回胥门，也是顺路，我们一同走吧，如何？"。

"好的，那就奉陪！"赵半仙道。

"赵兄老家是哪里，是浙江吗？"侯问，"出外几年了？"

"正是浙江兰溪，"赵道，"十多年了。"

"宅上还有何人？"侯又问。

"只有家父与贱内两人。"赵答。

"近日，我有生意朋友从兰溪回苏，闻得贵乡天雷劈死了几个爬灰老。"侯望着赵问道，"这是真的吗？"

"噢？不好了，不好了！"赵半仙一下子不是仙了，紧拍大腿道："这几天我眼皮一直跳，家父一定不免了，啊呀呀！如何是好？"

"言重，言重了！"侯兴见他这样，心里一乐，"赵兄是走过码头的，必然知道敝处银子紧，银钱交往多是打折的，方才的封赏恐怕数量是不足的。快拿出来瞧瞧，若是短缺，也好转回去找那厮对账。"

赵半仙拿出银袋道："待我拆开瞧瞧看。"

"拆了原封，他就不肯认账了。拿给我用手捏捏看，就知分量了。"侯兴道。

"请拿去捏。"赵递给侯道。

"分量是轻，只怕两数不足。"侯兴右手接过银袋立即塞进左袖，并急匆匆向前走。

赵半仙一看，觉得不对，醒过神来睁着大眼道："在袖管里捏，还不是被你捏了去？快拿出来还我吧！"并立即向前拽住侯兴的衣袖不放。

"且慢！老实跟你说，今日大家一起效劳，钱两应该均得，故该拿你的出来分才是。"侯眯着眼道。

"你说该怎么分法？"赵半仙愣神想着怎么碰上这么个赖皮的。

"不用三七、四六开，"侯兴摇手道，"两人加在一起，五五

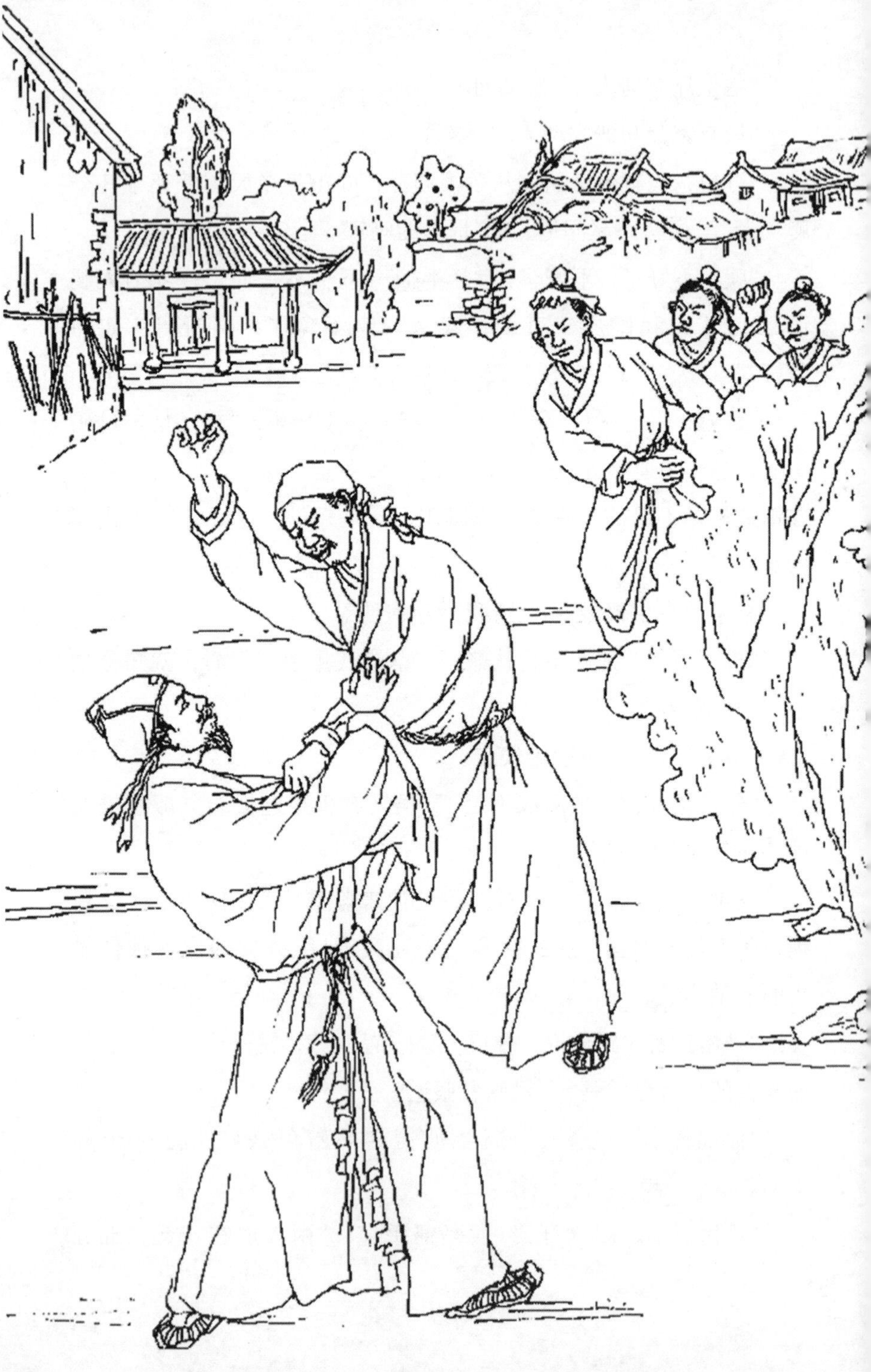

开,各得一两七钱半。"

赵半仙气得脸红脖颈粗:"呎!俺跑江湖得的银子,岂能平分,你是在做梦吧?"

"你要跟我撒野?"侯犟着头颈道,"我就不给,怎么着?"

"你敢抢钱?"赵半仙哪肯让,骂道,"伊心太不良!赛过白日撞。"心想:财与命相连,怎肯轻易丢放?跟无赖还有甚好讲!于是,话一软,轻声道,"有话,总好商量。"

"怎么商量?"侯问道。

倏地,只见赵上前右手锁住侯的衣颈,使力向左拽,右脚伸出去一绊,侯兴向左倒在了地上。

"打!把你打成肉酱。"半仙出手不凡,伸手抢回银袋,并在侯兴肩膀上捶了两拳,道:"且饶你这个无赖,不打死你才罢。"说着还踢了他的屁股一脚,便愤愤地走开了。

侯兴缓缓地爬起来,拍了拍身上的灰土,只见自己衣衫被拉破,儒巾也被扯偏,慌忙一摸:"不好了,我的五钱银子也不见了,倒被贼精抢去了。"侯兴见路边有几个人瞧着自己笑,觉得偶丧良心动邪念,谁料却这么倒霉遭了揍,自己这狼狈相,不便回家,便转身回山塘街往开工的生祠工地上去了,心中盘好腹稿,准备对别人说自己是路上遭到抢劫罢了。

次日,山塘街生祠工地上,又是人山人海,督工侯兴换了新衣,指挥着各路匠人,像昨日没挨揍似的,穿来奔去。

生祠整个开工场面好不热闹,人流不息。日间锣鼓齐鸣,千工口号齐震;夜间敲梆不绝,万桩轰轰齐下。山塘河畔,只见木头石块,砖瓦泥灰,堆积似山。河中运载材料的船只,络绎不绝。

经过半个多月的日夜神速施工，已看得见生祠主殿，造得高耸入云，木柱与横梁上方雕龙镂凤，画栋流彩，朱楼碧甍，飞檐叠韵。

门头上高高地题着："三朝捧日，一柱擎天。"说是魏忠贤跟捧过三朝皇帝，一人的能力可撑天。两坊有对联云："力保封疆，功留社稷。"

看到的人都说祠堂巍峨，世间无双，天下少有，费尽了百万钱粮，才造得辉煌气派，可谓比得过王宫禁苑。

当时，无锡的东林书院遭遇厄运，部分被拆除下来的木料，也运来作生祠的栋梁。

个把月后，一座非常宏伟的生祠已经落成。魏忠贤的圣像首先要入座，他的义子们动员江南各界人物，要设置仪式，举办神像戴冠大典。当然，来人都是要献礼金和礼品的，入账上册均由毛一鹭安排陆万龄负责。这样，他们又能从中捞上不少油水。

第六章　大义凛然骂逆像　铁骨忠魂斗阉党

周郎鏖战德声隆，
正气冲天贯日虹。
猛士斗魔肝胆热，
高歌砥砺义趋同。

在苏州知府衙门，苏州知府寇慎、吴县县令陈文瑞和魏忠贤生祠堂长陆万龄，早早地就在等应天巡抚毛一鹭和苏杭织造李实。终于等到门房通知，寇知府、吴县令和陆堂长匆忙赶到门口迎接。

"我等恭候在此，见过毛老爷、李老爷。"见他们进来，寇慎道。陈县令与陆堂长也同声作揖附和，"拜迎毛老爷、李老爷！"

"免礼，我让你们准备的东西呢？"毛一鹭道。

"大人一向对我等关爱，此次来苏，一路劳顿，我等怎能忘了？"寇慎用手示意陆万龄呈上。

"是！"陆万龄道，便向毛一鹭献上礼单。

毛一鹭收下礼单道："哈哈，你们费心了！今日却不为此。你等可知那苏州人氏的京官，礼部员外周顺昌？"

寇慎问道:"他不是被参了吗?"

"那也有复位的机会,他不与九千岁为伍,我等如此忠心为九千岁立像,他怎能容得?"毛一鹭道,"闻得他即日嫁女,陪嫁无几?"

寇慎道:"要我等道喜,送礼?"

还是陆万龄领悟得快:"嗯!明白了!他不日要嫁女,陪嫁甚微,我等借此送笔礼金,落得以后好说他假借嫁女办事,也有收贿不是?"

毛一鹭道:"对!待他明了时,有言也难提。"

李实笑道:"哈哈,这叫吃人的嘴软,拿人的手短。"

"陈县令曾是他门生,此事你去办为宜,他更容易收下。"毛一鹭吩咐吴文瑞道。

陈文瑞愣住了:"这……"

"好了,时辰不早。"毛一鹭大声吩咐道,"小的们,吹号打鼓,去山塘街九千岁祠堂。"

陆万龄第一个回应道:"是!"

此时的山塘街,过了半塘桥,已是人山人海。

今日瞻仰九千岁神貌,神威无比。现场锦旗招展,红茵铺地,宝烛辉煌,万人涌动,蔚为壮观,使得街巷与护城河路阻船塞。

说到神像,那可不一般,江南的一些匠人可谓是做精细活的高手。塑像主材选用的是沉香木,吴中香山五个工匠,花了半个多月工夫雕成了,塑像的四肢能弯能动,活灵活现。

这刻,州、府、县各级官吏披红挂彩,将神像迎到正堂。只见神像上的魏忠贤眉如卧蚕,眼珠漆亮,高鼻朱唇,仪表严肃。

在金玉福寿炉前的大小官吏，烧香许愿，并行三叩九拜大礼。内监一行捧来各自灌香浇制的大红烛，烧得烟香薰天。

只见毛一鹭、李实等一摇三晃地来到堂内，要为魏忠贤神像加冕。

"厂爷登殿，礼应加冠。"李实道，"凡是呈来礼品的，皆由内监概行入册。"

执事侯兴便捧来御赐七曲缨冠。一比试，不巧，冠小头大，缨冠戴不上去。

毛一鹭道："陆万龄，怎么九千岁的头像塑大了？"

"遵爷旨意，头塑尺寸是九寸九，这宫中赐来的冠不符，与小的无关！"陆万龄胆战道。

"不难，塑像的木工在此，吩咐他来修修，收一收尺寸便罢。"一杂役道。

"有理！"陆万龄对那杂役道，快去找雕匠来。

不一会儿匠人进来，便搬下活络的头像，放置膝上，用刀开始铲削。

"咱的九千岁爷啊，头痛啊！"太监李突见着，立即跪下，丑态百出，假惺惺掩面哭泣道，"了不得，了不得！"

"好了，好了！"只见那木匠稍微铲了几下，就完了，说道，"好得很，保证不误！"这场面，使得围观百姓窃窃私笑。

"魏头"修毕，御冠戴上。毛一鹭点燃三支香，对李实道，"现在我们都行三叩九拜的大礼？"

"不消，不消，别人要行这样的大礼，你我都是爷的亲骨肉一般，家无常礼，自己人行这大礼就显得生分了不是？"李实低声对毛一鹭道。

057

"有理!"毛一鹭插好香鞠了三躬,便对陆万龄及执事侯兴道,"来人排队,照顺序,皆行叩拜大礼。"

"请二位老爷偏殿进宴,"侯兴扬手道,"去吃爷的赏赐宴席!"

"叫孩儿们用心看守外边栅门,闲人不得入内!九千岁见了要恼怒哩!后面排队的尽快拜神像,拜好神像后我等要去进宴。"毛一鹭说罢,又吩咐司仪道,"将请来的一批画匠们叫来,趁此为九千岁画神像,待走时,将画好的神像分发众人带回家去张贴。"

大小官员与士绅排着长队,个个如捣蒜一般,拱手磕头,拜好神像就陆续进旁殿进宴。画匠们开始迅速执笔临摹起魏忠贤的神像。

歌乐奏来三殿合,酒杯连举一阵欢。一时间,吹手礼乐,歌舞升平,好不热闹!

饭毕,几位醉醺醺的上等官员,东倒西歪地由人搀扶着,到殿后楼上专用房间,各自抱得早已候着的美人享受去了。

午后,收到传帖邀请,迟到了多时的周顺昌才过半塘桥来到了生祠门口。

周顺昌从人群中挤向祠堂,绕过造型生动得欲破壁而飞的九龙照壁,只见他撩衣敞怀道:"我倒要瞧瞧,是什么样的神道霸占了虎阜东郊?"

他抬头望见金山石牌坊上写着"仁德普惠",便冷笑道:"哼!好一个'仁德普惠'!"说罢,登上台阶,他一边对几个熟人回礼,一边径直进入,眼见门楼雄壮威仪,殿堂内灯火通明,厅堂上方的白玉床座上,已经落座的沉香木贴金雕像栩栩如生。瞧那魏忠贤头戴七曲冠冕,威风凛凛;象牙为首面,神情逼真;手足灵活,一如生人;发髻上置有一穴,可以用来插戴四季香花;腹中内脏,皆填以金玉珠宝;蟒袍披身,腰环龙纹玉带。其貌胜似当朝天子、历代君王,两旁悬挂的歌功颂德柱联都是镏金的,天子熹宗为这个生祠赏赐的"普惠"匾额高高挂起。

百姓平日里只知道天子为贵,今日才晓得厂爷至尊。

当周顺昌瞥视神像前丰盛的供品时,司仪便尖着嗓子引其行使跪拜大礼,周顺昌却毫不理睬,冷笑道:"要俺周顺昌拜吗?魏忠贤,不忠不贤,不仁不德,他违背祖制,专擅朝政,祸害天下,分明是千夫所指……"

"何人在大厅喧哗?"刚午休过的毛一鹭听见动静,便从厢房出来道,"啊!是周吏部。厂爷功高山岳,恩泽四海,万民景仰,来此叩拜的人也很多,为何你如此倔强呀?"

周顺昌见其袒护魏奸,痛恨得不禁哽咽地指着正殿上的雕像,怒斥道:"俺生平劲节清操,忠君诛逆,怎肯向权奸屈膝低腰!他权倾朝野,弄兵禁内,是祸国殃民的元凶。他还砸我讲学的东林书院,诛戮善类,是豺狼虎豹。俺白雪肝肠,心存朝廷……"

刚走出来的李实一听,马上发火道:"你这等放肆!九千岁有什么不好处?你竟敢胡言乱语,我看你是活得不耐烦了!"便喝令小太监快快将他驱逐出去。

"呸!魏贼贪婪无道,恶贯满盈,堪比秦朝那谋王篡位的赵高,胜过东汉的恶宦徐璜、具瑗。他的罪行超过晚唐的宦官王守澄、韩全诲。他的所作所为,哪一件不是触犯科条?"周顺昌不由得抚胸顿足,指着雕像破口大骂,"他假传圣旨,欺君虐民,罪行罄竹难书!他与客氏逞狐鼠之奸,剿灭皇储;他无国无君,逮杀忠良；他广置干儿义孙，滥冒公卿；他盗窃大明神器，篡权违纲……你说哪一桩，不是灭门大罪？就是将其千刀万剐，也难消天下人的怒气！俺周顺昌食其肉寝其皮，也难消心头之怨恨！"

周顺昌骂像，振振有词，震惊了在场的所有人。在场的个别画匠，也画下了周顺昌的神情。

李实从没见过如此大胆之人，惊叫道："胆大妄为，可恼，真可恼！今日是迎接九千岁神像进祠吉日，咱家竟然碰到这狗弟子前来吵闹一场！"

毛一鹭也没想到会发生这等事，听得脸色变了，怕当场激起众怒，不愿事态闹大，对周顺昌连说："想必你是喝醉了，莫非是多饮了几杯酒？"欲将周劝送出门。

"俺何曾醉了？俺清楚得很。"周顺昌说，"你们看，那奸像桀骜不驯，为这奸祠，搜刮了多少民脂民膏？你看门头上，什么'三朝捧日，一柱擎天'，真不知世上有'羞耻'二字；你看柱联上什么'力保封疆，功留社稷'，难道他不是祸害地方，遗臭万年的巨奸？"

这一骂，使得几位画匠停了笔，使得祠堂外聚集的百姓亢奋地连喊："骂得好呀，骂得好！"小太监们惊恐地叫嚷："来人，来人！一起把他打出去！"这一来，吓得几位画匠急忙甩笔跑了。

周顺昌怒发冲冠，喝道："啊呀呀，好一群爪牙！"

刚赶进来的轿夫周文元，一个箭步冲上去："谁敢，谁敢？"他护着主人周顺昌，三脚两拳把一个麻脸的小太监和一个驼背的秃头吏役揍得人仰马翻，并吼道："嘿，驼子背后坏，麻子当面坏，太监阴坏！"

顿时一群人要反扑过来，"且慢，且慢！不要动手！"毛一鹭怕不好收场，大声呵斥道，"呔！周老先生请回罢，不要招灾惹祸了……"

混乱中，香案上的火烛被一门子不小心碰倒，燃起了神像前的帷幔。

"不好了，起火了，救火呀！"一个门子惊叫道。

望着正在燃烧的火舌，周顺昌哈哈大笑，高声道："总有一天，阳光照，冰山倒，逆像毁，奸祠火燎，给姑苏郊外添一处断壁残垣，生长荒草。怪豺狼当道，恨猫头鹰满巢，到那时，只遗留个臭名儿世代讥嘲……"他背着手，笑着骂着，扬长而去。

"孔夫子放屁，还文气冲天。"毛一鹭望着周顺昌的背影咬牙切齿道。

几个小太监和衙役费了一番力，好不容易才灭了火。

毛一鹭气得回到后楼，再也无心进餐。当场恼怒地一脚踢翻了筵席，吓得歌妓们叫着逃散。李实气得歪了马脸哭丧道："咱家方才叫孩儿们毒打他一顿，可毛兄又劝阻，胸中恼不过，怎么处？"

"凡是不可性急，方才就打他一顿，也不是正经。赶快连夜奏疏，把他辱骂厂爷这事送至厂爷处，差校尉来捉拿他。"毛道。

"不中用，他前日与魏大中舟中联姻党，反对厂爷一事不是已密本上呈了？"李实说，"一定设法治牢他，教他浑身是口不能言，遍体排牙说不得！"

"如今李永贞奏疏周起元巡抚吴中时私吞府库银子，违背圣旨，克扣袍缎价十余万，并常与高攀龙往来，在东林书院结党，说是讲学，实是非议朝廷。周顺昌也是东林一员，就说他也从中介入，嘱托贪赃而取利剖分，此事这样办，如何？"毛一鹭狡生一计。

"有理，有理！就写他与周起元一起吞没公家财物。周起元与俺过不去，你周顺昌无非也是？无毒不丈夫，东林一伙该一网打尽！"李实道，"谢毛兄！"

"咱们事关一体，跟干爹做事，就该同心共胆，谋出计策，何须谢得？"毛一鹭说，"周顺昌啊周顺昌，纵你坚硬如铁，东厂的刑法似熔炉样，谅你也难承受得住。"

李实便吩咐陆万龄过来："今日已晚了，咱老爷心恼，也等不得上膳了，你们搁置好神像的阁子，派人在此守好，咱和毛大人明天再来伺候九千岁。"

"晓得了。"陆万龄道，"有请，外厢上轿去吧。"

当晚，李实与毛一鹭回到织造府，连夜筹谋，撰写密揭，上报魏忠贤，将周顺昌在苏州大闹生祠，诽谤朝廷，辱骂厂爷神像，在胥门舟中挽留另一东林党人魏大中，与其周旋后还结为姻亲之事等，细细呈奏，建议将周顺昌牵坐嵌入前应天巡抚周起元贪赃一案中。

第七章　官船押解过吴门　同仁相惜结姻缘

厄运罹临路入吴，
胥江水冷送君孤。
惺惺相惜姻缘结，
泪湿青衫恨诒诬。

魏大中，号廓园，浙江嘉善大舜乡人。自幼家贫，师从谢应祥、高攀龙。明万历四十四年（1616）中进士，登第后仍着旧衣冠，夫人织素如故。历任工、礼、户、吏各科给事中等职。为人清廉忠正，但凡有见官员贿赂，必振聋发聩地举报，以至无敢及门。在浙江，百姓苦于"兑运法"，魏大中闻之就上书浙江巡抚，痛陈其中奸弊，直至调整漕税才罢。

天启元年（1621），刚正坦言的魏大中，弹劾杨镐、沈㴶等，涉侵魏忠贤和客氏，还议及"红丸案"，力究陷害东宫太子一案。他不计个人安危，多次谏净，孤身与权臣斗争。

魏忠贤拉帮入伙，就是遇到一个姓傅的小官，魏忠贤也要其认其外甥傅应星做一家人，称己为舅或舅公才高兴。遇姓魏的都要认兄认弟认子侄，大学士魏广微已认忠贤为叔，就做了阁老。

魏忠贤还教魏广微去认大中为兄,魏大中不肯,有个一面之识的霍丘知县,被差来厚馈,魏大中发现不对头,不肯受馈,这就结了半个冤家。既然不合,对不起,你就别想再安稳姓魏了。

当杨涟疏劾魏忠贤这个逆珰时,魏大中马上亦上疏《击逆珰疏》。邪党侧目,奸人谗嫉。

魏忠贤让魏广微于天启四年(1624)安排同伙弹劾魏大中,使大中被贬三级外放。同年十月,大中南返嘉善,息居故里,抽闲著《藏密斋集》。

平时,魏大中、杨涟、左光斗和赵南星等,与汪文言皆有来往。给事中阮大铖与左光斗、魏大中不和,遂令给事中魏傅魁弹劾汪文言,也一并弹劾魏大中:"貌陋心险,色取行违,与光斗等交往,私通文言,肆为奸利。"

魏忠贤想独揽大权,也害怕朝中那些正人君子。该疏入上,魏忠贤大喜,立即要求皇上下令逮捕汪文言,将其下狱,严刑拷逼汪文言指证魏大中受杨镐等人贿金二万两,并想借此事罗织东林党人之罪。此事也成了一群东林党人入狱的导火索。

首辅叶向高呈天启皇帝道:"是我提名举用汪文言入内阁中书的。左光斗、杨涟和魏大中等人勾结汪文言贪赃,不知真否?乞求陛下只处罚我一人,来宽免其他人。"叶向高一向对时局不满,已经辞职几十回了。于是,他这次极力要求尽快罢免自己。

魏大中此时正迁至吏科,上疏力辩。御史袁化中等相继为左光斗、杨涟和魏大中辩言,也无济于事。天启五年(1625)四月二十四日,魏大中在家中蒙冤被捕。嘉善数千民众不顾安危,一路号泣追随相送,唯有地方上的一些官员,生怕牵扯都不见了。

周顺昌从文震孟处得知,好友魏大中也被魏忠贤陷害,将从浙江湖州押解进京,乘官船由京杭大运河路过苏州。

周顺昌便雇一小舟,带着管家顾阿大,开始连日守候在阊门码头旁。

这日晌午,果见一船缓缓从南边驶来。"船家,你们一路南来,可曾知道嘉兴魏老爷的船到了没有?"顺昌立在河边,顾阿大问。

"可是公差提解人上京去的船?"那船家道。

"正是!"顺昌道。

"今晨我们一起从吴江出发的,可能此时也到胥门了。"船家又道。

"有劳了!"顺昌今日又等了半天,可算等到了,他转身对自己的雇船道:"阿大、船家,那我们快开船到胥门去,一路留心,勿错过魏老爷的船。"

"晓得!"船家起船开摇。

当他们赶到胥门,一只插有官旗的船正好驶来。两舟相遇,周顺昌吩咐小船靠上去。只见那舱外头立着两个公差模样的人,其中一个道:"去,去!你们是什么人,看不见这是押解朝廷钦犯的官船吗?"

"船中押解的可是嘉兴魏廓园魏老爷?我找的就是你们!"周顺昌这一说把他们吓了一跳。

"你是何人,敢来截官船?"两官差有些慌张,"我们是奉圣旨押解的,你们想作甚?"

"什么圣旨?是那魏忠贤矫旨冤逮魏老爷的!"顺昌一个箭步跳上官船。

"你敢擅闯官船,究竟何人?"一官差瞪着眼问道,但见来人气度不凡,能提到魏忠贤的名字,知道不是一般人,"我们是奉旨办差,也不知魏老爷犯有何罪,你闯上船来,我们不得不问。"

顾阿大立即上前,对两官差拱手作揖道:"二位,此乃我家周顺昌老爷,刚罢职回苏的周吏部,是想前来看望魏老爷的。"

"噢,原来是周老爷!好说!"一官差心想,想必也是来要求我们照顾案犯,打点打点的?

顾阿大见顺昌已进船舱,马上递上了二两银子,给其中的一个官差道:"二位辛苦了,请行个方便吧。"

二官差听闻是周吏部,就知道他也是朝中一官,便笑道,"好说!既然是周老爷要见魏老爷,那就方便一下。"

顺昌摸在黑乎乎的船舱里,说道:"廓园兄,廓园兄,是我来看你了。"

在一个角落里,一个蜷缩的人影,挪动了一下,坐了起来,他披戴着枷锁,有气无力道:"何人呀?"

"廓园兄啊,我是蓼洲呀。"顺昌说着便弯腰搀扶。

"蓼洲兄,怎么是你?你不在朝中?"魏大中踉踉跄跄地站了起来。

"廓园兄,小弟在此!小弟已罢职而归了。"顺昌道,"廓园兄今日被阉党所捕,名扬四海,小弟敬仰,敬仰!"

周顺昌上船,二位官差知道,这可不是好惹的主,既已上船,且容他与老友一会。不过他们叫过顾阿大道:"圣旨紧急,见了人说两句就行了,我们不敢多逗留。"

"晓得,晓得,兵在外不受将管。"顾阿大从怀中又拿出了几两银子,弯腰递上道,"二位歇息,我们苏州可是好地方,有好多美食,不如上岸买些酒菜如何?这里就请放心,反正我家老爷也是真正规矩的官人。"

"那是，那是！"一差人边说边吩咐水手，"泊船，在此泊船！"说完后还要上岸去走走。另一差人说自己留在船头坐着，听二位爷究竟在说些什么。

只见顺昌道："蓼洲兄，我本弹劾权珰，放归乡里，满以为杜门谢客，训子课孙便算了，怎想到妖孽们却罗织熊廷弼、杨镐为隐瞒侵盗军费而贿赂一案，还将汪文言、左光斗、杨涟等十七个人牵扯进去，欲将我东林士子一网打尽。那汪文言被许显纯打得体无完肤，被逼指证我受杨镐等人贿金二万两，他誓死不从，被用大刑。"

魏大中听了后低头悲泣道："世态炎凉，我削籍在家，过去多少同年好友都不敢来看我，避之不及。更有朝中同僚，还落井下石，巴结奸贼，以求自身进阶。今日不介意生死者，唯吾兄一人也。我此去凶多吉少，不过一死罢了。"

周顺昌爱莫能助，深感负愧，考虑到船上没有准备什么吃的东西，担心魏大中上京路上身体虚弱，便说让他好好在船上休息，自己下船买些吃的东西送来。好在今日官差不开船，他们也想在苏州玩乐一下，顾阿大还介绍他们晚上去阊门消遣。

第二天上午，周顺昌买了两袋米和一些干粮，另提二瓶老酒和熟菜，与顾阿大一起又来到船上。会做人的顾阿大也不忘给二位官差递上酒和一些苏州土特产。

在船舱中，魏、周对饮，谈起了许多朝廷内外和民间大小之事。

又过午时，喝得差不多了，周顺昌问魏大中："小弟虽一贫如洗，无所相送。廓园兄有甚未了之事，愿为代劳。"

大中道:"此去凶多吉少,只牵挂孙儿,怕自身之事日后影响孙儿成长。"

"令孙几岁了?"顺昌问。

"小孙年方十五。前日我被逮之时,举家惊慌,我以大义晓之,尽皆掩泪听之。唯有小孙牵衣痛哭,昼夜不止。自这两日启程登船以来,耳畔啼声不绝。"大中牵怀道。

周顺昌思考了片刻,为慰孤臣忠心,道:"小弟恰有一女儿,年岁相当,愿招令孙为婿,代为照管。"

大中恐顺昌受连累,坚辞不允:"待罪之门,不可,不可!"

这时,舱门口露出一个脑袋,催促道:"周爷,你们有话快些说,我等要赶路,小的们怕误了交差,担当不起。"

周顺昌低声言道:"你我同心,中流砥柱,并不是泛泛缔结姻缘。一来文章声气相应,重修百世婚姻;二来患难与共,死生相惜。小弟主意已定,吾兄不必再拒。"

大中感叹道:"兄弟被逮,多年同道好友无不畏祸深藏,避之犹恐不及。今日不以生死介意者,唯兄一人耳。"话毕洒泪应允,"好!蓼洲兄啊,小弟身在难途,没有荆钗、雀屏作聘礼许婚,没有任何信物赠予令爱,愧对得很啊!"魏大中说着,便抬起带拷的手,用衣袖抹着老泪。

"小弟方才说过,'道义'二字就是聘仪,何烦他物,丈夫一言九鼎,天地作证!"顺昌主意已决。

"啊呀,如此说,义不容辞!亲家翁,吾有一拜!"大中抖枷作揖道,"此恩此德,我只能来世再报!"

"小弟也有一拜!"顺昌站起弯腰抱拳,"吾兄,千万别这样说,要折煞人的。"

两人惺惺相惜，互拜后就此定下了姻盟。

此时，两官差在舱外嗤笑说："周顺昌不知死活，竟敢与朝廷钦犯联姻结党。"遂探进头说："周爷，你说好了吗？"意要催促他下船去。

"唯，唯！"顺昌不耐烦道。

这下可让一官差不高兴了，"你们唠唠叨叨没完。周爷，你好大胆，他是钦犯，你竟然与其联姻结党，厂爷知道，那可不得了！"

"你这狗头，多管闲事，你回去告知那阉狗好了。"周顺昌血性暴涨，狠骂起来，"我周顺昌，行得正，坐得端，不是怕死之人！尔等不知世间有不畏死之男子耶？归语忠贤，我故吏部郎周顺昌也。"

"我们也是好话，周爷不怕死，只管寻死，不关我们事。只是耽搁时间已久，你请便吧。"一官差道。

"相送千里，总有一别，亲家翁，言尽于此！"大中无奈对顺昌道，"你我虽声气相投，恐不能再与仁兄相会！"

"亲翁去后，小弟知道自己也将厄运难免……将步后尘，相见在即，小弟就此拜别了！"顺昌话还未完，顾阿大拉扯着他上了小船，怕他再与官差言语闹僵，会对魏大中不利。

周顺昌上岸后，一官差叹气道："好一个铁骨铮铮的蠢官，还骂人？回去对俺厂爷说了，看你活得成，还是活不成？"另一个接道，"明知岩山有虎狼，故作深山采樵人。时辰不早了，吩咐水手们开船赶路！"

正当水手用竹篙撑船时，岸上来了几人，有喊："此船可是送魏爷上京的船？我们是奉毛府台之命，前来寻钦差使臣之船的。"

"正是!"一官差答道,"何人在喊?有什么事?"

"二位爷是提解魏乡宦的吗?请二位爷下船上岸说话。"一锦衣人喊道。

"来了,来了!"两官差走上水手搭好的跳板上了岸。

"我家应天巡抚毛军门老爷,晓得圣旨急,也不相留,特差小官前来送银二百两,赠予二位路上买些江南小吃。"来的一位小官递上钱袋道。

"多谢,多谢!请回复毛府台,那个刚刚回你们苏州不久的原吏部周顺昌,方才上船来,与犯官魏大中唠唠叨叨,叙了半日的话,还有话辱骂厂爷。两人又在船中订立誓约将子女结了姻亲,叫你家老爷,也要当心此人。"一官差收了钱袋,顺便讨好道。

"晓得,下官这就回去禀报。"一小官道。

"有劳,有劳!难得毛老爷这样的好人。咱们赶路要紧,这就去了。"一官差令船主道:"开船,开船!"官差立在船头向岸上挥手告别。

第八章　秉性恒贞传闺训　茅屋萧条伴清风

> 严亲仕路荆棘生，
> 母教谆谆秉性贞。
> 四壁萧萧清誉伴，
> 及笄闺秀泪盈盈。

昨日，周顺昌离开押解魏大中的差船，迈着沉重的步子回到家中。他一五一十地将在胥门舟中见魏大中所说的事，告诉了妻子吴氏。

传承儒家的道德行为是吴氏守家的信条，她从不登步豪华的场所，家中的萧萧四壁伴她每一个晨昏。自从嫁到周门，懒临妆镜，身少绸缎，恪守妇道，织作布帛，相夫持家，乐守素食。只缘自家相公秉性耿直，半世清官，家境萧条，门庭冷落，今又仕途遇艰，只能罢职居家，不知日子如何过是好。

自家相公昨日与嘉善魏大中相会，把手述心，不想竟将小女儿许配其孙。吴氏想此事虽属相公愤世慷慨，心怜同仁，但魏公也是权奸的仇人，今结亲缘，来日恐怕临祸，吴氏愁肠百转。

吴氏心想：既与亲家定盟，自家相公一言九鼎，料难有变。

女儿从不涂脂抹粉，平时也不多出门，即使春天的景致再美，也难得去赏玩，在家织锦刺绣，和自己一起日夜劳作，攒点薄银贴家糊口。女儿今年虽已至谈婚论嫁的年龄，但长在宦门，从未挂珠戴翠，锦衣裹身。许多豪门富贵，差人提聘，相公悉数谢绝。

不料这回，相公竟独自作主，将女儿许配嘉善魏家。说起来，魏家也是门楣相当，只是魏公自身出事，恐怕日后难以保护和照顾家中孙辈，即使他能保全性命，家中也少不了破财消灾。女儿出嫁后，寅吃卯粮，如之奈何？

相公今早外出，至此未归，吴氏决定还是先将此事与女儿说道说道。

"茂芹在哪？"吴氏唤女儿。

"娘，我在绣花呢。一幅画还未绣完呢。"茂芹在自己房中答道。

"出来一下！"吴氏问道，"你父早出，是为嘉善魏大中老爷之事，差人送信去通知他家，怎么中午还不归来吃饭？"

"爹爹早上是跟哥哥一起走的，不会有什么事，放心吧！"茂芹放下刺绣的活出来答道。

"儿啊，你爹昨夜对我说，为你订婚了！你可晓得是何家？"吴氏望着女儿道，似乎在看女儿的反应。

"早晨，我在大门口送爹，爹也只说了一句，将我许给一个什么地方的魏家，我想问清楚，可是爹急匆匆走了。"茂芹低下头道，似乎有些害羞。她上午已走神瞎想半天了，穿针时有几次针刺到了手指头。

"你知道了？那婆家姓魏，在嘉善也是一个旺族。魏家大老爷叫魏大中，他孙儿叫魏允枏。最近，在官位上，魏老爷遭小人暗算,遭罪出了事。即使能保住性命,也会家底费尽,你日后嫁入,恐怕日子难度,如何是好?"吴氏垂头丧气道。

"娘亲在上,自古婚姻天注定,虽是爹爹作主,但女儿还未成年,还能在膝下留侍,且请宽怀。"茂芹道。

"想你虽未成婚,日后还是要嫁去做媳妇,那些为妇之道也须早些懂得。"吴氏又道,"月下洗衣,灯下织布,挽辘汲泉,敬姑拜婆,一样不能少。"

吴氏左叮右咛,无非是些女人要三从四德之类的言语。

茂芹心想自己针指娴熟,能吃苦,不惯娇,娘亲之命,孝心虔听,但无意出嫁,只祈娘亲身体健康,凡事无忧。

顺昌之子茂兰一早陪父亲出门,准备去找在苏州的嘉善商会,打听今日有无商船与熟人去嘉善,不料父亲半路又打发他去找吴文瑞,欲让吴县令抽空来自家一趟,有事相商。父亲自己去找什么人,茂兰并不知道。

茂兰去见吴县令,吴县令不在衙门,等至傍晚才见到陈文瑞,得知父亲今日在山塘街九千岁生祠骂像一事,非常惊讶,便急匆匆奔跑回家。

茂兰回到家中,在堂的母亲和妹妹见茂兰气喘吁吁,便问道:"为甚这么气难平?"

"事情糟糕!爹爹今天忽然去了山塘魏太监生祠,怒骂神像,当场还与人争吵,听吴县令说此事可触犯了上头,将会有祸患降临!"茂兰道。

"爹爹生性耿直,招惹灾祸,是与谁起争执了?"茂芹问茂兰道。

"那魏忠贤在全国各处建造生祠,毛抚台与李太监等在苏州也为其盖起一祠，又在里面塑了魏太监的全身像。今日迎接这像入祠，是在办喜事，可爹爹他……"茂兰道。

"事情又因魏太监而起！"茂芹道，"毛抚台与李织造是魏忠贤干儿子，那可不是父亲该去的地方！"

"昨日有乡绅送传帖约爹爹同去贺祝，爹爹回了他，说不去。"茂兰道，"不去也罢，今日不想爹爹又去。"

茂芹问："去祠堂又怎么？"

"爹爹直入生祠，亲见神像，怒形于色，掀髯切齿，高声唾骂。"茂兰道，"骂魏贼祸害忠良，恨不得屠其肠、断其颈，还骂同乡中竟有依附魏贼之人，实谓可耻。"

"那毛抚台与李织造可曾听见？"茂芹又问。

"怎么听不见！"茂兰道，"还骂他们是如豺如狼的奸佞，竟然为魏阉塑像，如奉神明，给其皇冠蟒袍和玉带加身，想必是奉他来做皇上？将当今天子置于何地？想篡位谋反不成？怎不诏告天下，大明江山改姓魏了？"

"是真的吗？"茂芹问。

"的确是真的！"茂兰道，"李实还狐假虎威地用那破锣似的声音狡辩，说九千岁功高山岳，恩泽四海，岂是那样的人？爹爹骂道：'先朝先帝早有规训，宦官不得干政，请问李织造这位太监，你不在宫里伺候皇上，跑来江南这地方来，究竟当的是官监还是当朝官？'直叫李太监瞪眼说不出话来。"

"那他们不是气死了！"茂芹道，"早就听人说，如今朝廷贪官都是属鼠的，只有像爹爹这样的一些东林人士都是属猫的，猫与鼠总是天敌。"

"娘亲在上，方才路上有几人对孩儿说，亲见爹爹在那里，耳闻他言辞铮铮，痛快淋漓，骂出了平日窝在心头的怒气。"茂兰道。

吴氏听得目瞪口呆，终于止不住道："咳，相公呀！你本草莽之人，难以明哲保身，何苦身落虎口险境，又免得堕入奸人陷阱，只怕祸到临头，殃及全家。你爹爹现在哪里？我要苦谏他一番。"

"娘亲之言有理。"茂兰道，"如今能与谁辩是非？冷眼旁观陌上螃蟹，看彼横行到几时！"

"你爹爹这人就是脾气不好，天启五年夏天姚希孟老爷回乡丁忧，还在半路，就被魏忠贤矫旨削籍，你爹听说此事，矢口怒骂；姚希孟回家为父母办丧事时，那毛抚台不以江南人尊死人为大的风俗下礼吊唁，你爹当众斥责他心意不诚；还有一个同乡是姚希孟的好友不亲自来吊唁，派兄弟和仆人前来，你爹对着他家人斥骂，致使人家面子过不去。"吴氏道。

"当初苏杭织造、太监李实来到苏州，地方士绅都准备前去为他接风，你爹爹与文震孟、姚希孟二位老爷一起坚决制止。苏州同知杨姜不肯以参见上级礼仪拜见李实，后来却被李实借口诬陷。前应天巡抚周起元上疏为杨姜申辩，并弹劾兵备副使朱童蒙暴虐，因此也被削职。"吴氏继续道，"像周起元老爷这样的好官被革职，怎么能没有人相送？你爹爹遂写了一篇序文。你爹爹在文中盛赞周老爷'以削去报天子'，还无所顾忌地把序文送给新任巡抚毛一鹭看，那毛可是魏忠贤的干儿，你们的爹爹不顾一切，与权贵不合，将关系搞僵了。"

最僵的事，恐怕还不止这些。吴氏回想着，沉浸在往事中。

在京为官时，顺昌除俸薪外从不收他人钱财。他租借的房子简陋，仅与助手和仆人一起生活，他克勤克俭，布衣素食，不往来宴酬，谢绝馈赠，每天生活费定量，仅用十文钱、三升米。有人送来人参汤，他一定要付金酬谢并告诫下不为例。

顺昌常常灯下夜读，却不用菜油作灯油，他只买便宜的桐油，还自侃道："人说桐油灯让人眼花，我反倒觉得自己眼目清亮。"

吴夫人过四十寿辰，他不允收受别人礼物，只亲自去买半斤豆腐供寿星一餐而已。顺昌平时喜交贫民与文士，不慕权贵。

归家里居，顺昌还特为夫人写就一诗，用宣纸抄写，贴在卧室墙上：

> 南度经秋岁已淹，
> 一番积梦醉逾添。
> 风辞别叶频惊枕，
> 月引愁心忽入帘。
> 脾疾每惊新齿发，
> 空囊无愧旧斋盐。
> 纷纷轻薄徒为尔，
> 曾念当年素与缣。

顺昌安贫乐道，扫地烹茶，以题书绘画为乐，经常创作些书画作品，馈赠于值得交往之人。他写给儿子的《字付大儿茂兰》的家训，后来被列为中国历代家书中的经典名篇。

顺昌欲为双亲落葬时，宁可预支教书的酬资，也不收受亲友的一分钱捐赠。曾有个开妓馆的富家子弟想结交顺昌，借机馈送不少银两，顺昌毅然地谢绝道："贫者士之常，岂能征逐于酒肉歌舞之场哉？"就这样，直至最后顺昌遭罪，苦于家资不便，顺昌父母之棺材还暂厝在外，一直没有落葬。

往事不堪回首！吴夫人正想着，只见此时顺昌默默地回到家来。

接着，顺昌不顾妻子殷殷相劝，闷闷地独自饮酒。他始终放不下朝内与朝外的政事，因君门万里，他为不能上疏弹劾，剪除奸党而忧心如焚。一会儿，顺昌酒足，昏昏睡去。

睡梦中，顺昌笑了。他喜见圣上降旨将自己官复原职，又穿戴起官服。他急急执笏入都门，面见皇上，呈上一疏，但本没有写，咳！怎么哪？魏阉罪恶满贯，罄竹难书，现在只得口疏了！

"臣吏部员外周顺昌，叩见陛下。愿吾皇万岁，万万岁！"顺昌跪拜。

"你有何事奏闻？"圣上问。

"启禀圣上，臣泣血上奏！"顺昌又叩首。

"你奏的是何人？"

"那魏忠贤！圣上呵，魏忠贤作恶多端，普天痛恨，他杀害忠良，违背祖制，内廷弄兵……"

"爱卿忠直谏言，如此甚好！寡人即当明察，你回寓所静候佳音。"

"皇上圣明，天下臣民万幸也！"顺昌拜退，"吾皇万岁，万岁，万万岁！"

顺昌退至殿外，只见魏忠贤被五花大绑着，被士兵推了过来。真是冤家路窄，狭路相逢。顺昌一见他就火冒三丈，走上去用朝笏猛击魏贼。

"魏贼，魏贼，我正要找你！"顺昌使劲地叫喊着，"我要打死你这奸贼！将你碎尸万段，打！打……"

"老爷，老爷，你怎么了？"吴夫人见顺昌一个劲在梦中呻吟，双手推动他身子问道。

"啊呀，哎……"顺昌醒来，对夫人道，"原来我是在梦里头？"

日有所思，夜有所梦。顺昌除恶心切，怒气填胸，只为被劾，壮志难酬，睁眼面壁，甚觉忧愁。

正是：梦境虚无愤难消，盼断君门抱孤忠。

第九章　太监九千岁作怪　东林六君子遇害

为存国体横眉看，
君子诛奸把劾弹。
倦鸟寒天惺且骇，
忧思忠魂梦难安。

"东林书院"与"东林党"，究竟是怎么回事呢？

东林书院位于江南无锡。北宋政和元年（1111），理学家程颢、程颐的嫡传弟子杨时，在当地官员的陪同下，来无锡保安寺游览。杨时见这里周围古木郁葱，与庐山的东林寺颇为相似，有意在此讲学。在地方官全力支持下，定此为"东林"学社，杨时在此讲学达十八年之久。杨时去世后，他的学生在此为杨时建了一祠堂，即"道南祠"，是取杨时学成南归时老师程颐对之说过"吾道南矣"之语意，亦有解释为取言子的"道启东南"之意。

后来，东林书院因年久失修而荒废。元朝至正十年（1350），有僧人在原址上建东林庵。明朝万历三十二年（1604），被罢黜回乡的顾宪成，偕弟顾允成，与也是被罢职的同乡高攀龙等人，又将书院修复，在此聚众讲学，开一代自由讲学之风气。

顾允成、高攀龙等，虽"居水边林下"，却主张志在世道，为官清廉，对正俸以外的收入，或上缴，或救灾，决不入私。反对不切实际，空发议论，倡导"读书、讲学、爱国"的精神。他们忧国忧民，锐意图新，为振兴吏治，敢言直谏，革除朝野积弊。讲学之余，他们往往论陈时弊，议及朝政，裁量人物，因此倾动朝野，为一些正义的朝廷士子所响应，引起全国学子仰慕。

"风声雨声读书声声声入耳，家事国事天下事事事关心。"这句顾宪成之名言，激励了许多知识分子。名满天下的东林书院，成为江南地区人文荟萃之中心和议论国事的主要学术舆论阵地，有"天下言书院者，首东林"之盛誉。万历四十年（1612），顾宪成因病去世，高攀龙继续主持书院。所谓的东林党，也就是指一些与东林书院有关系的人士。

且说魏忠贤恨煞杨涟、左光斗、魏大中、周朝瑞等人。一日，魏忠贤请崔呈秀、顾秉谦、王体乾、傅櫆、阮大铖、杨维垣和倪文焕等心腹到私宅议事。魏忠贤道："左、魏动不动说什么祖制，阻我封荫，烦各位想个计策，对付他们。最近首辅叶向高也与这帮人交好，那徽州门子汪文言做了中书，可是他疏荐的。"

阮大铖道："这般人个个与上公相拗，如今江南已出现应社、几社等，又准备兴起一个大的集团组织，接手东林党，望上公严刑峻法，处治几个像高攀龙一样的首恶，以振朝纲。外面有《点将录》，载的都是东林恶党，比较新奇，特抄一本，呈送上公过目。"

"辛苦你了，你们这帮好人，咱家不是不知好歹的混账之人，将来绝有重用之处。"魏忠贤道，"杨涟奏我一本，数我有二十四大罪，好不厉害！我反上一本，乞赐罢斥。皇上把杨涟本留中不发，并批道：'一切正事，皆朕亲裁，宫闱事情严密，外廷何以透知？毒害等语是欲屏逐左右，使朕孤立。杨涟寻端沽直，姑置不问。'皇上反道我忠勤于事，将我一本付阁票拟。"这样一说，众人皆服。

天启五年（1625），从四月开始，魏忠贤怕这样下去对自己前途不妙。不是你死，就是我活，他便孤注一掷，吩咐摩拳擦掌的"五虎""十彪""十孩儿"，该争先上本，下手清剿异类分子了。这般义子义孙，人人想升官发财，这个想做阁老、尚书，那个想做御史、给事中、翰林，只要能搜索在位人过失，设法谋奏就行。

首先，分派大理寺徐大化诬奏请逮汪文言，吩咐许显纯快速捉拿汪文言，送进镇抚司狱中来勘问。阮大铖撺掇魏忠贤，来做帮手，关照必须"如此这般，不得有误"。

被捉拿到来的汪文言道："现时有天没日头，若要我诬陷正人，我必不肯。况且这般人，我不认识的多，认识的人都是正人，如何有赃？"

许显纯大怒："做官的不贪怎么甘心做官。何人相信你没贪？常言道，老鼠见仓米，岂会牙口不粘？你过赃多少，老实交代，免得受罚。"

"天理何在，成何道统？"汪文言道，"苍天啊，你们要我如何说？我宁死也不栽赃一人。"

许显纯喝令狱吏动用五刑，致使其昏迷过去，没奈何，只好将汪文言送回监狱。他再与替汪文言代笔之人商议，拟出狱供："熊廷弼没被绳之以法，皆系顾大章、周朝瑞等受赌所致，并赵南星等十七人，皆由我汪文言居间通贿，扰乱朝政。"写好了此词，等汪文言醒来时，念与其听，强迫其按下指印，直把汪气得当场喷血。

四五月里，就有内旨传出，先差校尉捉拿杨涟、左光斗、魏大中、周朝瑞、袁化中和顾大章等"东林六君子"。余下的有高攀龙等，再另等下旨缉拿。

如此局面，正如诗云：

> 拒附妖奸天性刚，
> 满朝惊震削籍忙。
> 挽天无力刚愎性，
> 牵罪遭诬气断肠。

六月里，周朝瑞、袁化中先被拿到，送至镇抚司狱。

七月初，魏大中已从江南被押到京城，入北镇抚司监。魏大中一进监，就遭酷刑，自知难逃一死，写下《临危遗书》，称自己没有辜负国家，但毁了自己的家，上对不起老，下对不起小，嘱咐家人要患难相守，望子女能安心守贫，勤奋读书、好生积德。

魏忠贤为讨客氏欢心，正准备于七夕安排赏玩，闻报六犯已齐，便吩咐亲信镇抚司许显纯，快点严审成招，不得延缓。此时，汪文言已因严刑气绝，死无对证。

七月十三日，被押的六人从牢狱中提出，每人被两狱卒搀扶着，一个个面色土黑，头发散乱，血衣如染。许显纯高声道："奉圣旨，勒五日二限，限纳四百银两。若不如数，各罚痛棍三十。"

魏、周、袁三公瘫坐在地不语，左公听了道："我们为官清廉，何人不知，我们何罪之有，有何赃可追？有罪的、贪赃的分明是你们这些阉党头目和走狗！"

左公又道:"欲加之罪,何患无辞?是非与黑白都被颠倒了!"

杨涟呼家人吩咐道:"我知必死,汝辈不必候此,请速归服侍太奶奶,吩咐家人,以后切不要读书做官了。"

许显纯如虎狼鹰犬,在旁一听便发怒喝道:"给我各打三十棍。"一时棍举声哀,六君子有的股肉已腐,受杖在骨头上,反不见什么血,这就是所谓的"痛棍"。打毕,每人各被两狱卒拖回监牢。

十七日,许显纯分批以五日一次限定不少于二百两银子的数量,勒令犯人家属陆续缴纳赃款。数如不足,便各受全刑。

全刑就是:夹、拶、棍、杠和敲,共有五种。

杨涟道:"即奉圣旨每五日一缴,共完四百。尔等并非赃官,也须慢慢措办才是。为何又勒完银?难道又有圣旨?"

许显纯大怒,喝令打杨涟三十大棍,其他今日免打,过后再还监。

传言杨涟弹劾阉党的奏疏,是出自原楚党熊廷弼之手。此时,熊廷弼驻守山海关,经略辽东军务,曾因战守之争,魏忠贤与其极不对付,发誓要杀熊廷弼。

魏贼义子崔呈秀诬陷熊廷弼侵盗军费十七万两。等杨涟等人被捕下狱,就诬蔑他曾受过熊的贿赂。

天启五年(1625)八月,明熹宗下旨杀了熊廷弼,将他的首级在北方的九处军镇辗转示众。

有人谣传熊廷弼的家产值百万两银子,应该没收了充作军费。魏忠贤便矫诏命令严加追赃,熊廷弼家全部资财根本不够,连亲戚、本家都被查抄,廷弼的长子熊兆珪含恨自杀身亡。廷弼妻子喊冤，来扶主人的两个丫鬟被当场扒掉衣裳，还被打了四十大板，知道此事的人无不叹息。辽东军民，见到传至示众的熊廷弼首级，无不焚香叩头，有道："百万生灵性命，皆是熊老爷救的。如今空有咱百万生灵，也救不得熊爷爷性命。"竟有夫妻携儿女为之戴孝。

十九日，熊廷弼的首级被传至九边（即塞北边关九镇）示众，狱中六君子越发急呼。许显纯俱用全刑，杨涟当场没有了声息；左光斗呦呵如啼；魏大中竟似木头人；周朝瑞与顾大章各打二十棍，并拶敲（即用穿洞的木条夹指再将绳收紧）五十下；袁化中也被拶敲五十。魏大中回醒过来后曾唤家人到面前，吩咐道："我每日只饮冷水一两盏，啖苹果两三片，命在旦夕，速为买棺，不可觅美棺，勿违我遗命。"

二十日，杨涟家人送饭，却在茶叶蛋中夹送金屑，被狱吏搜出，恐慌逃去，接着再无人传箪。许显纯问杨涟："你叫家人逃匿，不愿交赃，是抗圣旨，该当何罪？"

二十四日，杨涟、左光斗先后气绝身亡。

二十六日，魏大中，这个被誉为"大明三百年，忠烈刚强第一人"和"骨鲠之臣"，被布囊套首窒息而亡。

八月十九日，袁化中气绝，次日被奏报病死。

顾大章因交赃未完，至九月十三日经两个御史、八个刑部司部会审，依然问了斩罪。十九日，在狱中自缢身亡。

可怜六君子未脱磨难，忠良横遭身死。

得意的狐狸强似虎，以前朝中都是天子的门生，今日都是太监的门生，魏忠贤不顾皇帝的体面，阁老中又新添了三个，阁里的人都是魏的干弟、干侄、干子。

内阁是协助皇帝批阅奏折的，阁员提供参考意见，也就是票拟，然后再由皇帝批红。很多时候皇上懒散，都是由司礼太监代笔。从内阁到六部，再至地方巡抚，都有魏忠贤的亲信。

把握内阁与司礼监，就相当于已经把皇帝架空了，这阉党的势力就开始正式形成了。

魏忠贤权势至极，天下官员中的正人君子，在廷上敢进言斗之的皆遭殃，胆小的沉默自保。想攀附的不得不来奉承他。奉承最甚的莫不是认贼作父和建造生祠。陆续有应天巡抚毛一鹭在苏州虎丘建生祠，赐额"普惠"；南京地方官李之才在孝陵前建生祠，赐额"仁溥"；运河总漕苏茂相在凤阳皇陵旁建生祠，赐额"怀德"；主事何宗圣在长沟建生祠，赐额"显德"；巡抚刘诏建在密云建生祠，赐额"崇功"；阎鸣泰在通州和昌平州建生祠，分别赐额"崇仁"与"彰德"，等等。各地纷纷请旨报建"九千岁"生祠，天下大兴土木，劳民伤财，奴奸真是不知廉耻之极。

"东厂"的职能本是访谋逆、除妖言、拿奸恶等，与锦衣卫均权势，监督朝中大臣的言行举止，同时也对锦衣卫的活动有所监督。

"西厂"负责皇宫大内的保卫和警戒工作，还要乔装深入民间，探查百姓的风闻动向等。

锦衣卫作为皇帝侍卫的军事机构，建立之初，从事侦察、缉捕、审问活动，掌管刑狱。明成祖将锦衣卫重新恢复后，其职能扩大到可以逮捕皇亲国戚和文武大臣，还介入军中，参与搜集军事情报等工作。

锦衣卫的首领由皇帝的亲信武将担任，一般很少由太监担任，属于外臣。而东厂、西厂的首领是宦官，即内臣、厂臣。

锦衣卫穿的是皇帝赏赐的飞鱼服，飞鱼服是明代一种仅次于蟒服的二品赐服。衣服上有四爪飞鱼纹，由云锦中的妆花罗、纱、绢刺制作而成，并佩绣春刀。飞鱼类蟒，并不是民间所说的那种飞跃于海面的飞鱼，而是形象近似一种龙首、鱼身、有翼、有鳍尾的图腾形状。

　　魏忠贤混到掌管东厂、西厂与锦衣卫，能穿蟒袍，可谓处尊居显。

　　不与魏珰做伴的官员纷纷道："皇帝与阁老都听魏爷的，内阁可称'魏氏内阁'了。东厂与西厂也是魏厂爷的了。"可想而知，魏忠贤所掌的权势已有多威盛了。

　　有一个御史叫张讷，他虽与东林不合，却未曾投靠魏忠贤，但见事势所趋，就借题奏上一本，请废天下所有书院，以压制在野官员和知识分子对时政的议论。于是，不多日天下书院尽行遭毁。

　　朝廷之上正人君子少了，只有翰林中，还有几个未被削夺的正人。人人保身惜命，或是疏求外调，或是告假还乡，不忍旁视。败翎鹦鹉不如鸡，就连文震孟、周顺昌等也只好作罢归家。

　　朝中只留魏忠贤一帮义子义孙，尽寻隙挑衅，奉承恶珰，不与之同流合污者喋血京城。

　　时工部郎中吴昌期，忤了魏忠贤，敕令归籍。中书舍人吴怀素，反复看杨涟上疏魏忠贤的《二十四大罪疏》，连连称快，以书遣送吴昌期，书中夹有"事极必反，反正不远"八字纸条。被发现后，许显纯连吴昌期妻女都捉拿，严刑拷打，使吴昌期全家尽死杖下。

　　不只正人君子在朝廷举步维艰，魏党内也动荡不安。魏广微做了阁老,心满意得,整日歌舞快乐。有一年一个冬至日,他竟忘了拜送魏忠贤节礼。魏忠贤顿时一怒,广微失去他的欢心,被遣令回籍,真是威虎难伴。

一日,被称"五彪"之一、执掌锦衣卫的田尔耕,现出了一把扬州知府刘铎所书的诗扇。扇书内容有讥讽时事之嫌,魏忠贤怒传内旨,立即差校慰去捉拿刘铎进京勘问。

一时京师都这样传言:"罢了,罢了!如今诗也做不得,写不得了。"

第十章　锦衣卫出京巡捕　七君子受旨遭逮

> 东林士子不沽名，
> 扑灭飞蛾落照明。
> 经磨历难危仞伫，
> 感召日月举天旌。

受魏忠贤指使，崔呈秀献策，"十狗"之一的魏忠贤义子曹钦程，去勾结苏杭织造李实，谋诬周起元等人。不料曹钦程先前贪赃纳秽，被他人弹劾一本，经众孩儿撺掇，魏忠贤只好削其职，护其回去。

太监李实不识字，怕代笔不合魏公心意，便把一个盖有自己印鉴的空笺，拿到京城。

天启六年（1626）三月五日，崔呈秀、李永贞受命假以苏杭织造太监李实之名，借织造之事，呈上参论，后称此为"李实空印案"。

李永贞为李实代笔奏疏，其意曰：

原苏松巡抚周起元结党营私，欺君蔑旨，贪污袍价银两十万，与东林党人周顺昌、高攀龙、缪昌期、李应升、黄尊素、周宗建等坐地分赃。周起元分得赃银四万，其余六人各分得赃银一万。祈求圣上降旨将罪臣逮至京师问勘。伏乞圣裁。

接着，锦衣卫缇帅田尔耕闻知，乘缪昌期、周宗建两人在京办事之机，将他们先扭解至诏狱，抢得头功。于是，崔呈秀草拟圣旨，其意为：

奉天承运，皇帝诏曰：苏杭织造李实，弹劾原苏松巡抚周起元违背圣旨，擅自扣减朝廷所需袍服数量，贪污袍价十万银两，以致不能入库，并呼朋引类，与高攀龙、缪昌期、李应升、黄尊素、周宗建等借讲学之名，结党营私，坑害百姓，坐地分赃。周起元分赃得银两四万，其余六人各分赃得银两一万。故此，百姓纷纷痛恨，状告该党，申求法办。现除缪昌期、周宗建两犯在京被拘外，其他五犯，即着锦衣卫派出官旗，速至江南押解入狱，以待勘问。钦此。

魏忠贤遂传内旨，俱遣校尉下江南开始搜捕。

此时，辽东兵道袁崇焕在宁远与侵兵交战，得胜围解。魏忠贤却占为己功，荫及任都督的弟侄。而顺天巡抚申用懋，素谙边事，针对其滥冒边功，不顾边墙倾废，上了一本："蓟镇边垣，连年崩塌，班兵约量归蓟，齐力兴修，以保不乱。"魏忠贤置之不顾，只迂缓批示："该部酌议复奏。"一心只顾早些铲除异己，哪管边境敌情，除非可冒功领赏。

真是：千古阉人无此酷，残害世间一邪魔。

锦衣卫掌堂田尔耕，受魏阉指令派遣旗官张应龙、文之豹等率领六十多名校尉，分批分次，四出拿人，除缪昌期、周宗建二人已拿到外，再去捉拿高攀龙、黄尊素、周顺昌、李应升和周起元等五人。

三月十三日，所有南下的锦衣卫校尉到达镇江，在镇江开始分路行动。一路往苏州捉拿周顺昌；一路去常州府捉拿高攀龙、李应升；一路去浙江余姚捉拿黄尊素，最远的一路要经浙江去福建捉拿周起元。

拿高攀龙的一路，最先到达常州府，一到当地就宣旨开读，府、县立刻告知高攀龙。

高攀龙，字存之，又字云从，系无锡县人，世称"景逸先生"。万历十七年（1589）中进士，后父亲病丧归家守孝，三年后被任命为行人司行人。万历二十二年（1594），高攀龙上疏参劾首辅王锡爵，曾因疏中指责"陛下深居九重"之言，被贬为广东揭阳典史。

次年，心明眼亮的高攀龙借故辞官归家，与顾宪成兄弟在无锡复建东林书院，从此在此讲学二十多年，没被朝廷起用。

直至天启元年（1621），由于高攀龙在江南的影响不凡，才重获起用，被朝廷任命为光禄寺丞，再历任太常少卿、大理寺右少卿、太仆卿、刑部右侍郎、都察院左都御史等职。后因"红丸案"被夺禄一年。天启四年（1624）升为左都御史，他觉得自己身为风纪大臣，难容邪恶，与左副都御史杨涟等上疏，揭发太监魏忠贤的恶行，结果被革职返乡。

在魏大中被逮，舟过锡山时，高攀龙作为业师特至码头，与魏大中告别，叮嘱其应当不辱臣节，他也想到魏贼不会放过东林士子，自己早晚肯定也会步大中后尘。

　　高攀龙在家接到文书后，想到为义受辱，有伤士人体面，他一面派人安顿好校尉，一面自己执笔留下遗表，写道："臣虽削夺，旧系大臣，大臣受辱则辱国，故北向叩头，从屈原之遗则。君恩未报，结愿来生！臣高攀龙垂绝书。乞使者执此报皇上。"写好后焚香拜天、拜君、拜祖宗，为不堪屈辱，竟在自家后院外河中投水自尽。

　　其家人发现后立即惊报府、县，地方群官与校尉马上至现场看验。只见高公在水中面北肃立，形若面君，高公时年六十四岁。只是校尉索诈不休，要追究其家人照看不周，幸得知府曾樱一直敬仰高公是个正义之官，保了其一家人性命。正如诗云：

　　　　昔日显名黄榜有，
　　　　一身正气骨风遒。
　　　　不阿义掬西江水，
　　　　难避奸人使恶兽。

　　高攀龙自尽后，还没捞到索金的校慰只好去捉拿常州的李应升去了，此事后表。

　　却说十四日夜，锦衣卫的一路校尉到达苏州。

　　应天巡抚毛一鹭连夜下发文书，差手下的一个中军，匆匆前往吴县衙门投递。中军一路行来，带着罪犯的赭衣，于三更时分至县衙，一到门口，立即传鼓进去。

"什么人半夜三更传鼓?"门子提灯开门道。

"快通报!我抚院的中军,有紧急文书投递。"中军道。

"请稍候,容我禀报老爷,再进府衙相见。"门子答道。

"快快传进,回复老爷要紧,不便耽搁!"中军道,"我也去,只消几行字,勾取一个官员!"

"这么紧急,不知何等文书。且送与老爷开看,自有分晓。"门子朝内呼叫道,"老爷,老爷有请。"

子夜闻鼓声,中宵忙整衣,县令陈文瑞道:"门子,如此深夜,何人传鼓?"

"抚院的中军有紧急文书投递,不便耽搁!"门子应道,"他说传了文书就去回禀。"

"请快进来,取上来让我开看。"吴县令呼叫道。

文还未完全拆开,吴县令就大惊,呀!不好了,原来是关于自己老师周蓼洲,忤骂厂爷,又与魏大中联姻,斥辱旗尉之事,厂爷大怒,矫旨来拿人提问了。

至于周顺昌的为官品行,做学生的陈文瑞是最清楚不过的了。他想到昔日在福州时,任推官的老师将税监高寀手下之走狗绳之以法,对高寀的巨额贿赂根本不动心。罢官归乡时,也只有一肩行李,并非魏贼义子的倪文焕谣传周顺昌坐船回乡时银货沉压其舟不能行,而将银两丢弃河中之笑谈。

"门子,赶快备马!"陈文瑞一边换便服一边急切地道,"锦衣卫缇骑已到苏州,我得趁早通知老师去,让他好早些准备处置家中未了之事,以尽我师生之谊,请悄悄随我去周老爷家。"

此刻,顺昌正在梦中。他又梦见自己在魏忠贤生祠,正朝魏贼塑像骂了个痛快,又梦见自己官复原职,入朝后俯伏金殿,向皇上弹劾魏忠贤。皇上准奏,面谕:"将魏贼正法。"圣旨一下,刽子手立即将魏忠贤绑赴市曹斩首。顺昌欣喜若狂,大叫:"杀得好,杀得好!"

一梦醒来,仍然身在家中。夫人正在一旁相问:"缘何惊叫?"周顺昌告之其梦中情景。

此时,月影微晃,星影稀疏,陈文瑞快马加鞭奔向老师家。他平素敬重老师周顺昌,认为老师是天下第一君子,他现在处境危险,羞煞自己位卑力薄难庇护。无奈何,自己只得捧檄夜半求见,到周宅门口立即下马,急急扣扉道:"有人吗?"

"什么人半夜敲门打户?"院门里传来了顾阿大的声音。

"有事要见周老爷,赶快开门!吴县陈老爷来此。"随陈文瑞来的门子道。

顾阿大应道:"是陈老爷!等等,来了,来了!"他摸了一条裤子却穿反了,披了上衣,又找不着蒲鞋,要快反而快不了。

"快点开门,赶快通知周老爷!"周文瑞道,"说我急急求见,有要紧事!"

"怪了,越是要紧越是乱套哉。"顾阿大开了门对门子道,"兄弟倒把灯笼照我一下,待我套好衣裤,穿好鞋子。"

"唉,还慢腾腾的,误了大事!"门子喃喃道。

"我总不能赤脚啊,老爷是大事,怕里面没火,拿灯进来照着,好等老爷起身。"顾阿大也急,"陈老爷,请在黑头里稍坐会。"

"还在磨蹭?"门子又催。

"耽搁这会,老师闻下官在此,怕吃惊不小。"陈文瑞道。

"陈老爷请进!"一会儿,顾阿大随周顺昌从内屋出来,"进里屋说!"

"不敢,门生在此!"陈文瑞道,"恩师,门生适奉宪檄,才知祸事来临,特昏夜飞骑来此,报知恩师,恐明早就逮,怕您来不及处分家事。"

"人在家中坐,祸从天上降。我晓得了,传说校尉即将来苏,想必轮到治我了。"闻此凶讯,周顺昌并不慌张,"早已料定有这一日了。"

"宪檄森严,请恩师速速区处。门生恐有泄漏,就此告辞回县,明早再来奉请。"陈文瑞拱手作揖道。

周顺昌低着头,扬起手:"请便罢!"

陈县令走了,室内一片寂静。

吴氏扶床而恸,顺昌道:"我早知使差一定会到,不必像楚囚一样对泣。"他吩咐顾阿大与大儿茂兰,召集故人诀别。

夫人吴氏号泣昏迷,众子女牵衣恸哭,声彻街市。周公不顾,神情自若。

正是:目睹奸人翻世界,早知定有这场灾。

会儿吴氏醒来道:"一顶乌纱帽,千百人之上,你一人独立抗议奸佞,只是几声痛骂,惹得全家随相公流泪。今日里大难临头,看怎能回避?"

"妇人家,怎说这没志气的话来!大丈夫,有何悲?无所畏惧,此身许国就应抛弃生命。夫人,我如此收场,殊荣不愧。"顺昌对夫人道。

"啊呀,爹爹啊!此去身陷虎口,凶多吉少,若有不测,怎么处?"儿子茂兰哭啼啼道。

"爹爹啊,这个是孩儿婚事有累爹爹。"女儿茂芹掩泪道。

"儿啊,为何?"顺昌问女儿道。

"总为联姻惹祸,养个女儿有甚好处?还连累全家遭祸。"茂芹应道。

"啊呀!你们也可笑得紧,大丈夫心事,非儿女所知。是爹爹一身正气,看不惯这世道,才连累了你们。你们只是做了周顺昌之妻、周顺昌之儿女才受累的。"顺昌此刻有些难过地说道。

"生死离别,只在此刻,有甚未了事,还是吩咐我们吧。"吴氏掩面道。

此时,妻弟吴公如秀才来到,听得这番话,只觉得:绕膝心肠碎,牵衣血泪垂。他立在一旁劝姐夫顺昌道:"昔有孟博嘱子数言,千古酸鼻。公独默然不语。诸郎君环地牵衣,何忍竟别!"

顺昌笑道:"颇知大义,却缘何呼啼?未能鼓舞须眉气,徒然扰乱人意。无事别添乱了!"望着桌上的扇面纸,顺昌又道,"孩儿,快些与我磨墨来!"

"好了,好了!相公有语嘱咐了。"吴氏道,"茂兰,快给爹磨墨要紧。"

一刻,墨已磨好,顺昌展开素纸,道:"补完未了事,题作'小云栖'罢。"便取笔写就"小云栖"隶书三字,又落款"周顺昌题"。

众人望着,都不解其意。吴氏心想:烧残红烛心灰冷,不值得三字将奴慰,哭道:"只道有甚嘱咐,却作此不急之事。痛煞我也!"

"这是龙树庵法师托我写的,连日不曾写得,我今朝不践诺,恐怕没机会了,这也算是'春秋绝笔'。"周顺昌搁好笔后,听到院外人声嚷嚷，便整衣出门，向外一看，已有一些被惊醒而聚来的邻居，使得他激动不已。

一些邻居闻声而动，阊门内外的士民叩门敲窗，一会聚来了百把人，有互相传说道："周老爷怎么可能是贪官？其中必有缘故，莫非是假传圣旨，害周老爷吗？"

其中有个叫王节的秀才大声道："李实是织造内监，如何一本参劾这么多名臣？世道要乱了，我辈还如何做秀才，这不辱没了孔夫子，成何体统？"

又有人站出建议："今日已晚，明早大家一起去找抚台、道台问个明白。今晚就散了吧。"

当夜，阊门内外小巷里，一传十，十传百，众人无不诧异周顺昌之事。

却说陈文瑞离开周家回到县衙住地，连夜叫门子立即骑马去找来了本县解元杨廷枢。

在书房内，陈文瑞来回踱着方步，干瞪大眼，将周顺昌被捕的情由及各种情况猜测，诉说于杨解元听。

杨闻知内情，倍感气愤，皱着眉头，想到周吏部两袖清风，忠良半世，罹此祸患，桑梓难静，百姓无不痛心疾首，但一时也无良策，不知如何是好。

为使周顺昌赴京途中不遭罪，陈文瑞道："募捐些银两，打发校尉行些方便，予以照顾。"

杨廷枢道："好！现在唯一能做的，也只有连夜出去奔告，通知到苏城的多位秀才，明早齐聚，商办此事。"

周府内，黎明时分，顾阿大进来报："启禀老爷，文震孟老爷匆匆来此求见。"

"既如此,你们暂退!"顺昌吩咐道,"快请文老爷!"

"啊呀,蓼州兄,不想你有今日!"文震孟道,"我刚得到杨廷枢派人传告的消息,才晓得,特此赶来。"

"这也是我估计到的结果,令文兄操心了。"顺昌道。

"天亮后,就要请兄入县衙开读圣旨,事在燃眉,蓼州兄作何打算?"文震孟道。

"小弟能有何打算,但闻呼即赴,君命难违。"顺昌道。

"蓼洲兄,说哪里话,现在都知道魏贼矫旨,残害忠良。小弟为兄之事,禁不住心头之痛,特急来会此一面。"文震孟道,"外界已怨声载道,我吴地市民历来仗义,只是恐怕会闹出事端,不好收场。"

"吾兄,怎么说会闹事?"顺昌不解道,"若果真如此,不反陷我于不忠了?"

"魏贼弄权,爪牙横行,我等固所痛心,百姓莫不切齿。况蓼州兄清名久远,罹此奇冤,士庶寒心,乡民义愤。此处金阊,尤多豪侠,如为兄之事,一唱百和,怕节外生枝,惊天动地,不好收场。"文震孟不愧做过首辅,见多识广,想得通透。

"咳,我只是一介贫寒书生,"顺昌道,"不值得大家为我操心!"

"蓼洲兄既具刚肠,他人也有义胆,定难坐视不顾,如一时士愤民怨,怎处?小弟言及于此,也许多虑了,亦未能知。"文震孟还是有所担心吴民仗义。

"文兄此言,若他人闻之,甚为不好。事也至此,该听天由命吧!"顺昌道。

"天明,当事者必来催促,可急将家事料理。"文震孟道,"小弟就先告别了，明天上午我会到场问个究竟，望多保重！"

望着文震孟辞去，顺昌失望至极。

"啊呀，相公嘎！天色渐明，就逮在即。你我廿载夫妻，竟无言相嘱么？"吴氏哀叹道。

"咳！此时还能有什么好嘱？天不语自高，地不语自厚。从今往后，我管我的事，你们自做你们的事，把日子过好就行！"顺昌不知从何说起。

"你们何别吵扰？"儿子茂兰又哭道。

"夫妻本是同林鸟，大限来时各自飞，夫人知道吧？别再难过了，你体质本身欠佳，以后要多注意，孩儿们还靠你呢！"顺昌宽慰夫人后，又对儿女道，"大丈夫视死如归，视死如归！怎得儿啼女悲？往后你们要多听娘的话，不必再担心爹，权当没爹了，要不然怎能长大？"

时候不觉已到五更时分，顺昌仔细地想着眼下该做的事。正是：响当当漏声催，夜沉沉泪点飞。

接着，顺昌急到隔别家庙中点香，向各位祖宗英灵拜别，喃喃道："我的列祖列宗，你们只顾子孙忠孝，今日此去，可也不负家教，地下相逢也无愧了。"

天色黎明。不一会儿，顾阿大忽然匆匆来报："啊呀，老爷不好了！吴县陈老爷一行人来到，说是奉候老爷去衙门公所，待开庭宣读圣旨，还催说赶快先洗漱吃点早餐，更好衣就去，延缓未便，他就在外厢堂中等候着。"

"不必使县令久候，理合轻身就逮。"周顺昌换了一件衣裳，对夫人道，"我就此出堂去也！"

"啊呀，相公呀！""爹爹呀！"顿时室内又是一片哭喊声。人世间痛心之事，无非生离与死别！

"唉，我要至京城见皇上问个清楚，一定要与魏贼这伙人好好评个理！你们哭什么？"顺昌边说边背着手，头也不回就出堂去了。

"我那相公呀！"吴氏无力地呼喊着。

"娘亲且莫难过，待孩儿跟至县衙中打探消息。"儿子茂兰将其母扶至床边，立即奔了出去。

门外众亲友一边默送，一边让开了道，有的紧跟在后也去县衙，想探个究竟。

第十一章　仗势耍威民声沸　苦心煞费士气哀

士子忠贞意志坚，
巨阉戾气蔽云天。
莫言人世无公道，
尚义平民一着先。

三月十五日，天刚亮，巡抚军门毛一鹭派来的一个中军官至县衙，见到周顺昌已被传唤到场，但门口有群众聚送的场面，便策马回去禀报道："那门口聚结约有二三百人了，手上执香，有一大半人还在呼叫。"毛军门听了后有些神慌，便道："赶快吩咐将周顺昌安置去空衙门里！"

这早起，阊门内外，开店的不开了，摆摊的不摆了，挑担的不挑了，人心惶恐疑惑。有怜爱周吏部的，窃窃私语，不忍他去；有骂街的在怒骂官僚何故偏逮清官；有摇头呼吁的白发老人，三三两两流泪叹息着。

有人道："朝廷怎么不识好人？这世道坏人多矣！"

有人道："哪关朝廷之事，是魏太监做鬼作怪，专排异己，欲得帝位。"

有人道:"我们不能怕死,要替好人申冤。"

有人道:"我们选几个能说话的头,联名去保周吏部。"

有人道:"不如聚合众人去衙门找头官评理,是否拿错了人?"凡此种种,众人口杂,不一而足。喧喧嚷嚷的人从早上来,到傍晚还不愿离去。

当晚,在县署,朱陛宣、朱祖文、邹谷等人同卧县衙,夜间大家相互说笑,邹谷拿出一把素扇,向周顺昌索书,顺昌将以前写给文震孟的一首诗题在扇面上:

客途无复附书频,
此夕衔怀怆别辰。
明月一天遥寄影,
雄文千古尔凝神。
交情廓落惭时辈,
吾道行藏信昔人。
榻上方书匣里剑,
中宵应不叹无邻。

写完后,顺昌嗟乎道:"在今日又增一罪案矣。"

十六日这一天,为了避开民众,毛一鹭让中军一日四五遣,将周顺昌换了几处空衙,然而众人闻风而动,守至昏夜犹不散,至十七日,旦则复聚,人则比前日更多,挤满街头巷尾。

且说金阊五义的颜佩韦,听说上面派校尉来苏州拿人,他想这校尉一定是魏太监差来的,拿与其作对的人。与魏某作对的,肯定是正派的贤官。前几日到山塘魏太监生祠骂像的,是原吏部周顺昌老爷,可否是他?若是拿他,岂不伤了天理?颜佩韦一夜猜测不定,放心不下,次日不免要到街上去打听一下。

当日一早,颜佩韦一路走着一边想:自己一生放荡不羁,马马虎虎过着小日子,不读诗书,半生粗豪,自己崇拜古代那阊门内市井屠夫专诸,拼命献鱼肠剑,赢得万古英名;吴门凡夫要离,计残自身施匕首,传得义薄千秋。他最喜欢听书,也能记住许多凡人义事。听书听得多了,也懂些礼义与做人之道。上次在书场听《岳传》,一时心蒙发怒,打了说书的,搅了书场,倒有幸结交了杨念如等四位好汉兄弟。对!现就去杨念如处打探情况。

去了不多远,却迎头遇见了急吼吼奔来的杨念如。

"嗨,杨兄弟,你奔往哪去?"颜佩韦道。

"颜大哥,我正要找你去!"

"我们其他几个兄弟正在等候你。"

"呵,等我喝酒,还是等我听书?"

"不!颜大哥,难道你不知道,街头巷尾传遍了,京师校尉到苏州拿人了。"杨念如道,"人人惊慌!"

"惊慌什么?我正要问你,校慰来拿谁?"颜佩韦问。

"周老爷,吏部周顺昌被提解!"杨念如道,"不过还没开读圣旨。"

"为何会有这等事?现在甚样了?"颜佩韦拉着杨念如道,"我们直去官衙,问个明白!"

"真是一桩怪事!我们已经喊了一些兄弟,一起去看看。"杨念如道。

"走,快走!到城内再相机行事。"颜佩韦说完与杨念如正要走,却看见秀才王节和刘羽仪也走过来了。

"原来是颜、杨二兄!"王节道。

"王、刘二位相公,你们来得正巧!"杨念如道,"周顺昌老爷被逮,百姓都抱不平,我们想去救他,只是我们都是粗人,是草莽之辈,正经事做不来,但也见弱兴怀。相公们是周老爷的好友,快些进城去商量个善全计策才好。"

刘羽仪道:"周老爷的为人,我们苏州百姓人人皆知。京城来的校尉,恐怕都是阉党私差来的,这桩事,我们也不服啊!"

杨念如道:"方才我们已托马杰、沈扬,分头在阊门与胥门喊人入城商量,还吩咐龙树庵的和尚们去沿街进巷,敲梆催众,一起到县衙门口去。"

"难得二位仁兄如此义气,俺们走!"王节道。

他们走到城隍庙时,只见门口吵吵嚷嚷,有人编词唱道:

浑身汗,走穿鞋,各处人声沸咳咳。要救周乡宦,捧香奔快。一人一炷喊声哀,天心也会改!天心也会改!

接着又有人唱道:

义侠吴门遍九垓,千古应无赛。今日里,公愤冲天难宁耐,怎容得片时捱?任官旗狼虎威风大,俺这里呼冤叫柱,喧天动地,管叫你一霎扫尘霾。

"好了,好了!我这拿了许多香,我们到那边分与众人,一起去求官府放了周老爷。"有人说。

"求他什么,官府肯放也就罢了,若不肯放,我们几个领头的一窝蜂上去抢下人来,不能让狗官们逮走周老爷!"颜佩韦道。

"兄弟们要齐心协力,不可缩头缩脑!使出掣电轰雷的本事,我们也要搅他个翻江倒海!"杨念如卷起衣袖道。

王节道:"周吏部清忠亮节,何罪,而朝廷竟逮之?我们赶紧去写一份辩呈,并罗列各位大名,恳求毛抚台出疏保留周老爷才好。"。

"毛一鹭是魏太监干儿,此桩事也是他搞的鬼,恐怕他不会出疏保留,待我们去了再说。快走,快走!"刘羽仪猜测道。

在城西金门口,有人问敲梆的僧人道:"师傅,有多少人为吏部周老爷一事进城了?"

"阿弥陀佛,赶快去!已有许多人进城了。"僧人继续敲梆喊着,"如今校尉来拿林家巷内吏部周老爷,圣旨开读在即。众位老爷,都到县衙去,执香恳求官府出疏保留。此系人民公举,不可迟延误事!"

不久,城里城外许多人持香直向县衙前拥去,一时万头攒动,大街小巷,哄哄闹闹。

不一会儿,门口有人喊道:"县老爷和知府老爷的轿子到了!"只见轿子停下时,陈县令与寇知府分别下来,人丛中自然开始闪让了一条道。

两位一见有这么多百姓聚集,已经知道是为周顺昌而来,不免心中有些忐忑。

这时,颜佩韦上前跪道:"禀报二位老爷,乡亲们前来是为吏部周顺昌老爷事,听说京城来校尉拿人,我等想求请二位老爷同意出面上疏为其作保!"

一时间齐刷刷,一大群人全部跪下。寇文渊急忙向众百姓解释道:"有话好好说,大家快快请起!"并弯腰先去搀起颜佩韦。

"二位老爷,周顺昌老爷一向为官清廉正直,深得我们百姓拥戴,究竟何罪之有?为何官差不明不白来拿人?"杨念如一旁问道。

"朝廷为何下旨捕拿,周乡宦犯了何罪?我二人也心存蹊跷!不过有朝廷圣谕,我等也无可奈何。"县令陈文瑞说罢,知道有这么多百姓来为周顺昌求情,心中不免为自己的恩师高兴,要为周顺昌作保,恐怕一时没有盼头,他向众人劝慰道:"大家请回罢,不要惹出什么祸端!我二人一定将大家的意愿转告给抚台大人和京差!"

"县老爷,我们只不过求大人们转告朝廷,不能凭空里冤枉好人,听说周老爷贪赃,是否搞错了?他是在福建贪的,还是在京师贪的,或是在苏州贪的?他家徒四壁,这我们可不相信!"颜佩韦道。

知府寇慎也着实为此事心中不快,见状转忧为乐,急忙与陈文瑞商量了一下道:"明天在西察院开读圣旨,大家若要救周乡宦,回去商量一下,可联名写一份具保呈来,我二人一定转交抚台和上差!"

谁知寇知府话音刚落,王节、刘羽仪,还有殷献臣、邹谷等一群文人举子挤出来跪着呈情道:"寇老爷,晚生们早已签了名画了押,写好了一份保单,千万不能押解周乡宦!万望二位大人体恤民意,将此转呈上去!"陈文瑞接下单子,寇慎连声道好。

接着,寇、陈二位分别重新上轿,直奔织造府衙去了。

在府衙大堂上,寇、陈二人拜见了端坐的毛一鹭。毛马上就问道:"刚才中军回来禀报,说有许多人围在县衙,怎么回事?"

陈县令立即回答道:"回禀毛老爷,刚才满街百姓前来,要为周乡宦具保求情,请大人体恤民情,能否缓逮?再向上头呈情?"

"陈县令,罪犯周顺昌在县衙,可要把他看好了!不能允他跟高攀龙一样自尽,吩咐多人防守!"毛一鹭狡黠地笑道,"你为了自己的老师,莫非假借民意,为老师开脱,为难本官?"

"是!人是被看好的。"陈文瑞回答道,"要为其开脱,下官不敢!寇大人也在场!"

寇知府见毛府台有意压制陈县令,上前道:"陈县令所言属实,百姓有联名保单在此,请毛大人过目!"说罢便将保单呈上。

毛一鹭接过保单,眼睛一扫而过,便递给太监李实。

李实一看,喃喃地道:"什么事儿,签这么多名作甚?"便又递给了一旁校慰文之豹,谁知文之豹根本不看,拿到手就摔在地上,气冲冲道:"毛抚台,我只是明天向你要人,拿了就走,若是违了九千岁,可不是好耍的!耽误了时间,你们自己押解犯人去京交差,本官可就不管了!"

这文之豹一行人,在苏州已有两天了,除地方官府之人陪吃陪喝陪乐,还不见罪犯周顺昌家人或中间人前来打点要求照顾,本身心中也有些不悦。

毛一鹭听了一惊,见他用九千岁魏忠贤来说事,便发怒拍桌喝道:"陈县令!还不配合中军官,速去将周顺昌转押过来,出什么幺蛾子,拿你是问!"

陈文瑞无奈,只得称是,跟着中军出了府衙,去押解周顺昌了。

周顺昌被抓,锦衣卫旗官却迟迟不肯宣读圣旨,原因是照法律规定,必须不得逗留需立即启程才是。而旗尉没勒索到银两,还不愿宣旨离去。

陈文瑞作为知县,深晓官场拿人之弊病,若无银子贿赂,恩师凭着他那刚直的性子,路上肯定会遭罪,甚至难保性命至京。

陈文瑞立即在苏州齐门、娄门、金门、阊门、胥门等地派人设置募捐点。义助诸人除了一些百姓,还有徐汧、杨廷枢、王瑞国等士绅。众旗官闻之,不禁一喜,他们知道苏州是富裕之地,张口就索要白银六千两。

十八日早上,知县陈文瑞将昨日募捐所得银两四千多交来时,几位旗尉官却是嫌钱没有到位,表示不满意。

逮捕周顺昌,说其贪赃,苏州老百姓不相信,文人士子也不相信!读书为进士,这是一般士子所望,但瞧见这样一幕,士子们无不叹息,面对这样的社会世态,世风日下,还能读书?还有什么功名能求?

第十二章　缇骑官出言不逊　吴市民举手无情

万民仗义长歌谱，
抗暴尊贤举横鞭。
无故不能私谴罪，
人间正道有情天。

三月十八日早上，太阳慢慢被乌云遮盖，渐渐冷风吹起，一阵春雨落下，似乎老天在流泪。周顺昌被逮之事开读在即，知道此事的城内市民，纷纷拥挤到衙门，越聚越多。城外的一些百姓也不顾雨后路滑，人人手持一炷安息香进城。有的人是前来为周顺昌送行的，有的人是准备来为其请愿的，西察院附近官员之马与轿子不得通行，可谓是挤断了街。

在西察院内，提拿周顺昌的缇骑官进驻在这里。周顺昌也被押在这里，该任务由吴县承值，县令拨了一帮人现场听差。进驻的校尉，动不动就呼叫听差的，要长要短，偶然怠慢，不是鞭抽就是靴踢。

一大早，缇骑的领头校尉叫张应龙，他与另一个校尉文之豹窃窃私语：咱们奉了逮捕人的驾帖，各处拿人，银子也难赚。自古皆言"上有天堂,下有苏杭",苏州是一个非常富足的好地方。如今差到苏州,拿一个吏部官员,按说搞万把两银子可不为过,都说他是一个穷官,一个钱也没有,谁能信?周顺昌的亲友也没有一个来献金打点求照顾的。咱们千里迢迢到此,空手回去不成?那毛一鹭也由李实等推荐认做了厂爷的干儿,既然做了我们的官,也该为我们多效劳一点才是。午后开读圣旨,拿人便启程回京了,怎么到现在还不见他人,把我们晾在这里?

当知府、知县到场时,百姓一窝蜂地围了上来。有人道:"知县陈老爷可是周乡宦的门生,周乡宦是最清廉的,百姓信赖,我等专候县老爷做主,你可坐视不得,若无一言主持公道,何以安慰民心?众人执香号泣,这怎么处?"

陈文瑞无言以答,寇慎出面道:"这桩事,并非本府县所能作主。周乡宦深得民心,百姓也是平日为其正气所感,皆想挽回其可生之路。一会巡抚兼副都察御史毛老爷到了,大家齐声叩求,望抚台大人等一起上疏留保周乡宦才是。"

日近午时,天色阴冷,还夹着雨丝,西察院门口,除市民外,来到的文人举士,有好几百人,挨挨挤挤,有的还特意穿上官服,皆立门外,衣冠淋湿。周顺昌在门口见如此情景,感动得连连拜请大家退去,众人不应。

此时只等巡抚、巡按与兵备官到来。

少顷,巡抚毛一鹭,巡按徐吉、张孝俱至。瞧见这一场面,已着实令毛一鹭有些惶惶不安,无以应对,只好坐进堂内不敢出门。

百姓执香伏地,填巷阻街,呐喊之声如震雷泻川,口口诉求,要留保周乡宦。

秀才以王节、刘羽仪、杨廷枢、王景皋、沙舜臣、殷献臣为头，伴着杨廷枢、王一经、朱祖文、文震亨、卢伦、刘曙、郑敷教等好几百人，已等候多时。

秀才王节先出声道："吏部周顺昌高风亮节，亲炙倡廉，为民师表，无人不知，只据织造太监李实的风影之词，罹遭奇冤，以诏押解，百姓冤痛，万人一心，愿为之死。诸生学法孔孟，所习名节廉耻，若今之事，邪佞污世，天不慰民，诸生窃痛！"说罢大哭。

太学生文震亨跪陈曰："周吏部人品令望，士民师表，一旦触忤权珰，不由台省论列……若今日之事，则实朝廷所弃者贤良，所用者邪佞，诸生何颜复列青衿居污浊之世？公为东南重臣，不能回天意而慰民心，诸生窃为羞之。"说罢泣涕涟涟。

众官无人应语，周顺昌彷徨久立，无所属之，县令陈文瑞招之入内。而缇骑却势若虎狼，挥械厉言道："东厂拿人，鼠辈何敢置喙？"

"此旨从何出？"颜佩韦挺身问。

"旨不出东厂，将谁出？"一缇骑答道。

"我辈谓天子诏耳，东厂何能逮我吏部？"颜佩韦又问。

"实是九千岁魏厂公命我而来。"那缇骑道。

颜佩韦扭头高声喊道："乡亲们，看来巡抚大人不肯听我们的呈情，请他出来讲讲，大家说好不好？"这声势，毛一鹭可未曾见过，他在堂内听见外面这么一说，惴惴不敢出门言语，直憋得汗流浃背，不知如何处理。

守卫来报，已有一些百姓将要冲进堂来。校尉张应龙、文之豹自持是京城来的，见过世面，抿着虎丘白云茶，对毛一鹭道："抚台大人，还不驱散百姓，难道还让他们造反不成？呼群鼓噪闹官衙，公然连圣旨都不怕，你府、县地方有干系，逆了朝廷还好弥缝，要是逆了厂公，可要丢头上戴的乌纱帽！"说罢便直接喝令众校尉和军门驻守，速速出去驱赶百姓。

这些校尉平日在京，仰仗权势，作威惯了，今日在小小苏州更是不察民情，妄自尊大，便带着一伙人持棍从后堂而出，走至门口，立在台阶上厉声喝道："马上要开读，东厂严旨逮官，怎容尔等鼠辈说三道四？"

颜佩韦、马杰等闻之，挺身问道："我只知旨出朝廷，原来东厂逮人，此旨出自魏太监耶？不消开读了！"

一个缇骑虎面豹声，并将铁镣掷地，吼道："奴才该割舌头，旨不出自东厂，该出何处？难道你们这些刁民想谋反不成？"

有一百姓呼喊道："青天老爷呵，今日若是皇上真正发圣旨来缉拿周乡宦，即使是冤枉了周乡宦，小的们也不敢多言。今日却是东厂出旨，别有用心，诬陷忠良，就是杀尽我们全城百姓，也不放周乡宦去的！"说罢该民大哭起来。

忽然一个中军出来在大门口道："毛老爷吩咐开读且缓，关于出疏留保，需拟出个本来。"说罢便叫守卫掩门。

"奇怪！为何掩门？"马杰伸出头用耳贴在门缝窥听，回头道，"里面在内念诏书了，在说'跪听开读'了！"

众人皆惊，不对！为何开读了？门外都能明显听得见堂内有人高喊："给犯官戴上刑具！"

有一缇骑大呼曰："囚安在？"

周文元贴门听到，回头挥手对众人道："列位！益发不是了，大家闯进去！"又有些人拥向大门来。

门口缇骑与守卫列成一排，有道："咄！砍头的，敢来抢犯人么？拿下几个一起解京去砍头！"

有一个缇骑手持皮鞭，开始逢人便抽，三个持棍的举起棍杖便打前排一些百姓，使得一些人哭爹喊娘道："妈呀！官人真的打人了！"

众人皆怒，忽如山崩潮涌。

杨念如振臂大呼："吾辈以为是天子颁旨，原是东厂假旨逮人。乡亲们，官府平日欺压我们，特别是近日为那阉狗造生祠，到处搜刮我们钱财，没法活了！今日拼着性命也要跟他们算账！"

忽然，沈扬从人群中跳上门口旗杆台阶，大声叫道："既然不是皇帝差来的，我们不怕那东厂没卵的太监，打死这班充军坯，也替皇帝和百姓出气！"顿时，远近人们的呼号声像雷声一样轰鸣。

颜佩韦与马杰等见缇骑先出手持械击打百姓，不胜愤怒，冲上去举拳就和两个缇骑打将起来，并叫道："你们这些狗头，不知死活，怎能饶你！打死你！"

老百姓见势一拥而上，有人夺过棍棒击打校尉，有人以伞柄击之，有人捡起脚边的碎瓦片掷之，遂成千古未有之变。

毛一鹭听见府衙门前打闹，惊恐失色，心惊肉跳，不知室外的情况。守卫来报："毛老爷，不好了！校尉被打！"张应龙、文之豹震怒，要毛一鹭赶紧调兵镇杀。

毛一鹭急请随身门子出府去调救兵来，可是被阻得出不了门。

寇知府进来劝道："各位大人，这里只有数十兵丁，弄不好大人们性命难保，古人云'众怒难犯'，不能激怒这些民众，再说远水也救不了近火，好汉不吃眼前亏，大家还是躲一躲再说！"

看着毛一鹭一声不语，文之豹道："毛抚台，这闹得怎么收场？看你如何向厂爷交代！"只见此时，门口守卫纷纷退至内堂。毛一鹭又是一惊，见势不好，慌忙拉着文之豹逃向后院。

诸官皆惊避，徐吉、张文虎也及时混入人群，乘机溜了出去。

此时只有毛一鹭的一个随身穿甲之兵举刀冲来门房，一百姓惊呼道："军爷调兵来杀我们了！"兵备张孝急忙止住道："百姓须保身家，不可乱来！"并急忙擒住舞刀兵丁，并重责其二十大板，才使眼前百姓收敛了些，未敢轻易乱动。

颜佩韦与沈扬、周文元等冲进大堂，见众官已溜了。有几个缇骑与守卫，还想抵抗，被悍民以香刺面，饱受拳击，不一会都落荒而逃。这些校尉只知道东厂，平时妄自尊大，把地方上的府、县之官不放在眼里，谁料在苏州领教到了，这里百姓忒狠了。

混乱间，好几个校尉与缇骑被打伤了，其余的有的躲匿至房顶斗拱间，有的爬至屋面逃走，有的翻越后墙逃跑。被打倒在地的一个校尉，结果是被众人踩死的。另一个校尉李国柱从房梁摔下，跌成重伤。逃出去的几个校尉，也想绝地求生，一见人就磕头道："求大爷们饶命，饶命！不关我事，都是厂爷害的。"

沈扬从桌肚下揪出李实，踢了他几脚。李实坐地求饶道，自己只是个被派来监税的，也不知道是何人上奏诬陷周老爷，这全是毛一鹭一手操纵的，指天发誓企图将自己参与干的坏事赖掉，被周文元几计耳光一顿好打。问他毛一鹭呢？他说逃到后堂去了。

兵备张孝、知府寇慎，平素甚得民心，再三晓谕，只好拦在门口苦劝，也无济于事。

文之豹俯身躲进后院花坛后的阴沟，阴沟太浅了藏不住撅起的屁股，被几个人揪出来，打得嗷嗷直叫。毛一鹭从后堂后门出到后院，钻进茅厕，过后却找不见人影了，有人猜说也是越墙逃了。

众人搜不出毛一鹭，心情有些不安，不知怎么回事人就突然不见了。

颜佩韦对寇知府道："魏太监诬害周乡宦，假传圣旨，百姓心中不服，有此一步，谅他也不敢太难为周乡宦。只是被打死的校尉之过，由我们担责。"

寇知府长叹对众人道："周吏部奉旨被拿，未必致死，你们如此一闹，还打死打伤校尉，反是害了他。"

"不是朝廷中的坏人要害周吏部吗？怎么倒是我们害了他？"一百姓不解，问道。

"如今朝廷上下，一片乌烟瘴气，人妖颠倒，是非不分，百姓如此心明似镜，足以证明作恶者没有好下场！但今日众人闯下之祸，也非同小可，只好走一步看一步了。"寇知府向众人挥手道，"请大家与好汉们赶快散去，如毛一鹭调兵回城，那可不得了，必有人头落地。大家不必久留，其他后事，本府会设法妥善予以周旋。"

颜佩韦等冷静想到，众人也是趁一时之勇，手无寸铁，若毛一鹭调兵来杀，那如何是好？急忙招来周文元、马杰、沈扬与杨念如，赶快劝散百姓。

众百姓出了口气，听了寇知府的一番话，想想也是，大多数便慢慢散去，也有的还逗留着、议论着。

再说，现场闹开后，吴文瑞觉得此事并非一般严重，百姓与乡绅保不了老师不说，可能更有害于老师。他在厢房走廊里，找到校尉们丢下不管的周顺昌，乘混乱之机急忙引导他躲向县衙，并促劝周顺昌火速离苏去福建藏身，并赠予五百两银子作盘缠。不管怎么说，周顺昌就是觉得不妥，便婉言谢绝道："雨露雷霆，皆属君恩。百姓如此，吾一身不足惜，怎能贻害地方士民？"

顺昌知道此番大闹，自己肯定没生路了，他想：百姓倒为我受害，真不忍心，若不进京，又失臣节，便叹道："我只是完成臣节，君命召，不俟驾行矣！等民变事息，早点至京，也好到君前与魏贼评理！"

正是：重名节不爱富贵，混浊世尽显忠良。

却说毛一鹭躲进茅厕，见无处可藏，听得外面人声鼎沸，吓得只好跳进粪池，露着头躲在一暗角，直至天黑无人才敢爬出来，在后墙边用一块石头垫着脚越墙而出，又从一熟悉的大户人家后门躲入，讨得一身新衣换上，趁夜黑逃出搬兵去了。

一批人相互议论李实诬奏清官，准备去烧他的织造衙门去，正好此时李实正派管家孙升在苏州装运缎匹，孙管家听了吓得赶忙换了衣帽，叫了一条船，准备逃向杭州，然而却被人拿住，船载货物当时都被人抛至河内。孙管家当场被打成重伤，因内出血没过夜就死了。此举，后来被毛一鹭上奏诬为苏州百姓力阻漕运。

当晚，在寇知府和陈县令的安排下，李实与几位缇骑及其他受伤的校尉，度过了一个难忘的不眠之夜。其中那个从房梁摔下跌成重伤的校尉李国柱，医治无痊，经抢救无效，不到第二天早上就身故了。

当夜，周顺昌对发生此事感到惊慌不已，他连夜写了个便书，是准备留给好友文震孟的：

> 弟生平为人，决定做第一着。今日之变，已贻累不浅，若再复逗留观望，是举其生平而尽弃之矣。况生死祸福，自有定命。弟此行，方欲以一身之胆，消诸君子之隐祸……

经过这一番风波，周顺昌觉得自己处于两难的境地，只好淡定从容，临危不惧，不过也不能学高攀龙自尽，否则有理在圣上那未能辩白，等于畏罪，眼前只能顺受，将个人的安危祸福置之度处，他早就作好了为社稷牺牲自己的准备，人称这种精神叫"士子献祭"。他希望自己尽快能启程赴京"担荷罪恶"，以减少对地方士民的牵累，以一身之胆，消诸君子之隐祸。

半夜三更，逃出城的毛一鹭悄悄调来两船兵丁，可这只能吓唬吓唬人，给自己壮壮胆，保命而已，还敢抓谁？再闹出大事来，可不是自己能收场的。

他派兵丁四处将逃散的十多名校尉一个个找回，趁百姓还没起床，赶快派中军将周顺昌再次交给旗官，押解他上船准备出发了。

临别二位旗官，毛一鹭备送了一万多银两，另还分送一些银两给一些受伤的校尉，并托付抚恤被打至死的另外两个人。并一再叮嘱，望旗官回京禀报九千岁，务必帮自己讲讲好话，支持自己把苏州这些祸根铲除掉。

两旗官终于收到了银子，自然高兴多了，点头答应，说这个仇一定要报，还说一定让被押解的这个周顺昌也有去无回，请毛大人放心，便兴奋地启程回京了。

第十三章　周茂兰追船送父　朱祖文挺身报恩

荆棘丛生世道寒，
纱冠染血一儒酸。
分离不得亲情唤，
孝子追船泪潸然。

自周顺昌离家被押走后，周府一家人慌张得无计可施，陷入了无比焦虑和痛苦的状态。为了防止发生意外，周顺昌被一日三移，其子周茂兰也不得见面。

十八日早上，经吴县令透露，周家才知五更时分已开船上路了。周夫人一听，觉得天昏地暗，晕了过去，直让儿女急呼不已。

一会儿，周夫人醒过来，道："你爹此去，一路没有盘缠不行。家中也没甚积蓄，只有你舅父知你爹出事才凑来一点银两，现在船已走了怎么办？"

"娘亲别急，孩儿这就准备启程去追船，一路上也好陪着爹爹。"茂兰道。

周夫人无可奈何，表示同意，并立即取下自己的耳坠和手镯,交给茂兰道:"也带上这些,供你父子路上用。到了京城,见到你爹的几个好友,你一定要好好去求他们,让他们想办法帮你爹申诉。"

"哥哥一路可要小心,我这也有一点首饰,一并带上。"茂芹哭着拿出首饰道,"见了爹爹就说,女儿盼爹爹能快些了却这官司,早点平安归来!"

母子三人痛泣一阵后,茂兰匆匆整装而去。母女倚门目送,直至望不见茂兰和顾阿大相送而去的身影。

正是:自古忠臣祸最奇,可怜延蔓及妻孥。

茂兰出门去了一趟县衙,得知知县陈文瑞已向寇知府挂冠辞职,回福建原籍去了。

在阊门码头,顾阿大找到了一艘北去的船,经过一番交代,茂兰搭乘的便船很快出发了。

少年茂兰从来没有出过远门,更谈不上出门路上有什么经验,一路上诚惶诚恐,在无锡码头上,也没有找到押解父亲的官船,一打听才知官船启程向北刚走不久。

怨轻舸飞如野凫,恨世道坏似虎狼。

直到第三天下晚,茂兰赶到镇江码头上,才看到了停泊的官船,便匆忙下了随乘的便船,沿着岸边急忙飞奔过去。

茂兰站在岸边,看到船头有两个官差模样的人,其中一个正拎着竹篮从跳板上下来,似乎是上岸买东西去,待他一下跳板,茂兰上前作揖问道:"敢问差爷,这可是从苏州出发押解吏部周老师至京城的官船?"

"唉?你是何人?"一校尉怒视道。

"差爷,我是吏部周老爷的儿子。"茂兰道,"我只是想上船见见我父亲!"

"上来?"一校尉见他身背一包袱睐着眼诡诞道,"可以!先把包袱拿来检查!"

茂兰说罢就闪身走上跳板,将包袱递上,鞠躬道,"谢谢差官宽行方便,谢谢!"

"你先进舱见你爹去,可时间不能久!"一校尉拿过包袱,掂了掂分量道。

"可是茂兰孩儿,你如何来的?"周顺昌听到茂兰说话声音,在船舱内大声问道。

"爹爹呵,是孩儿来了!爹爹!"茂兰忽闻爹语,惨呼道,"孩儿前日只知爹爹还在府衙,不知早起就出城,据陈县令报知,惊慌追赶,急急而来!"

"我若白日上船,恐士民又来阻拦,故趁星夜出发。你晓得就罢了,为何来此?"

茂兰见父亲戴枷,跪下抱着父亲的大腿痛泣:"爹爹真的不要孩儿了?我要陪爹一起上京去!"

"傻孩儿,爹爹至京城,要与奸人魏忠贤到圣上面前辩理,不去怎可?你不谙世事,远赴到此,来做甚事?还不快些回去!"

"爹爹此去,岂可无人做伴?至京后还要费事周折,孩儿怎能放心!"

"你听话,快回去!跟母亲说,速将妹妹送至嘉兴魏家,你要好好在家侍奉母亲!"

"母亲可由弟弟和妹妹在家侍奉!孩儿只想跟爹爹一起去!"

"他们还小,要靠你!往后有条件的话,再将停柩户外的爷爷奶奶厝棺落葬,好完我这桩心事。"

119

"这如何是好？爹爹！"

"作为臣子，我此身久许君王，怎敢私心只恋妻子儿女？"

"爹爹此去，一路遥远，岂可无人做伴？"

此时两校尉过来对茂兰道："你父亲尚不答应你，咱们怎肯容你？快滚下船去！"

茂兰只是哭而不走，一个校尉立即抱腰扛着他就下了船板，连装有银两和衣服的包袱也不还，将他狠狠地摔向岸边的草丛里，他晕倒过去。

"我的苦命孩儿呵！"周顺昌一下子悲愤不已，无可奈何。

"快些开船！点篙，摇橹！快！"一旗尉命令着，起航而去。

过了好长一段时间，天渐渐变黑了，周茂兰才慢慢苏醒过来，一看，大船和人都不在了。

正是：叫破喉咙恨官差，望断云雾哭天涯。

罢了！缓急说不得，事情非所望，眼睁睁瞧见父亲被逮，真是叫天天不应，哭地地不灵！周茂兰绝望地思忖着。

今儿正逢月圆之夜，江风渐大，身下潮湿难受，望着月儿的脸，他似乎感到那是母亲在望着自己。他使力欲起身时，竟然又昏迷过去。

不知过了多久，茂兰慢慢醒来，睁眼一看，身边坐着一个人，吓他一惊。

"你是谁？"茂兰挣扎着坐了起来，见自己是睡在一个像仓库的门口走廊上，身下的草垫上还铺着一些衣服。

那人笑道："你肯定是周公子，茂兰？"

"你怎么晓得，你是何人？"

"公子不必惊奇，令尊大人可是我的恩人！我名叫朱祖文，家住盘门。"

"啊呀！原来是朱先生，你如何在此？"

"几天前，恩公被奸人诬陷而逮，苏州百姓群起请愿，发生冲突，结果殴毙两个校尉。百姓拥戴恩公，恩公又恐怕进一步连累百姓，失去臣节，好生不忍，配合官差，前日晨前五鼓就匆匆随校尉上路启航进京了。"

"前天一早，我问你家顾阿大得知，公子跟船追去，我便急急随后，也搭了便船紧随而来。昨日在常州的途中，我就跟上了官船，今日途中我所乘之船老大需靠岸买米，耽搁了一会，到此码头，刚好见到官船启航，还看见了恩公在船舱门口急急的样子，我加了一点银子给船主，一路追着靠拢上去。待两船相近时，我招呼恩公，恩公说公子你在原来码头岸上，吩咐我寻你。就这样，我求船主立即靠岸，我上岸跑回到此码头，寻见你在草丛中。"

周茂兰不禁流泪道："家父被拿，我追随到此，见到官船歇着，待他靠岸，跳到船上。上船见了父面，校尉不容，将我驱逐上岸，并收了我的包袱，连那里面装的一些银子和金银首饰也被他拿去了。现在，我两手空空，一身狼狈，还怎能追随家父至京？要是回去还有什么脸面见母亲？进退两难，不如寻个自尽得了！"

朱祖文道："公子此话差矣，为何如此短见，令尊大人坦然从容，虽已忘家，然事情的结果未知，如鸿毛一死，有甚益处？"

"爹爹愿捐躯报君，我又何惧舍生以报父！"

"周吏部至京，生死未卜，但希望应该还是有的，前途未必黑暗。"

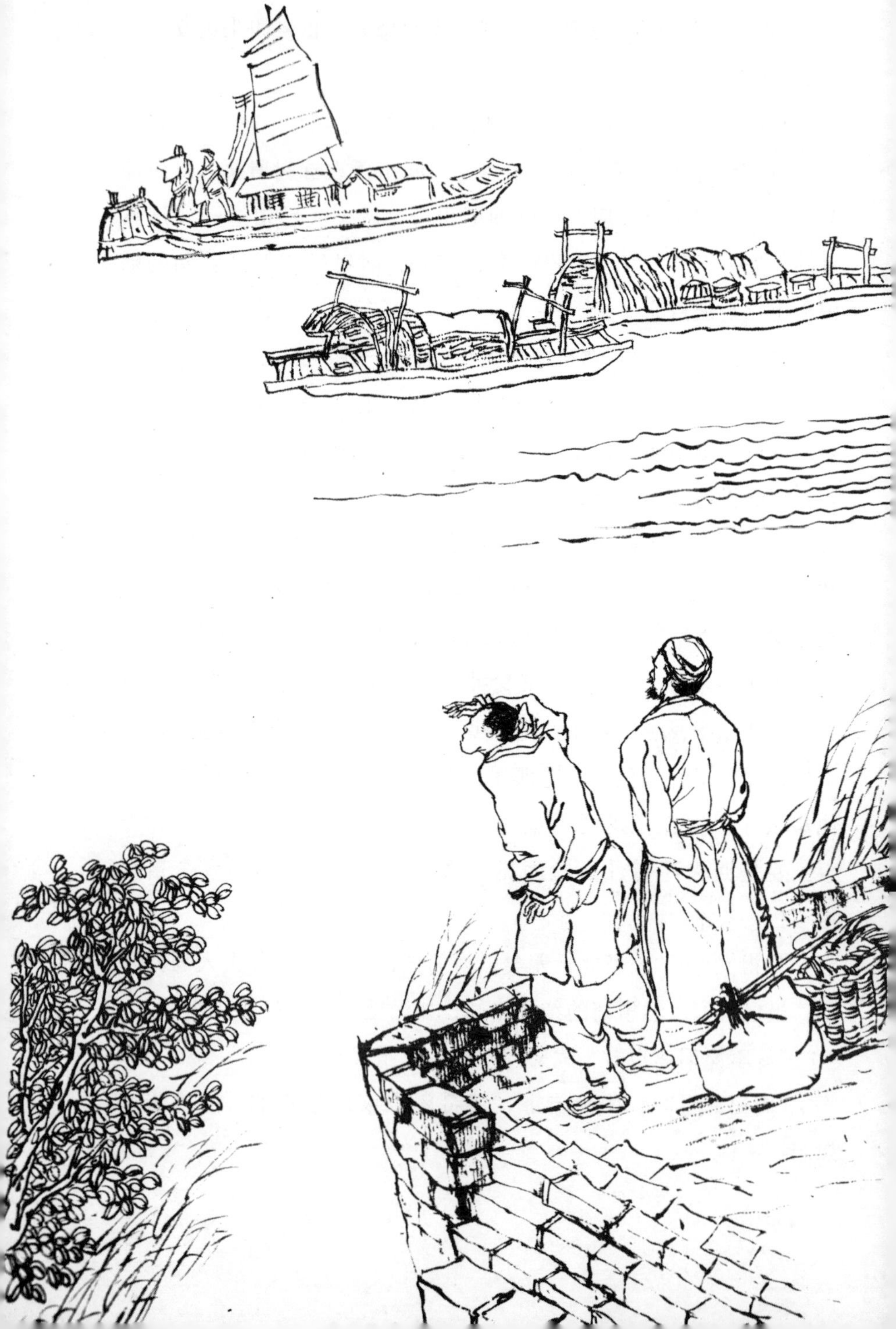

"眼下在此,那我们又有何法子呢?"茂兰觉得无可奈何。

朱祖文拍了一下茂兰肩膀道,"公子应速觅舟,跟随而行才是。我这有准备好的盘缠,公子不必顾虑。若公子怕路途艰难,我朱完天愿意奉陪!"

周茂兰顿时感激涕零:"感谢先生愿意同行!只是风尘劳顿,怎敢连累先生?"

朱祖文道:"公子不必客气!卑人与吏部并非初识,先母旌节,承荷厚恩,前所未有,情愿舍身图报,愿与公子共渡难关!"

原来,此人朱祖文,名文学,字完天,祖上是嘉兴人氏,家居苏州府长洲县,读书为诸生,端方雅行,平时喜欢戴朱巾着箭衣,人称其为秀才小将,有古人之风。其先祖朱先,在嘉靖年间应募御倭,杀倭寇有功,遂升为都督大将军,世代被荫封苏州卫指挥。

朱祖文幼年丧父,母亲刘氏二十四岁守寡,守节奉婆,断发抚孤。其母含辛茹苦,节操坚贞,却志节未扬,一直无由旌表。朱祖文从小聪明过人,斯文懂事,念及母亲志节未表,心神不宁,郁郁寡欢,不思寝食,于是力致当道,上疏为母求表。他起先与顺昌并未相识,拜会文震孟时,才得知吏部周顺昌是可求之人,经引荐才相识。

顺昌闻而怜之,慨然上疏。天启初,部牒下至,祖文始知,叩首泣感,得以为母树立节孝牌坊。

为此,祖文总为孝思一念所激,铭心刻骨,牢记公恩,欲誓死以报。

不料周公被逮,祖文闻之,奔走相告众友,周旋往来誓为公死。顺昌同学朱陛宣也然,两人以致友善,共愿为周公献身。于是，人称二朱先生。

众毙校尉后，祖文建言知县吴文瑞，亲随六门，设柜募资，奔前忙后，为周公打点校尉和贴补上京盘缠。苏州贩夫樵子，无不乐助，倾心捐资。

随后，祖文悄然相随，考虑家人担心或欲劝阻，便捎信相报而不回家门，与众友一起与顺昌同宿公所，并发愿周公生则为其供应衣食，死则为其收敛，以图恩报。在相随的过程中，祖文还将每天北上的日程用笔记下。

祖文对茂兰道："天色渐晚，若无舟可觅，我俩患难相依，就此徒步上京便了。"

茂兰作揖相谢，扑通跪下："多谢恩公危难之时大力相助！"

"公子说的哪里话？不必迟疑，我们赶紧一起前行！"

"感谢先生！"

第十四章　五人仗义掣风雷　知府感慨写捕告

慷慨男儿好勇骁，
岂能苟活避尘嚣。
护民倡义急投案，
换得平安勋德昭。

却说苏州市民打死了校尉，周顺昌被逮去京城后，苏州城里的传言可谓五花八门。有说周顺昌官复原职，参倒了魏忠贤，即将回苏州稽查毛一鹭和李实了；有说周顺昌在京城被害了；有说圣旨已下，不日苏州就要遭屠城了。

这些谣言弄得城里人心惶惶，众人无不提心吊胆，许多胆小怕事的闭了户、关了店、歇了业，收拾了金银细软，弃下家产物件，拖儿带女逃往吴县乡下或外地去了，城内往日繁华之地已热闹不再，陷入一片寂寥，死气沉沉。

自从苏州市民聚众闹了衙门，打杀了校尉，毛一鹭便慌张地于夜间打发周顺昌上船，并连夜执笔上疏，一五一十地言明事发经过。

这几日，毛一鹭一面等待下旨候处，一面派人调查那日事情发生的经过,弄清了带头闹事的几个人。敲梆喝号者马杰,传香者颜佩韦,打死校尉者沈扬、周文元和杨念如,参与助势者有诸生一干人等。

颜佩韦听到要屠城之言,日不能坐,夜不能寐,事情是自己领头闹的,好汉做事好汉当,如连累乡亲们,该如何是好?他思来量去,还是自己一人去自首,承担这一罪过,决不能让苏州一城的百姓遭殃。为了拯救全城百姓,他决定要去找几个弟兄商量,便急切切出门先往杨念如家奔去。

自此事发生后,谣言不断,杨念如不觉也有所思虑,若真的要屠城,兄弟们如躲避,那全城百姓逃脱不了灾难,自己有何脸面苟活于世?他越想越不是滋味,连日里来,拿酒自斟,喝多了睡,睡醒了喝,无法释怀。

颜佩韦到来后,杨念如妻上好茶急问:"外面都说要屠城了,是不是真的?"

"也许是吧,我正是为此事来,欲与念如兄商议!"佩韦道。

"颜大哥,事情出在我们几个领头的兄弟身上,怎能让全城百姓替咱偿命?我们是不是找沈扬、马杰和文元几个一起商量一下?"念如道。

"冤有头,债有主。事情紧急,走!"佩韦道。

此时天已黑,他俩戴帽遮脸进了阊门,只见有人围在城门洞口的告示旁,他俩都瞥了一眼,猜到告示上要拿的就是他们,也不好正视就匆匆掠过。他俩在一小巷内摸到了周文元家。

周文元,人称周老男,他刚被人请去吃酒听戏,醉歪歪地回来,一见二位到此,心里马上明白了一些,道:"好呀,二位兄弟,你们都听说毛一鹭下午已贴出告示,要抓我们呢,我这回来正准备拿些衣服离家,想躲乡下去,正好也想找你们商量一起走!"说罢还从身上口袋里掏出一份被他撕下来的告示纸片。

颜佩韦低头一看,见有"……若五日之内无人举报,且捕捉不到首犯,将奉旨拿那日上街作乱的所有市民是问,只要有人指认便处斩!"

官府见逃出城的人多了,恐许多罪犯也夹在其中跑了,怕候旨再拿不到人,便提前行动了。

"看来,官府真的要下手了!"文元急着道,"二位兄弟,我们要么逃,要么再拼一回,多杀他几个狗贼,拼到底,死了才值得,不知你们主意如何,我们可没有时间了,说不定差役马上就要上门来捉我们了!"

佩韦道:"我也想过,凭咱几兄弟本事,以死相拼,先杀了毛一鹭、李实,然后再自首领罪!"

念如道:"不成!毛手握重兵,前几日受了惊,现在恐怕难以贴身,万一事情不成,很可能白白送了性命,甚至更连累全城百姓。"

佩韦沉思道:"不如我一人去自首担责,你们都有家小,赶紧各自逃出为好!"

文元一听急了:"颜大哥,若你一人去,还是救不下全城百姓,怎处?再说我们其他人也不是怕死之人,叫我们心里怎么能过得去?听说今日已抓了那天在现场参与的百把个人了。"

念如道:"颜大哥,我们还是一道豁出去吧!反正都逃不了干系!为了全城人不再受惊,去投官认责罢!看他们能把我们怎么样?几年前,葛成领导织工举事,结果事情不也就那么过去了!"

佩韦道:"好,那就这么说定了,我们分头先回家打声招呼后，赶快去找马杰、沈扬一起去商议，明儿一早就去衙门自首！吃官司怕什么？砍了头颈也不过是巴掌大的一个伤口。"

马杰、沈扬这两天听说谣言四起后，心头总是感觉不安，整日混在赌场里消遣。

是夜，五更时分，苏州府衙门口，敲门声急，快手役吏飞奔到府，进得大门，接旨的寇知府立即组织人手准备应急行动。

寇知府深知毛巡抚上疏有屠城的打算，心中不免为百姓担忧，如坐针毡，他既希望能逮到颜、杨等五人，又暗自想让他们能逃过这夺命的一劫。等接到毛一鹭的檄文，他深感事态严重，便嘱咐衙役和快手要注意不要再发生什么意外，有事必须急报，希望立即能顺利地拿到他们几个，以换取众多苏州百姓的平安。

上午，毛一鹭与李实摇摇摆摆地带领一班人，亲自来到府衙。只见其一脸威严端坐在堂上，闲闲地抿着一口口江南文人都喜欢的贡品岕茶，他似乎没感觉到香味来，仰头开口用手指着寇慎道："寇府台，你对本官的指令怎么置之不理？本官令你缉拿祸首之事，办了吗？想必你故意耽搁，有意庇护那些凶犯吧？若有意放跑了凶犯，那你这抚台就保不住了，还连累苏城的所有贱民。现限你三日，若延误了，你后悔也来不及！"

"抚台大人，卑职已安排去捕拿，无奈他们早已闻知风声，都不在家，行动诡秘，一时尚未捕到，卑职着力用心照办！"寇慎唯唯连声喏喏道。

"缉捕祸首是你府县的职责，若有迟延和差错，唯你是问，三日限期内办不了可就麻烦了！若九千岁怪罪下来，可了不得。"毛一鹭道。

李实在一旁也阴阳怪气道："寇知府嘎！我们是秉九千岁的旨

意办事，你可不能不利索呵？以前，咱家在千岁爷面前，没少为你说好话！若你办不好此事，可别怪我们不给你留脸面呵！"

寇慎掂出了此话的分量，躬身作揖道："二位大人，卑职不敢怠慢！请二位放心，卑职决不会庇护首犯，一定竭尽所能，捉拿要犯归案！还望二位在魏千岁面前，多多美言！下官在此深表感激！"

"你明白事理就好！你是苏州百姓的父母官，若是九千岁发怒了，要真的宰杀了满城贱民，你还能给谁当父母官？"李实说。

抓不到人，完不成事，那自己肯定是路走到尽头，恐要遭殃了，自己的性命不必计较，那苏城百姓怎么办，我寇慎就愧对苍天了。想到这，寇慎双膝跪地道："卑职恳请毛抚台、李织造二位大人，救救苏城百姓。卑职三日内定拿五个要犯到案！"

"好！这就要看寇知府你的了，若三日之内捉拿不到首凶，不要说你无法交代，我与李爷也担待不起，都脱不了干系！"毛一鹭站起来说罢，看也不看寇慎一眼，招呼李实悻悻地走出了府衙。

寇慎又召集府、县所有捕头与衙役道："全体人员务必用心，不可大意，先兵分几路，到他们居所附近了解情况，待掌握好动向，再伺机行事！"

他明白，这天大的事摆在了自己面前，他恨自己枉读圣贤诗书，枉做五品知府，不配做百姓父母官。他想学陈文瑞挂冠而去，但又放心不下苏城百姓。颜佩韦等百姓爱憎分明，有正义感，不畏强暴，不怕牺牲，但又惹下大祸，局面不可收拾，如今也只能献出生命。想到这，他不禁泪流满面。

几个捕头和快手们一起计划行动方案，一捕头道："如分开拿，只要我们拿了其中一个，其他几个肯定会闻风就跑了，怎处？"

"那马杰与沈扬两人日夜在赌场，也好拿，只是其他三人也不在家，不知行踪，怎处？"

"不如这样：先在赌场拿了马杰与沈扬，只说拿赌不说捉拿钦犯，就说要想释放的话，必须要地方上作保，其他人就会来看望，就可以一网打尽！"

果然一群捕头和快手们依计在赌场拿了马杰与沈扬，尔后就押送他们到府衙。

也巧，颜佩韦、杨念如和周文元正各自准备去寻马杰与沈扬，一起去自首，路上就对面遇上了，一衙役说："抓了两个首赌，你们认识？那好！要你们保一保。"

"咳！什么首赌？我晓得，还不是打校尉的事？"颜佩韦直接道。

"我们正准备去衙前，若提拿赌，我们说来作保了，若为打校尉的事，我们就自首！"杨念如挑明道。

"有理，有理！走，大家走！"一衙役道。

府衙内，寇知府正惆怅不已来回踱步。忽然差役来报："知府，老爷，有人投案来了！"

"什么人？"

"是颜佩韦他们一帮人！"

"啊！"寇慎吃了一惊，他既喜又忧，连忙吩咐升堂。

果然，堂下立着的五位，个个英俊潇洒，相貌端庄，神情自若。

寇文渊展目环视，仔细地一个个看了脸，并分别问了姓名，走下堂来，双手作揖道："古话说得好，明知山有虎，偏向虎山行。五位好汉，讲义气！本府先替全城黎民百姓谢谢你们！委屈你们了！"他没多说什么，亮了一下缉捕的文书，并低头吩咐给他们戴上了镣铐。

颜佩韦举镣作揖道："知府大人，大祸是我们几个闯的，该由我们自己承担！为吏部周老爷，我们心甘情愿，决不连累别人！"

杨念如挺胸道："知府大人，我们服气的是好官，不服的是欺压百姓的恶臣。草民替天行道，要杀要剐，全凭官府处置，没有怨言！"

"好汉，果然是有胆识，敢担当！你们救了全城百姓！"寇慎见五位无所畏惧，急公好义，十分感慨，敬佩地作揖道，"诸位英雄，本府无法替你们解脱，还请诸位见谅！但苏州百姓一定会记住你们的！"

为此，寇慎欲助无方，徒叹无可奈何，只好执笔写公文，准备捕告呈至抚院，详细叙述五人顾大局自首的态度表现，并将事发过程的文字尽量写得婉转微妙，说校尉身负皇命，在苏州逗留多日，不及时开读圣旨，才引起摩擦，惹怒百姓起哄闹事，致使两校尉被挤踏而死。

寇知府也可谓是一个爱民如子的好官，他吩咐收监后，关照衙役不得为难五位豪杰，并对司狱道："此俱是仗义之人，不须拘禁，若家属送饭，亦不可阻。"

狱中还有役吏安慰五人道："当今朝中首辅顾秉谦是吾辈同乡，他会为你们周旋，你们或许不死。"

颜佩韦叹道："顾秉谦已认魏忠贤为父，诸大臣都为其所苦，我们如何得免？我们宁愿从周顺昌而死，不愿因奸相而获生！"

役吏闻之，好生感动，敬佩不已。

五人被逮下狱后，毛一鹭派人在城中继续暗访，除前几日已抓的百把人不算，又补抓了十几个人。

因是秋后算账，时候未到，不知道衙门究竟要抓多少人，许多人日惊夜怕，城里有许多人继续外逃，寇知府尽力出面安抚，市民见日久无事，才逐渐安下心来。

接下来开审时，五人一直神情坦然，并痛斥毛一鹭道："你陷周吏部于死地，官大，人小；我们为周吏部死，百姓小，人大。"毛一鹭听了哑口无言，觉得：人小志乖，官大无奈。

第十五章　通政使换折护民　顾首辅出面劝君

> 玉石俱焚起硝烟，
> 吴民公愤闹翻天。
> 怀忧桑梓行方便，
> 荫护呈疏一奏先。

在朝中的通政使司掌事的左通政使徐如珂，与周顺昌同在朝廷做官，因同是苏州府吴县人，且秉性脾气相合，两人一直有些往来。明朝时，朝廷中的通政司，全称为"通政使司"，为九大卿之一。沿自宋代的通进银台司（后改承进司），又称银台，是专门收受、检查内外奏章和臣民申诉文书的中央机构。凡四方陈情建言、申诉冤滞、或告不法等事，于底簿内眷写诉告缘由，呈状以闻，官员级别一般是三品至五品。凡朝廷大政、大狱及会推文武大臣，通政使也参与讨论，说起来，权力也不小。

徐如珂是明神宗万历二十三年（1595）进士，授过刑部主事。天启初，任川东兵备副使，平定奢安之乱有功，收复过重庆，于是被召为太仆少卿，转为左通政使。

这日，通政司内传来飞骑送报的紧急奏折，是应天巡抚毛一鹭承差飞奏的，徐如珂验过挂号，一想毛一鹭乃系魏忠贤干儿，飞章入奏，必有加意中伤，且展开副本一看，与猜测的一样，恶人告状，肚内总藏着整人的奸计，笔尖上总带着杀人的凶机，本上道：

> 三月十五日，削籍为民周顺昌奉旨被逮，锦衣卫千户张应龙、文之豹约以本月十八日午时开读。沿途士民如堵，汹汹嘈杂。正开读间，纷纷士民号呼，一拥而入，疾声大噪，奔雷掣电之势，几成斩木揭竿之形。奋力呼号，莫可名状，冲突撞击，势甚决裂。随将犯官周仍前拘护，以俟扭解。吴民助周反叛，三吴有累卵之危。为士民倡乱，殴死官旗，请旨屠城，以杜乱萌事。
>
> 应天巡抚毛一鹭疏

毛一鹭之奏章危言耸听，真是抹杀青天。徐如珂想，我此本一上，苏州一城百姓遭殃。苍天在上，我怎忍见姑苏城畔，血流成河？这怎么处，怎么处？

突然，又一小生策马背本，鸣锣而上。这小生日夜兼程，过驿递来，快马加鞭，计程三千里，终于进京，来到通政司衙门了。且住！禀报！唤进来！

"承差叩见老爷！"小生道，"苏松巡按御史徐吉有急疏上奏！"

"你老爷飞章至此，必为殴杀官旗一事，你可晓得苏州士民抗旨援助周顺昌反叛，这事究竟有没有？"徐如珂问道。

"哪有这种事体？"小生道，"苏州人虽跋扈，抗逮周顺昌算不了什么大乱,生疾病也不过是疮疥罢了!"

"噢,是吗,有无副本?"徐如珂问。

"有的,在此!"小生递本道。

"取上来验过,与你传达便了。你去吧!"

"晓得,公事毕!老爷,承差告退!"

徐如珂心想,徐吉的疏本究竟如何,待我且看:

三月十八日午时开读时,合郡人民执香号呼,喧哄阶下,群呼奔挤,声若轰雷。时众官皆围守犯官,而堂下随从惊避,有登高堕下者,或撞门倒压者,有出入争奔、互相践踏者,遂致随从李国柱医治不瘥,延至本月二十日身故。三月十八日苏州之鼓噪侵晨,有梆号召者,为马杰;临期传香盟众者,为颜佩韦;同时有纠聚徒众者,为沈扬;有攘臂先登追逐丛殴者,为杨念如、周文元。此皆一时生衅之渠魁,悯不畏死之剧奸,所当速正典刑,以除元凶者也。

苏松巡按徐吉疏

果然,香花臭草不同栽,君子小人非同派,该内情绝与毛一鹭奏本不同。虽然朝廷腐败,还赖有良臣在!

"本中语气和平,甚为苏民庇护,只请将为首几人正法,其余一概免究。好!这个才是。"徐如珂高兴地叹道:"徐公祖呀,徐公祖,不枉你是出类拔萃的好官!若此本呈上得准,那可是民之幸,吾之愿,天之赐也!"

俗话说:扬汤止沸,不如釜底抽薪。徐如珂心想,也罢,就将徐之本先上,相机,再将毛之本传达。皇帝仁慈,自然免不了为先入之言所动，吴民可保住。

此举，即使魏贼有知而深究，我徐如珂死也无憾！不用说，触犯纲常肯定有责，也算欺君之罪，我将心甘情愿担待！圣上啊，臣总想缓消你心头的恼怒，望能网开三面，为百姓大放生路！徐如珂想：我得先将御史徐吉之本即刻送进。

但看着毛一鹭的"报帖"，徐如珂马上拜谒有关大臣，准备一起请求缓封"报帖"，不要马上报告皇帝。

此时，徐如珂想到了任首辅的同乡顾秉谦。

他知道顾秉谦对东林党恨之入骨，且百般献媚邀宠，卖身求荣，竟厚颜无耻、滑稽地让儿子认魏忠贤为干爷爷，他则成了魏忠贤最老的干儿。但此事唯有借首辅之力，或许可以制止阉党的屠戮行径。

究竟用什么办法才能说动顾秉谦呢？

徐如珂陷入了沉思，彻夜未眠，终于想出只好利用乡情状况打动顾秉谦。

次日，徐如珂派人对其家人说道："吴人闻有旨屠城，票拟必出自你家宰辅。如果此事当真，百姓就准备先往昆山焚烧你们的老宅，然后再死！"顾秉谦听之，惊恐不已。

何为"票拟"？

明朝制度，内阁接朝臣奏章，即用小票写所拟批答，再由皇帝朱笔批出，名叫"票拟"。票拟一般只出自首辅一人之手，次辅、群辅仅参议而已。

顾秉谦先后任东阁大学士、文渊阁大学士、建极殿大学士，担任正副宰辅三年半之久。

朝廷忠实、正直的大臣遭到陷害，那些所谓"罪状"的票拟行文，大都出自"魏家阁老"顾秉谦之手。

顾秉谦从小受到儒家正统教育，饱读圣贤书，是明万历二十三年乙未科二甲第十名进士。于天启元年，晋升为礼部尚书。熟读孔孟之书的他在这平淡而漫长的二十六年间，基本上做到了安分守己。那么，一个走正路的顾秉谦，怎么会与太监魏忠贤搭上关系，并死心塌地为阉党卖命呢？

这就要归结于当时腐败的朝政和社会风气，以及顾秉谦个人的品德。

魏忠贤曾在天启二年（1622），因擅弄权柄，遭到福建道御史周宗建（苏州府吴江人）及其他人的联名弹劾。魏忠贤一看苗头不对，觉得仅靠内廷力量不行，必须谋结外廷诸臣。

权欲熏心的顾秉谦与魏广微率先谄附，投入魏忠贤怀抱。顾秉谦充当急先锋，被时人视为"当朝之严嵩"，讥称他是"魏家阁老"。

在苏州籍首辅宰相中，顾秉谦是最不光彩的一个，他这个首辅完全是靠出卖灵魂换来的。政治上堕落，生活上贪婪。顾秉谦成为"魏家阁老"之后，不可一世，凡是路过他家门前的必须下轿徒步，否则被视为对其不敬，有的甚至被他安上莫须有的罪名性命难保。

天启五年，顾秉谦主持会试，对应试者大索贿赂，全家人出动，闹得满城风雨。顾秉谦便派人给魏广微送去好处，进行拉拢，遮住了丑事，但却怎么也堵不住受害考生高喊"顾贪"的嘴。

顾秉谦还助纣为虐，以朝廷名义修纂《三朝要典》，他担任总编，采用混淆历史是非等办法，对万历、泰昌、天启三朝发生的梃击案、红丸案、移宫案,进行全面翻案,目的是为了钳制天下人之口。

顾秉谦还亲手汇编《缙绅便览》一书,凡是魏忠贤想要排斥的,他都顺其意在名单旁按重点主次,分别用红色墨笔加上三点、二点、一点标示出来,其中要重点打击的有叶向高、杨涟、魏大中、李应升、缪昌期、姚希孟、高攀龙、左光斗和周宗建等百余人。他将这份"邪党"名册秘密交给魏忠贤。

接下来,按照册子上开列的名单,一些人开始被罢官而赶出朝廷。朝廷中空出的官职位置,大多数由太监和与魏党有关系的人接替。

顾秉谦紧紧攀附魏忠贤,朝廷有一举一动都拟旨归美于魏忠贤,"褒赞不已"。他和魏广微一起曲奉魏忠贤,认贼作父,甘当奴才,名副其实成了魏家的走狗。

果然,徐如珂的言语传至顾秉谦耳中,顾秉谦也真的害怕了起来,他立即亲自来找徐如珂商量。

徐如珂说:"你刚做宰辅,就祸及家乡故里,这谁能原谅?而现在东厂唯你是听,只要你及时制止他们,就可以免祸。不过你要知道众怒难犯啊!"

此时,魏阉知道缇骑在苏州被殴毙后,大怒不已。他安排在吴所遣侦事之人报告曰:"江南反矣!尽杀诸校尉矣!""吴民已为周顺昌而反,在城门竖旗,城门关闭矣!""江南人已阻断运河漕运,织造府船只已被却!"

魏忠贤听之惊恐至脸色惨白,以为自己真的给朝廷闯下大祸了,要是圣上怪罪下来,该如何收场?

他急急找来崔呈秀咨之,呈秀跪之曰:"爹爹,若教我尽逮首犯五人能息事宁人？江南苏州，今已激变，奈何？"呈秀痛哭，叩首请死，忠贤叱之退下。而当时附和魏阉的朝臣都是与东林党人作对的，都以危言煽动，纷纷散发"吴民作乱""苏州造反"的谣言，并建议兵部迅速派军队至苏州进行镇压。

徐如珂也倡言于朝，反复抗辩，他最后具状，以全家百口性命力保吴民不反。

顾秉谦在老乡徐如珂的刺激之下，也不得不出面，也算做了一桩对苏州有益的事。他求见魏忠贤，跪着诉道："苏州是钱粮与纺织重地，漕运要道，若真的把苏州人都杀了，那国家赋税哪里来！各级官员俸禄与边防军饷等开销，到那去筹集？"魏忠贤听后唉声叹气，怒火开始慢慢消歇了，结果同意处死为首作乱者，其余一概不究。

就这样，为苏州老百姓免了一场屠城之灾。

在此之前，任南京礼部侍郎的徐如珂，曾是南京教案的主要发动者之一，在政治上，他却一直对东林党人持同情态度，比较重视人的信仰。

明神宗时，天主教在南京等地建了多处教堂。传教士们精心研习中国经史、语言文化和伦理，并入乡随俗，换上儒服，却排斥中国儒家思想，教导人不祭天、不拜祭祖先、不崇拜孔子。徐如珂等一些士大夫站在儒家的立场上，认为他们的教义和教徒，很不尊重皇帝和中国文化，破坏了中国人的道德秩序，并与白莲教一起图谋不轨，可能会倾覆中国。徐如珂等人就曾与一些社会人士联合了皇帝亲信和几位高官，将一些传教士逮捕下监，并将其中一些驱逐押解至澳门出境，还将一些天主教堂拆毁，酿成了"南京教案"。由此可见，徐如珂也是一个儒学道统思想的捍卫者。

天启四年（1624）六月，都察院左副都御史杨涟经过充分酝酿准备，将魏忠贤在内外廷的种种非常表现与所作所为，概括为二十四大罪状，上疏弹劾。而顾秉谦认为杨涟疏中指责魏忠贤一手遮天，其中"以锢其出，岂真欲门生宰相"之语是讥讽他，便恼怒杨涟。

杨涟因弹劾阉党魏忠贤没被皇上采纳，而最终被驱逐时，徐如珂却冒着被魏忠贤忌恨之险，在京师郊外特意为杨涟饯行。

徐如珂经过慎思，利用首辅顾秉谦，巧妙地拯救了苏州全城百姓。他后来迁任光禄卿时，因忤魏忠贤，结果被借故革职。回乡至苏州，他倍受乡亲拥戴。

后来，苏州百姓为报恩，曾一人一文募捐，在苏州古城内庙堂巷为他修建了一处住所，取名"一文厅"。

徐如珂归里不久，因病而卒，该"一文厅"就成了苏州广大百姓祭祀他的"忠仁祠"。

第十六章　血溅诏狱叱奸贼　重刑上身折坚骨

　　自古奸贤两勿融，
　　执言仗义士孤忠。
　　黄牙白口栽赃陷，
　　叱问临刑血溅红。

　　入秋季节，京城的天气比较干爽，草木开始变枯，呈现一片落叶飘零的景象。

　　东厂先将周宗建、缪昌期拿到，下了镇抚司狱。周顺昌、李应升、黄尊素等陆续被押解到京。李攀龙临捕而自尽，不再说起，只有周起元在福建任职，路远未到。

　　这七个温润如玉的谦谦君子究竟如何得罪阉党的？

　　监、卫擅权"名不正则言不顺"，历朝正统科举出身的士大夫前赴后继，对此口诛笔伐。这些江南士子，心系苍生，清廉自恃，并非是不合时宜的畸人，他们情牵国家，忠心谏言，即使在遭受小人的污蔑、凌辱时，也正气凛然，激浊扬清，为正义、为人道请命。

　　话还得从那个比魏忠贤资格要老得多的太监李实身上说起。

李实是朱常洛当太子时的伴读，北直隶保定府人，比魏忠贤早进宫十一年，曾是泰昌帝身边的红人，任司礼秉笔太监兼掌御马监，不比大太监王安差。但他不识字，也没主心骨，泰昌帝一死，李实就被天启帝调任江南织造，常驻苏杭二州，专管官办的纺织作坊，也兼皇帝在江南的耳目。他开始并非魏忠贤的手下，后来才与魏忠贤同流合污。

此人名气起先并不算太坏，只是手下两个帮手比较贪婪，一个叫樊得，一个叫孙升，他们搜刮民财，常以李实的名头增设织造税额。

在明末，江浙一带的纺织工业可谓是走在世界前列，也是皇税的主要来源。当时有个苏州同知兼知府代理杨姜，对李实收重税表示不满，李实见他平时对自己不大逢迎，便看他不顺眼，借故参了他一本。适逢苏松巡抚周起元刚上任，周起元上疏为杨姜辩护，并指责问题出在李织造身上。李实干脆诬告杨姜犯了法，给治了罪。这下可好，李实与周起元便结了怨。

李实喜欢在杭州西湖玩，当时东林党人黄尊素被罢职回到家乡余姚，也经常泛舟西湖。李实曾慕名拜访黄尊素，而黄尊素并不待见他。此事传到民间，说他俩经常在一起，传说黄尊素痛恨魏忠贤，欲借李实之手扳倒魏忠贤。谣言传进宫里，魏忠贤一惊，马上派前大学士、阉党的盟友沈㴶的弟弟沈演调查求证。魏忠贤慌了，李实是先帝的宠臣，与东林党人勾结在一起，自己的日子可难过了。沈演回禀：真有此事！

外界还传说：黄尊素要效仿武宗时的廷宦刘一清利用大太监张永一举扳倒权擅天下的大太监刘瑾的旧事，即把李实比着张永，把魏忠贤比着刘瑾，说是黄尊素要借李实之手除掉魏忠贤。

魏忠贤经过思虑，知道这是恨自己的人编造出来的传闻，空穴不会自来风，李实是怎样的人他清楚，但魏忠贤还是派人去找了李实，指责他不应与黄尊素来往，被人利用。李实有口难辩，便找李永贞与崔呈秀求情。李永贞与李实较熟，李永贞告诉李实，既然魏忠贤起了疑心，为了避嫌，就让李实出面参黄尊素和另一些东林党人一本，不就自证清白了？

那究竟要参哪几人呢？李永贞在纸上给李实列了七个人的名字：周宗建、缪昌期、周起元、周顺昌、高攀龙、李应升和黄尊素。李实吃不准找什么理由，便命司房将盖了自己红印的空白奏本递到宫里去了，这就是"空印案"的发端。

锦衣卫缇帅田尔耕闻知后，趁缪昌期在京办事访友之机，将其扣拿，抢了一个头功。

结果李永贞与崔呈秀各谋写就了一份奏疏：

原苏松巡抚周起元违背圣旨，擅减朝廷所需袍服数目，贪污四万两，另分赃给同伙东林党人周顺昌、高攀龙、缪昌期、李应升、黄尊素、周宗建各一万两。速盼圣上降旨，将这伙结党营私、欺君灭旨、盘剥百姓、贪污分赃的东林奸党分子捉拿归案，追赃问罪。伏乞圣裁。

此时，周起元其实已经调在福建任上了。

天启帝闻疏，龙颜大怒。接着，崔呈秀草拟了圣旨，文曰：

奉天承运，皇帝诏曰：苏杭织造提督李实，据实弹劾原苏州巡抚周起元，假托东林讲学之名，联络一些臭味相投的同类分子周顺昌、高攀龙、李应升、黄尊素等人，结党营私，贪污朝廷袍服价银十万两之巨，坐起分赃，欺君蔑旨。百姓切齿，纷纷告状，诉求法办。除周宗建、缪昌期另案被逮在押解中，其余五人皆由锦衣卫即派缇骑速去押解至京，追赃治罪。钦此！

二月二十五日，魏忠贤经过一番盘算，迫不及待地将备拟的圣旨盖了御印，立即下发，干出了一件载入了史册的惊天祸事。

早在前一年，他们灭掉了六君子，见并未有什么麻烦，这次狠心再抓七个，觉得还是有底气的。

其实，逮捕七君子之事发生时，也就是魏忠贤根基动摇的开始。

这七人中，除高攀龙投水自尽外，其余几人很快就被锦衣卫捉拿至京投入诏狱，最后一个从福建出发沿海路到达的是周起元。

归锦衣卫掌管的北镇抚司，设在东安门外南边，其所属诏狱与东厂监狱号称人间十八层地狱。大门外木牌坊上书写着"明察秋毫"四个闪光楷书金字。黑熏熏的大门顶上嵌着"诏狱"两个斗大的黑底白字，大门两边伏着一对张口瞪眼的雄壮石狮。一条长长的方砖通道平整宽敞，两旁高大的松柏阴森肃静。

第一个被投入诏狱的是缪昌期。

缪昌期乃南直隶江阴县塘市人（现属张家港），万历四十一年进士，历任翰林院检讨、左赞善、谕德，文名满天下，与东林党早期人物顾宪成等是忘年之交，与徐霞客关系也很密切，后来其孙女嫁与徐霞客长子。魏忠贤在京城西山为自己营造寿墓时，听说老缪书法写得较好，欲请其写墓志铭，经过多次请托，老缪也未允。这样一来，魏忠贤觉得自己太没面子，于是记恨在心。

天启四年（1624），杨涟弹劾魏忠贤的上疏写得痛快淋漓，引得朝野鼎沸，京城开始盛传此文出自缪昌期之手笔。

魏忠贤在首辅叶向高离职后，大肆驱逐东林党人出京，先是赵南星、魏大中、杨涟、左光斗等，而缪昌期不忌讳，每次必备酒菜至京郊长亭外执手相送他们，洒泪叹别。

当时内阁有人举荐老缪去南京执掌翰林院，魏忠贤哪里肯应允有这么一块绊脚石存在，便派人至内阁说就让老缪在京师送送客吧！

魏忠贤对这个在《东林点将录》中被称为"智多星吴用"的缪昌期，总是恼羞成怒，早就准备削职处理他。老缪自知朝中是待不下去了，便先上疏乞休，魏忠贤偏不让他体面自去，先矫旨罢免再革职。后又牵入汪文言案，栽他贪赃三千两。

天启六年三月初五，缪昌期得闻即将被拿，自知此行难以回头，他临行前将自己生平大事记录下来，痛表心迹，称："余行真而未笃，口直而多躁，心慈而色厉，种种欠缺，人所共见，而不敢营私背君，欺心卖友。祸至于此，但义不屑以三朝作养之躯，辱于狗奴狞贼之手耳！"书毕，他将这篇《漫记》交与儿子缪虚白，关照儿子："日久事定，方可拿出示人，不要徒取灭门之祸。"并在出门上船时道："一死无余事，三朝未报心！"百姓得知他被押解，忍不住拦路泪目相送。

缪昌期在七君子中较先遭捕入狱。在血雨腥风的狱中，阉党爪牙个个抖毛亮翅，凶神恶煞，如狼似虎。

狱吏受嘱对缪昌期严施酷刑，滥使淫威，用棉衣加沸水，将其烫得体无完肤,然缪昌期言词激昂:"我等一介书生,虽主持一方,流行议政,但都清贫淡泊,不求功名,只求仁心济世,而今蒙冤,天理难容!"他坚贞不屈,一双手指骨节全被打落,旋即浑身腐烂,蛆虫钻体,感染而死。

昌期被抬出监狱时,十个手指塞入两袖之中,蓬发蒙面,家奴无法辨识,仅凭随身衣物才将其认出。其死状在明朝历史上翰林院臣中算是最为惨烈的一位。

第二个入狱的是周宗建。

周宗建,吴江人,万历四十一年(1613)进士,授武康(今属浙江德清)知县,又知仁和(今属浙江杭州),后升福建道御史,再任湖广按察使。曾上疏指陈时弊,说客氏:"恋上不舍,将何为乎?"说魏忠贤:"目不识丁,岂复谙其大义?"使熹宗皇上与魏忠贤震惊。周宗建还为一些受打击的人鸣冤,并针对辽东兵事,请求破格任用熊廷弼,前后得罪一大批人,被东厂视为"第一仇人"。

御史倪文焕认为周宗建等讲学属伪学,曾上疏诋毁周宗建:"聚不三不四之人,说不痛不痒之话,作不浅不深之揖,啖不冷不热之饼。"天启五年(1625)三月,魏忠贤矫旨将周宗建削籍。次年,诬告他竟收纳熊廷弼贿赂一万三千两,逮其入狱,抄没家产。许显纯在狱中反复骂他:"复能辱骂魏上公一丁不识乎?"

周宗建也是在京师办事访友时,同缪昌期一起被抓入狱的。

第三个入狱的是周顺昌。

周顺昌自四月二十八日至京入诏狱,即由魏忠贤两义子倪文焕、许显纯审讯。第一堂审问时,倪、许二人命周顺昌跪下,周顺昌怒目圆睁,立而不跪,哈哈大笑道:"我周顺昌上跪天子,下跪地上的衣食父母和黎民百姓，怎跪魏阉邪党和你们两个奸贼？"

"大胆！你岂敢骂九千岁！"

"什么九千岁，我看你们背靠的是冰山，魏阉阴谋篡权，祸国殃民，私练甲兵，逼杀皇后与太子，残害忠良……待冰山消融，你们没有什么好下场！"

"周顺昌，这可是刑部大狱，看是你嘴厉害，还是这老虎凳、铁夹棍、阎王闩、红绣鞋厉害！你若不服，要么让你尝试一下？"

"我周顺昌，既然来了，也未准备出去，你们滥杀无辜，逼死了多少人命，还不受惩罚，已是人神共愤！在你们的酷刑之下，屈死多少忠良与耿介之士？我周顺昌一介文士，只叹手无寸铁，不然一定会讨回血债，为君为民铲除你们这些害人之贼！"

周顺昌愤懑满腔，越说越来气，直使倪文焕脸色铁青，手足无措。许显纯脸红耳赤，只咬着牙，也无言以对。

"快，快！还不拖下去给我打！"

"你们不畏天地耶！奈何必欲置吾辈死？天下忠臣义士多矣，你们能尽杀耶？你们甘当魏阉鹰爪，无人性，失良心，必遭天诛！"

"给我掌嘴！"倪文焕话毕，一旁的校尉举起铜制巴掌，将周顺昌的脸打肿了，脸色青紫。

"你们两个阉党恶犬，厂内豪奴，我周顺昌恨有口不能咀肉，有齿不能嚼奸肠！"

"好一个周顺昌，你骨头硬，难啃是吗？"

许显纯越听越恼，亲手夺过校尉手中的铜制巴掌，心狠手辣地用力敲击周顺昌的嘴巴。顿时，顺昌门牙俱落，满嘴鲜血，顺昌尽力抿住嘴唇,待血满口中,便"呲"的一声吐出,对准许显纯的脸上用力喷去,射得许显纯满脸是血,两眼难睁。

两校尉按倒周顺昌,又是一顿拳打脚踩,使得他当场晕过去。倪、许二人计议道:欲用酷刑对付周顺昌恐怕无济于事,不如明日让他见见其他人受刑的惨样,试观他是否胆寒心服?然后报与九千岁,看厂爷如何处置!二人无计可施,只好这般,将周顺昌收监了。

六月十七日,魏忠贤得报,心中恼火,便命倪、许二人改变时间与地址,准备亲自会一会周顺昌,问其为何辱骂自己,看一看他的骨头是什么做的,究竟皮肉有多结实。

当校尉领着役吏来到监房,只见法吏庭前羽林军排列辕门,护驾威仪严肃,统军在高声呼叫:"呲!把守辕门的都听着,今日东厂千岁爷,亲自勘问东林一案,千岁爷吩咐,不许犯官家属前后打探,巡捕官何在?"

"有,有!在此伺候!"巡捕官答道。

统军道:"厂爷吩咐,一应押解差官,挂牌听审,不许各犯聚合交谈。领牌去!"

"晓得!"巡捕官又答道。

统军命令道:"去!将周顺昌带出来!"

不一会,两个狱吏将周顺昌提扶出来,一路急急催促,行至院内时,一禁军前来接应道:"想必是厂爷进膳还未来,周爷,扶你到旁边空处,且坐等一会,我去那厢解手,马上就来。"

此时,一狱吏急匆匆叫着:"闪开,闪开!湖广按察使周宗建老爷刚才受了一百铁夹棍子,快死了,让俺收监去!"

另一狱吏跟着道:"走,走!周宗建老爷也受不了三次铁脑箍,两次阎王闩,命绝了,我得收管准备发至公墓去!"

周顺昌见了一惊,是周宗建?他被非刑致命了?宗建与昌期一样都是与自己同年,平昔道义之友,关系皆十分契厚。好痛心!也该轮到我了?咳!此番至京,只恨倪文焕、许显纯两贼不容我置辩,只是严刑拷打,竟然栽赃于我,断我胫骨,折我手指,衣冠扫地,不如猛拼一命也无愧!

忽然,一狱吏背上驮着一人过来,只见该吏道:"方才背上肩还是活的,怎么现时就没气了,且撇放于此,再进去背几个死的,一并扛出罢!"

呀,这不是周宗建本家吗?怎么被打成这样了?这不是死于非命?真叫人伤心!周顺昌不免开口叫道:"本家兄弟!我是周顺昌!"

"呵,是蓼州,蓼州兄!我要与你永别了。"周宗建还剩一口气,气若游丝。

"本家兄弟,事连一体,小弟随后就到了。只是将同上望乡台,看不得妻累孥哭!"周顺昌痛心道。

"大丈夫应视死如归……话不多说了!"周宗建慢慢悲咽得没有了声息。四十五岁的东厂"第一仇人",就这样活活死于刑审。

"咳!他怎么陡然气尽了!"周顺昌叹道,顷刻间,摇了摇头,罢了!我得振作起来,不能乱了主意,待去公堂与魏贼辩论。

"哼!谁在这里讲话?厂爷吩咐不许各犯聚集交谈,狗才,你竟然将两个囚犯放置一处?"一统军走过来抡鞭便抽打一狱吏。

"老爷,那是一个死尸!无人交谈,他在自说自话。"该狱吏踢着尸体,并指着周顺昌道。

"既是死尸，还不快送至公墓去！"统军对狱吏道，"伙计，过来！还不快送周爷见九千岁去？快走！"

他们再次审讯周顺昌，是在一间不太明亮的堂房。只见抽搐着一脸横肉，瞪着充满血丝眼球的魏忠贤，气鼓鼓地坐在堂上。

许显纯道："锦衣卫刑狱吏在哪里？"

"在！小的在此。"刑狱吏答道。

倪文焕道："今日厂公亲自勘审，不比平常，各类刑具，不可少用！"

"刑具件件齐备了！"刑狱吏又答。

"去带囚犯周顺昌进来！"许显纯道罢，与倪文焕一起抱着卷宗上堂，又分别转身向魏忠贤鞠躬道："下官许显纯！""下官倪文焕！""东林一案，昨俱已审结，只有在苏州煽动百姓打死旗尉的周顺昌未曾审毕，现将卷宗递上，望上公裁定！"

"递上来！"魏忠贤嚷道，"让咱家瞧瞧。"

一小太监飞快接来呈上："是！"

"你们两人先审，咱家先听着。"魏忠贤摸着卷宗道。

倪、许领会道："是，是！孩儿们晓得！"

一狱吏来报："犯人周顺昌带到！"

"进来！"许显纯望着遍体鳞伤、站立不稳的周顺昌道，"解去锁链！"

"还不快向厂公跪下？"倪文焕睁大眼睛，凶狠地对周顺昌嚷着。

周顺昌问道："我周顺昌被你两贼连日拷打，今日既无龙位，要我跪哪？"

"你有眼无珠？上位坐的是厂公！跪下！"倪文焕喝令周顺

昌道。

周顺昌虽然牙齿被敲,说话已不关风,语音有变,但倔强有神的目光还是露出一种大无畏的神态,破口骂道:"呵!原来是魏阉在此?呸!魏贼,你欺君虐民,矫旨压人,残害忠良,胡作非为,作恶多端,你敢与我一起面见圣上,当面一一对质?"

"哼!你恐怕没这个机会了。"倪文焕代答道,而魏忠贤蹙着眉头,一声不吭。

"呵!谁让你开口胡说?"倪文焕开始审问道,"犯官周顺昌,是你在苏州组织百姓闹事,杀死校尉的,承不承认你是主犯?还不快从实招来!"

顿时一股无名怒火在周顺昌心头涌起,他负气反问道:"魏贼,你这个太监,竟敢窃取国柄,搅乱朝纲,罗织罪名,滥杀无辜,通奸客氏,坏事干尽……圣上呵,天理何在?"一旁的倪文焕听了这番话,多次从中想喝断周顺昌,但毫无效果。

魏忠贤见周顺昌毫不怕死,如此这般言语,把自己的老底儿都说穿了,气得说不出话来。只见他甩掉卷宗,用力推倒案几,急吼吼道:"气死我也!还审什么,还不将这个不怕死的押下去?"

许显纯见魏忠贤发怒,吓得连忙跪下道:"是!干爹别生气,想不到周顺昌性子这么拗,这么不怕死!孩儿们为您出气,马上一定给他加刑!"倪、许送走魏忠贤,马上将周顺昌收了监。

第十七章　命运无常地断脉　魂魄不散天降灾

世间天道遭奇变，
致使冤魂气魄旋。
烈焰乱飞风雨卷，
震倾官阙慰黄泉。

天启六年（1626）三月十五日，校尉开始在苏州逮周顺昌，却招来了麻烦，事件影响很大。而另一路捉拿黄尊素的校尉，也到达浙江省余姚县。终于，削籍乡居的黄尊素被拿。

黄尊素，字真长，号白安、白庵，是著名思想家黄宗羲之父。万历四十四年（1616）进士，被任命为徽州宁国推官，精明强干，与汪文言并列为当时"东林党的两大智囊"。天启初提升为御史，他极力陈述朝廷政策的十大过失，奏疏皇帝道："陛下压制言官，使人忌讳，有人只提些皮毛小事，并不敢冒犯……朝廷没有运筹帷幄的大臣，边防没有制敌取胜的将领。掌权之人对国家安危愚昧无知，乱政之人对失败之局多方掩饰。不在此时举荐贤才斥退不肖之人，反而将忠诚刚正之人视为仇敌，陛下难道就不为国体考虑？"

奏疏言辞激烈，皇帝不语，魏忠贤大怒，图谋将他处以廷杖刑。经众人挽救，才改为只被剥夺一年俸禄。

不久杨涟弹劾魏忠贤，被下旨责备。黄尊素便上疏，大意是："天下大权旁落陛下宠幸之人。陛下自登基以来，公卿台谏一个接一个地被削职罢免。如今魏忠贤违法的情形，廷臣已揭露无疑。陛下如果不早做决断，将前途无望！"魏忠贤得到奏疏更加不满，将其削籍。

黄尊素刚毅忠正，料事如神。杨涟将弹劾魏忠贤，黄尊素告诉他："清君侧，定要有内援。杨公有此人否？一旦攻而无效，诸人将无法存焉。"万燝死，黄尊素暗示杨涟辞职，杨涟不听，最终惹祸上身。魏大中要弹劾魏广微，推举任用谢应祥，黄尊素道："魏广微是小人之中的小人，过快地攻之，他会铤而走险的。"魏大中也未听进，最终由此遭难。

汪文言刚下狱时，阉党便因黄尊素多智谋，也想置他于死地。

三月十八日上午校尉押解黄尊素从苏州路过，停泊在胥门。校尉想浙人多诈，自己没有索要到什么油水，想到这被捕的七个人都是江南一窝的，便指望毛一鹭也能给些打点费。他们也不知苏州因周顺昌被捕而发生民变，扯着驿站的小卒诈索，驿官已知城里民变，为不受欺凌，便进城通报："缇骑又来了！"

不多久，有近千人陆续来到运河的胥门岸边，只见他们一拥而上，扯住几个校尉便打，吓得校尉一个个负伤而逃，还丢了刑科签发逮捕黄尊素的驾帖，百姓乘势把那两只船凿沉了。

刚听说苏州城里昨天闹过事，那几个校尉也不敢进城报告地方府、县，丢下犯人黄尊素，抱着根木头漂过河，又被耕地的农人举锄追打，几经周折才逃命，转回至浙江巡抚衙门去，说是在路上被苏州贼人给劫道了。过后，黄尊素只得自己也回浙江，再去巡抚衙门自首。

另外，一路在无锡捉拿高攀龙的旗尉张有威，因三月十七日高攀龙不堪屈辱，在无锡老家投水自尽，他没有得到索金就没走，忽闻十九日苏州民变，立即至常州，把逮捕李应升的驾帖送常州府，不开读，急派人往京城报苏州大变，以为可求得头功。

李应升，万历四十四年（1616）进士，历授江西南康府推官、福建道监察御史，以清廉著称，曾受南康知府袁懋贞邀请，主持白鹿洞书院，重修过《白鹿洞书院志》。天启四年（1624），为声援杨涟等东林党人，密修魏忠贤十六罪状，意欲清君侧，除奸佞，代高攀龙作疏弹劾崔呈秀。崔呈秀求高攀龙放他一马，遭到拒绝后又跪求李应升，李应升不以为然道："事情要交与公论，非敢私。"为此，李应升又与崔呈秀结怨。

天启五年（1625）三月，崔呈秀唆使同党弹劾李应升为"东林护法"而被削藉。六君子死后，李应升设牌位祭奠，被魏忠贤得知而记恨。

李应升得到逮报时，还在老家江阴。他立即告别家人，慌忙收拾赶到驿站，见驿亭有方寿州题诗，凄然和泪也题诗道：

> 君怜幼子呱呱泣，
> 我为高堂步步思。
> 最是临风凄切处，
> 壁间俱是断肠诗。

题毕,忽想好友徐元修,倍觉伤感,欲托他为自己死后作传,寄别作诗道:

> 南州高士旧知闻,
> 如水交情义拂云。
> 他日清朝好秉笔,
> 党人碑后勒遗文。

李应升到了府衙淡定自若,索要囚服,自己穿上,候命待押。

常州知府曾樱匆匆赶来见李应升,依依相惜,问他:"可与家人道别?"他神态慨然地答道:"义无反顾!我志在忠义报国,以身殉义,岂能恤家?"

常州市民得到消息也成千上万地涌向街头,恸哭一片。其恩师吴钟峦特送来一本《易经》,让他在路上研读,李应升心情沉重地叹道:"世道如此,读书何用?"

其恩师道:"只不能像你这样只是读死书,要变化着读,才能适应世道!"后来船向北行至武进,其师留宿一夜,师生依依诀别。

此时几位好友,怕其路上和狱中受苦,特地筹得银两,送给缇骑一行,缇骑嫌少,似乎还等待家属来示意。

三月二十一日,与苏州市民一样,在常州南察院门口,也聚有数千市民。市民们纷纷高呼:"李官忠宦,何忽见其就逮?""进府衙,杀魏忠贤差来的校尉!""李应升官清如水,不准拘捕!""缇骑专诬陷江南清官,就是为了敲竹杠捞银钱!""苏州人保周吏部，江阴人也要保李御史！"

一个卖甘蔗的少年，不声不响地乘一个胖校尉不备，用他的"飞鱼刀"，猛地上前用力割下其一大块屁股肉，扔到地下让狗争抢而食。

面对汹涌的人群，校尉们吓得不敢宣旨开读，知道苏州民变中死了同事，惶恐不敢发声。在知府的劝解下，没有与市民发生冲突。第二天悄无声息地提了李应升上船走了。

远在福建的周起元，因路远而最后一个被逮。

周起元，福建海澄人，万历二十九年进士，历任地方知县、朝中监察御史、巡抚苏松十府，声望极高。他曾为杨姜辩过冤，又弹劾过李实，特别是他弹劾下属苏松兵备道朱童蒙"庸鄙无才，只知敛财"，却使这个小官连升几级，最后还被调至京师为太常寺卿。周巡抚自己则因"排挤正人，削职为民"。这怕是整个大明官场中绝无仅有的笑话。

周起元巡抚苏松两年多，深受广大百姓爱戴，当周起元离任打点行装归故里时，老老少少许多市民皆随行送别，一时哭声塞市。

周起元在巡抚苏松时得罪过太监李实。这次是因官中内库被盗，无法瞒过空缺，魏忠贤颠倒黑白，指令人填写李实空疏，上奏栽赃周起元等人贪污织造府袍服银十万两。

周起元福建家乡人见缇骑来拿人，有义士在城中奔呼为周起元喊冤，慢慢地也聚集了几千人，并将衙门围住。周起元跪求道："众乡亲父老爱我，勿陷我于不义！"百姓只好罢手，但捐款的人却络绎不绝，有老妇取下头簪，有姑娘取下手镯，有抬轿的特意绕弯过来掏出口袋里的钱，有摆地摊的挤过来捐出十几文。

最后凑了一些银子打发了缇骑。

由于苏州民变案发生传到了全国，一看漳州人的势头，缇骑也不敢带人上路。等了好多天，天启帝下诏改由当地巡抚派人押解。那一路押解黄尊素的缇骑在苏州半路被打后逃回到浙江，不敢再缉拿了，待黄尊素自首至衙门，也由当地巡抚派人押解进京。

就这样，七君子与前六君子一样，节操坚贞，却横为逆佞所构害。

正是：守正不阿易招祸，恬淡寡欲重名节。

老天似乎也发了怒气。天启六年（1626）五月初六早饭时间，京城突然遭受了一场莫名的奇灾。

这日，天气晴朗，白云皎洁。忽有声响从远处滚来如吼，接着听到地鸣如撕裂之声，声音从东北方渐至京城西南角。顿时，灰气涌起，云气弥天，屋宇动荡。须臾，天崩地塌，天昏地暗，万屋塌陷，瓦砾盈天而下。

整个王恭厂一带两三平方公里内，尸横遍野，秽气熏天，无从辨别街道门户，约有二万人死伤。石驸马街几千斤重的石狮子平日里移不动的，这一次都被气流卷起，飞到顺城门外，大木头与人的尸体满天飞落。

正在紫禁城内修建三大殿的工匠，纷纷被震跌摔成肉饼，死伤至少有两千人。

此刻，天启皇帝正在用早膳，御座与御案皆被震翻，一随身太监被飞降的物体砸得当场脑浆迸溅。天启帝吓得魂不附体，连滚带爬逃出乾清宫，来到交泰殿躲在一方桌下。内宫之人死的死，逃的逃。

天启帝一向不信上天和因果，这下也吓怕了。只见红衣服绿裙子到处乱飘，眼前躺在地上的人，有太监，有宫女，有杂役。有的腿没了，有的胳膊没了，有的蓬头赤脚半披衣褂，有的被倒下的物体压着正喘气。宫中女人多，有的伤得不能动，甚至有赤着脚光着身子，一手牵衣遮双乳，一手牵被单遮阴户。男男女女，老老少少，好不可怜。王恭厂一带地裂十多丈，火光冲天，尸骸遍地，更是不忍目睹。

如此灾异，前所未闻。当时正在用早膳的魏忠贤和客氏，慌得躲在饭桌下，吓得惊叫："诧异！诧异！咱们得设法镇住灾害，赶快打个平安醮，祭神灵，祈福消灾！"

事出反常必有妖！

有个钦天监占卜后，言词振振道：地中鸣者，阴有余也，妇寺大乱；天中滚火，有飓风，天下将起兵相攻；震声汹汹，是谓凶象，其地必殃；余音混混，主弱臣强，其邑必亡。

魏忠贤他不懂什么自然规律，也不信天地，一听便道："妖言惑乱，廷杖一百！"此人立即被杖毙。即使真的是天谴，魏忠贤也不会随便让他人说三道四。

魏忠贤一调查马上便知，认为"事若反常即有妖魔作祟"，此事并非天意，他说是个意外。

他与客氏很张扬地组织安排，装模作样地做了法事，打了平安醮，说是才扑灭了这场大火。

有拍马屁者立即上疏为魏忠贤请论"救火功"，魏忠贤还真的领到了皇帝封赏，并因此由"厂公"晋升为"上公"。

原来，王恭厂是明朝工部的仓库，内藏有十万多斤火药。凡京营的火器所需火药与铅子均由王恭厂制造。至于引发事故的原因，不得而知，有说是火药库自焚；有说是地震或飓风等引起灾变；有说是人为放火引起的。这都难以说明，实为历史一谜。

都察院和刑部的屋舍损坏较为严重，左都御史崔呈秀立即上奏，主张分流十多位观政进士，委派到"巡视西城御史司"听用。

整个朝廷公卿和京城百姓，无不惊骇。朝中有同情东林人士或对魏阉不满的，便纷纷上奏，以上天警示为由，反对东厂诛戮众臣。

兵部尚书王永光就道：如今所拿罪臣半归诏狱，追赃后立即毙命，他们虽罪有应得，但与"好生之德"不太合。今后应慎用刑狱，别让士子寒心；边关吃紧，应要缓建三大殿；至于圣旨应由内阁票拟，不应直发中旨……

天启帝只用一句"朕知道了"搪塞，诸臣多说，他甚至还为魏忠贤袒护。

灾异过后，天启帝明令天下停刑。锦衣卫中的缇骑们也有些怕了，互相告诫不可多作恶。

整个京城上上下下议论纷纷，扬言是天子失德，小人篡权，才导致了这场灾异。

这话皇帝可不爱听，魏党也不爱听，甚至公开处罚传言者。

尤其重要的是朝天宫这一大宏伟建筑，朝天宫是道教圣地，是全国道教管理的最高权力机构，道箓司受损，引起民间异常恐慌，朝天宫里面有国器，那是国家镇压妖魔鬼怪的法阵，现在一场灾异把法阵毁了，那该如何是好？于是各部大臣纷纷上疏，一致催促圣上赶快重修。否则，三十六员天罡星，七十二座地煞星，共是一百单八个魔君将殃祸天下！此言传得沸沸扬扬。

只是在这场灾异中，诏狱中的囚犯们有了喘息的机会。

到了六月份，想不到"追比赃私"又继续了。

许显纯天不怕，地不怕，只怕魏忠贤不高兴。许显纯又开始了五日一比，起码要将在押犯人每人每次打三四十大棍。

周宗建是七君子中被用刑最重的一个，在极端痛苦中熬到六月二十七日含恨而死。

次日，狱吏上报周宗建因病而故，并接旨允许二日后家人敛尸。

狱中还有周顺昌、黄尊素与李应升三人。

只是周顺昌性格一直比较刚烈，被打落了牙齿还继续骂魏忠贤。魏忠贤大为气馁，即与李永贞谋划，决定对周顺昌施以重刑。

黄尊素见到李应升受刑较重，就好心地把自家人拿来的完赃银转入李应升名下，以缓解他的追比之苦。黄家较贫，被誉为"清初三大家"之一的其子黄宗羲，当时还小。黄尊素被坐赃的三千两，也多亏乡邻、亲戚与好友捐赠，才得以缴纳。按照当时规定，只有家属完赃才可不涉及家人连罪。

闰六月初一，据禁子消息透露，黄尊素估计时日差不多到了，作了一首绝命诗：

正气长留海岳愁，

浩然一往复何求。

十年世路无工拙，

一片刚肠总祸尤。

麟凤途穷悲此际，

燕莺声杂值今秋。

钱塘有浪胥门目，

惟取忠魂泣髑髅。

接着，他与仅隔一墙的李应升敲墙诀别道："应升兄，我先走了！"

李应升答道："足下先行，应升随后也至！"

果不其然，次日黄尊素就被害死。

次日，李应升也作了与父母、儿子诀别的遗书，交给狱卒，并伏地向朝阙方向跪拜道："累臣以身报国，死无所恨。"又遥拜家乡父母："忠孝不能两全，今生无复见二亲矣！"

最后"伺候"李应升归天的也是"梃杖"之刑。

关于士人犯错是否应受"梃杖"一罚，早先在杨涟受刑时，李应升就因此为"梃杖"之刑法上疏过。

用棍棒打屁股是对士大夫的侮辱，有损志士尊严，一般士人也都深以为耻。受梃杖的头号原因无非是言官进谏，梃杖确实能摧折士气，让人噤若寒蝉，也因此震慑了不少人，出现了很多因此屈服而不顾名节的丑恶之徒。

纵观历史，明朝士人砥砺名节，勇于针砭时弊，不顾性命，敢于建言，在抗御强权暴政，振兴士人颓废之风方面，还是可歌可敬的，尤以东林士大夫为甚。

自古忠臣不怕死，由来怕死不忠臣。

杨涟受"梃杖"惨死时，刑部主事，曾疏论刑狱的万燝，挺身而出，抗章责论，严厉呵责魏忠贤的恶行。忠贤闻之大怒，无所发泄，欲借万燝之案立威，矫旨廷杖，命群阉把万燝杖死。

梃杖、内监代笔、厂卫诏狱，都是专为解决皇权和文官制度上的矛盾而设的。由于秉笔太监直接传递不勤政的皇帝的意图，掌握了"批红"之权，尤其是不爱读书，只喜欢美人和木工艺术的正德、天启皇帝，才实际将廷杖的权力旁落于监、卫士手中。

在万燝死后，御史李应升就曾上疏道：

> 夫士所以激昂奋发，不能自已者，独念祖宗养士二百余年，祸在萧墙，且在旦夕，故感恩图报耳。一言触忤，麓辱身死，岂所以作忠勤士哉？夫缄口待迁，厚利也；危吉招戮，实祸也。身死而天下悲其忠，虚名也。舍荣妻子、肥身家之计，而削影编户，取侮于乡里小儿，区区传此虚名，饥不可食，寒不可衣，将焉用之？况伤残父母之遗体，备诸楚毒，以从逢、比于九京也？人非奴隶，法非讯囚，罪非死刑，命非草芥。廷杖重典，殊失士心。

李应升此疏中说的"人非奴隶，法非讯囚，罪非死刑，命非草芥"，分明道出了东厂梃杖的刑罚实质是专门对付一些进言文官的，这是皇帝采用的私刑，是抵制政治舆论监督的法外之刑。

首辅叶向高也曾认为施用梃杖乃"敝政"，并视弊政如己疾，为了捍卫士大夫的尊严，上书哀恳"万万不可再行，后以当问者付之镇抚司。士类受祸其惨，更有不忍言者"，但都被置之不理。

李应升当天就受"梃杖"之刑，死于狱卒棍手，年仅三十四岁。

话说缇骑至福建捕拿周起元，漳州士民大惊。又传闻退赃即可赎身，周起元家产被充公，数目还远远不足。为了完赃，漳州父老号召在各城门设柜募捐，不几日士民如数交讫，令几位缇骑也受感动。

周起元在六月初才被押解至京，入镇抚司狱。略知文墨的许显纯认为他是七君子的祸首，便告诫狱卒严加看管，特别施刑。

同年九月，周起元在狱中因身体糜烂感染致死。吴地士民得知消息，无不垂泪念之。

自此，从天启五年（1625）以来兴起的二次大狱，基本尽数将东林名士中一些"嘴硬"之士栽赃逮捕。所谓的追赃，就是敛财，魏阉分子皆逼其亲友代为输赃，输赃不到位的就追及家属连罪，这是历朝历代都从未见过的，以至满朝士人结舌不语或公开投靠阉党。

后人称周起元与同为阉党所害的高攀龙、缪昌期、周顺昌、周宗建、黄尊素和李应升等七人并称明朝"后七君子"。

第十八章　击鼓申冤荒庙住　刺血上疏狱底探

> 政路不通官道暗,
> 扣阍击鼓为申冤。
> 伏望血奏天恩释,
> 圣听难闻孝子言。

周顺昌之子周茂兰,自镇江码头别了父亲,一路长途跋涉,好不容易与朱祖文追赶到京城,因路上多走了几日,到京一打探得知父亲已先被下狱。

他与朱祖文寻到郊外一座小观音庙,决定在此落脚。为托人打听京师的消息,朱祖文让周茂兰先休息,赠给他一些银两,关照他不可多露面,京城中厂卫为追赃也在到处抓捕犯官家属。祖文说一有消息,马上便回来商量,茂兰点头应承。

经朱祖文几日打听,找到了几个与周顺昌有交的京官,周茂兰悄悄地设法一一上门求见。

无奈人情淡薄,大多数人为此深表同情,只是骂几句,说几句安慰的话,说尽力帮忙想办法,结果也爱莫能助;有的怕受到牵涉,唯唯诺诺避嫌,说自己没用,什么也帮不了,只告知他另寻高人。更有甚者，茂兰不敢求见，怕被别人拿他去告密领赏。

难道就真的没有说理的地方吗？皇上在哪，皇上管吗？茂兰突然想到要找皇上！这天下是皇帝的，父亲不也曾说过：要进京当皇帝面与坏人辩理吗？不如立即给皇帝写奏书，好歹自己也念过一些书，写过一些字，告御状！肯定有希望！

想到此，茂兰有了精神，可寄居在这破庙里，哪有笔墨纸张？

晚上，凉风习习，望着窗外一轮明月，他想着此时母亲与妹妹的期盼，以及父亲在狱中的状况，不觉泪流满面。若有迟误，父亲可能性命不保。他将白衫撕开，借着月光，想咬指书写，可是一会儿，黑云遮住了月亮，很难看得见。茂兰转眼一看，远处佛堂的烛光在闪烁，何不悄悄地去那里就着那烛光书写？

他轻手轻脚推门而入，走到佛像前，借着闪烁的烛光，把布块铺在供桌上，一时千头万绪，抬头望那观音菩萨，慈眉善目，和蔼可亲，可人世间的不平事，菩萨怎么也不管呢？

定了定神，略微理了理头绪，茂兰咬破食指，忍着疼痛，开始一字一句，痛陈父亲平生清忠廉洁，结果横遭奇冤，怒斥奸佞欺君殃民，阻塞言路，无以上达天听，特奏血书，望圣上体察民冤，赐恩勘正！

五鼓时分，早起的一个当家和尚，忽然推门而入。

"阿弥陀佛！你躲在此写些什么？"和尚问。

"师傅，不写什么。"茂兰连忙将布塞入袖中。

"你背着人，鬼鬼祟祟，是否写着反书？"

"哪敢？"

"拿出来，让我瞧瞧！"和尚说罢，欲伸手来抢。

"你敢抢我的东西？"

"走,走!想必你就是犯官家属?只好撵你,不许连累我!"和尚开始推他出门。

"请将行李还我!那里面还有别人送我的几两银钱呢。"

"啊?行李抵作房钱了,走,走!"和尚对茂兰摆手道,"看你就不像是正道人,近来厂卫到处捉拿犯官家属,若有窝藏,便与犯人同罪。出家人以慈悲为怀,我也不告发你了,你快快离开就罢!"说罢,和尚便重重地将大门闭上。

"可恼,可恼,这个出家人并无善心,白赖别人行李,还赶人出门,岂有此理?"茂兰不解道,但此时又不好多声张。

怎么办?想救出爹爹的念头占据了茂兰心头。眼看天色渐渐发白,趁着街上人少,方便赶路,茂兰急忙要赶路进城去朝中通政司上疏。

秋天的凌晨,北方的凉意已经渐渐显现。茂兰那咬破的手指,有些麻痛,他将一只手捂在胸口取暖,一路摸索着前行。

终于在晨曦中,他看到了紧闭的城门,来到旁边的城墙脚下,见无数要进城的人,一堆堆蹲着、靠着或地上坐着,担柴的,挑粪的,推车的,牵着孩子要饭的,抱着扁担等工具去打工的,似乎什么人都有。

当城门一打开的刹那间,立起的人迅速担的担,推的推,拿起所携东西,涌向城门。

茂兰走进人群,直奔宫门方向,来到午门外时,大门还没开。茂兰急切地上前去叩阍,用双拳使劲地擂打。闷闷的"咚咚"鼓声响彻黎明。

随着鼓声,一会儿午门开启,走出了一队值勤士兵和两个士官模样的人。

"是何人击鼓,何人击鼓?"一武官问道,"何地、何人、何事击鼓,请报上名来!"

"南直隶苏州府吴县儒学生员周茂兰,为原任吏部员外周顺昌被冤逮一事,谨奏圣上!"

"怎么回事,可有诉状?"那士官道。

茂兰急忙从袖中掏出血书,上前呈上道:"这是小人血书奏章!"

"怎么是块布?开什么玩笑!这等玩意,从来未曾见过,以前只听说过庙里有人抄血经用过。"那士官道,"通政司不会将布块向上传递的!"

茂兰跪地磕头,哭诉道:"家父蒙冤,身仕京城大牢,生命危在旦夕,诉求大人将小人此血奏上达圣听,救命要紧!"

"什么部门逮你父亲的,可有拘捕的驾帖?"

"是东厂校尉胡作非为!"

"呵,既然是东厂拿人,定有圣旨开读!你怎么还会闹到这儿来?是否想抗旨呀?"那士官对一旁的士卒道,"打出去!这狗头还敢到此上什么血本?"

"啊!我的天呀!"茂兰被两个士卒举棍打得滚在地上直喊。

"天府传宣地,皇家喉舌司,何人阙前喧嚷?"此时正好通政司大堂官轿子来到,该官下轿问士卒:"为着何事,将此人毒打?"

"犯官周顺昌之子,抗旨闹事,上什么血书,让厂爷晓得怎处?不如拿他去打一个死。"一士官道。

"打他作甚?我这不与他传达便罢,待我进堂歇一下后再问他一回,再撵这厮出城去也不迟!"大堂官对那士官道。

"去！去！一边去等！便宜了这狗头，不该死！"那士官撇嘴朝茂兰道。

一会儿，只见大堂官支开那士官，径直走了出来，对茂兰道："茂兰贤侄，这儿不是讲话的地方，随我去墙角一边！"

茂兰并不认识此官，但一听这带苏州方言的话，便断定是父亲挚友徐如珂了。"原来是徐老伯！"茂兰跪言道，"求老伯将小侄血本传上，伏望能搭救老父一命！"

"贤侄起来！若此血书可呈，何须贤侄哀求？难道我就不懂人情了？令尊遭难，我也应极力周旋。如今魏奸当道，狂杀东林一派，惨绝人寰。现厂卫到处捉拿犯官家属，极力追赃，你竟敢来此告御状，若让他们知晓，你就危险了。"

"爹爹命在旦夕，我不如此，怎救我爹爹啊！幸遇老伯，请转呈此本至圣上！"

"傻侄儿，你可不知朝廷中事，如今皇上已经好久未上朝了，奏本都是转到魏忠贤那儿了，你这血本怎能让皇上见到？"

"徐老伯，命危的不只是爹爹，听说还有苏州全城百姓呢！"

"前几天，毛一鹭上疏，言词极为凶狠，那苏松巡按御史徐吉之疏，言词甚是委婉，未言明官逼民反之意，也未指毛一鹭、李实的劣迹，只道要追究杀人者偿命，了结此案。我已将毛疏与徐疏前后调了一下，即将徐疏先传进，然后再传进毛疏。当时我只能如此，即便魏忠贤得知此事追查于我，我想朝政如此暗无天日，也不再奢望有所作为了。终于，御旨批道：'已有旨了，立即捉拿苏州民变首犯五人，余不追究。'这样已得保全苏州一城百姓性命了。"

"老伯恩德如天，苏州一城百姓都深为感激！为救父残生，有

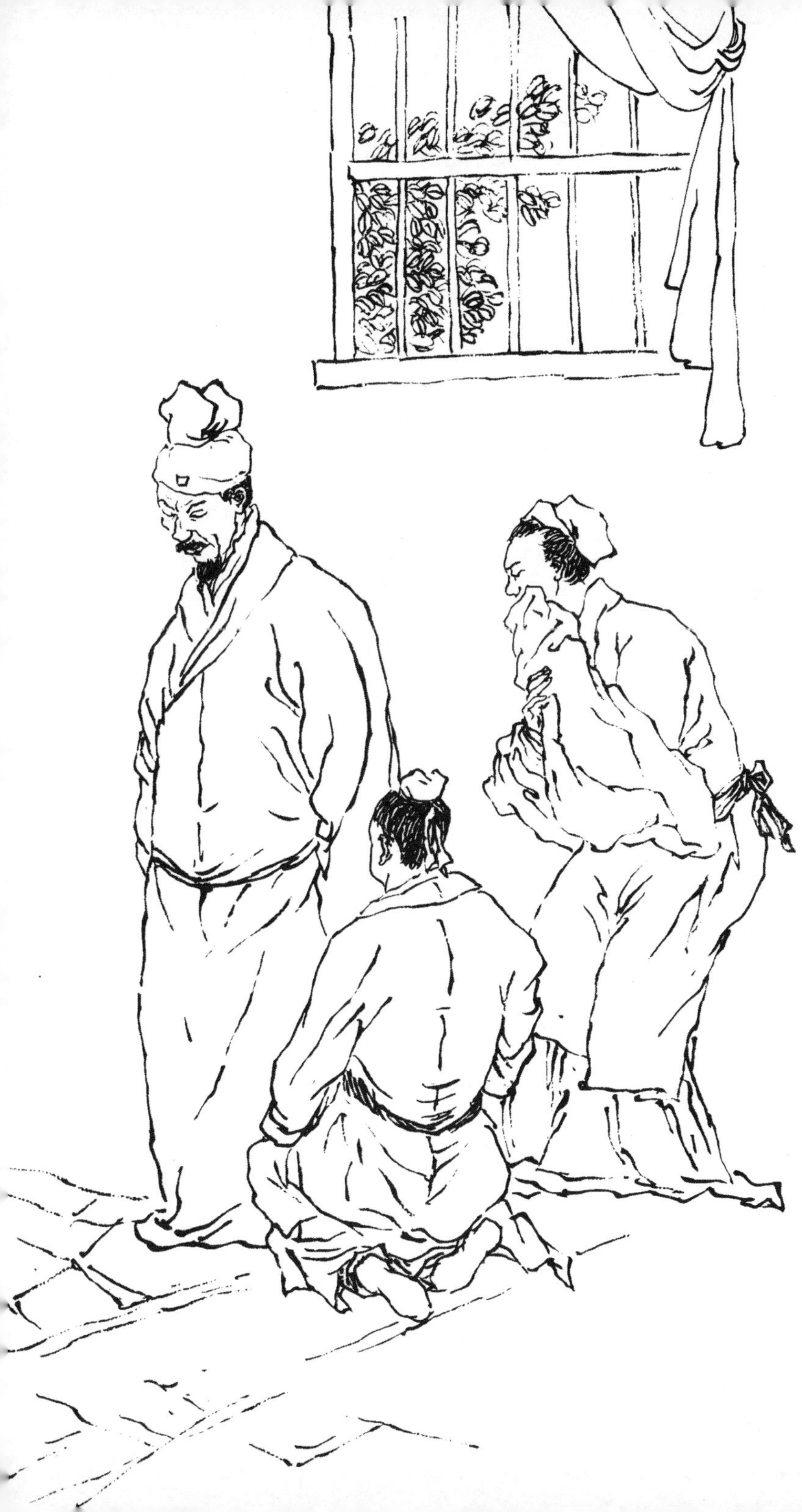

待小生报答,传疏达上,伏望有温旨赐下,能使家父起死回生!"

"贤侄此本若用墨书,便可与你传达试试。魏奸权赫一世,飞扬跋扈,满朝大臣,皆战战兢兢,如履薄冰。我与令尊,桑梓情深,能不努力?"

"恳求老伯,能否设法使小侄与老父见一面?"

"未经厂卫许可,犯属不可入监!"

"若得一见,小侄死也甘心。"

"这样吧,"徐如珂思忖道,"我有一仆役,他的兄弟是狱中当差的禁子。你今夜悄悄到我寓所来,我托他领你进去便是,你得换上旧衣破帽,路上行走也要小心些,见了你爹不管瞧见什么,都得控制自己情绪,千万不得让他人知晓,不然后果不堪设想!"

"侄儿晓得!我先准备,老伯,那晚上见!"

傍晚,徐如珂的仆役来到大牢门外,叩开门唤出一个禁子。

"原来是哥哥,叫我什么事?"禁子问。

"我奉我主人之命,有要事到此想托弟弟相帮!"仆役道。

"为着何事,哥哥请讲!"

"吏部周老爷现在境况何如?"

牢狱中,禁子可谓是看透了内部诡计和流程。他们知道江南士人风雅有才情,甚是敬佩。他们也知道魏忠贤及其走狗心狠手辣,惨无人道,屈死无辜,倒觉得周顺昌等一批江南人个个都是铁骨铮铮的好汉,反而尊称他们为爷们,周顺昌就被称"周爷""周吏部"。

禁子道:"前一段捉拿进来的一批人,都先后被折磨死了。这一批六人中,一个个都在勘问,周吏部受伤很重,门牙被敲落,手指被折断。前日,'九千岁'亲自审理周吏部,倒被一场狠骂。

结果,反不加刑,仍旧收监。周吏部果真是一条硬汉,听说周爷是清白之人,只是遇到奸人,遭受算计,俺众兄弟皆敬重他,平时都照顾他几分。只是他家信不通,无人探望,只有一朱姓朋友通过关系来探视过。"

仆役道:"周爷的公子到了!想要你引进,让他们父子见一面何如?"

"哥哥,使不得!狱中耳目众多,如被知觉,连累起来可了不得。"

"我家主人为此特让我跟你商议,看咋办为妙?"

禁子摸头略为沉思道:"哥哥,今晚下半夜是我在周爷房边值勤,一会儿点派更夫入监,让他充当,引他父子会见便是。"

仆役道:"如此极妙!那我先回衙门回复主人,就同周公子一起前来!"

"哥哥,转来!"

"怎么?"

"周公子要改妆进来,唤他什么名字?"

"他名叫周茂兰,你先预告周吏部一声。"

"当然!请关照周公子,见了人切不可呼爹叫娘,免得不稳当,出娄子。"

"晓得!我这就先回一步。"

仆役回到徐如珂住所,一五一十地将见到禁子兄弟的商谈之言说了一遍。徐如珂交代周茂兰,让他先见他爹一面,关于上疏之事,等他今晚去过狱中出来再议。

第十九章　凶手残忍用极刑　顺昌冤屈留余恨

阴森诏狱咒狼嗥，
首受囊刑惨相遭。
亲子探爹何所语，
泪咽目睹胜吞刀。

却说六月十七日，周茂兰穿着破旧的衣服，乘着漆黑的夜色，跟着徐如珂的仆役来到诏狱门前。

"哥哥来了！"一禁子迎上前来对仆役道。

"这就是周公子。"仆役引茂兰上前对禁子道。

那禁子点了点头，茂兰作揖欲行跪拜大礼，被仆役连忙止住。茂兰流泪对禁子道："恩公给面子，行此方便，能让我们父子一见，这大恩大德我今生将永不忘记！"

禁子道："别客气，周公子！今夜我当值，你扮着更夫跟我进去，见了周老爷后，可万万不能哭喊，被上头发现可不得了，我和哥哥家里都是上有老下有小的，栽了可不得了！丑话说在前，这有差错是要掉脑袋的，要不是徐老爷相托，谁敢冒这天大的险？"茂兰听了连连称是，并点头致谢。

仆役对禁子道:"兄弟,徐老爷关照,把公子照顾好,可别把哥哥的脸给丢了。"

禁子笑道:"哥哥放心,好在里面的几个兄弟关系尚可,不碍事!"

仆役拍了拍其兄弟肩膀,扭头回衙门去了。禁子带着茂兰叫开了大门,对正在两边打牌的禁子招呼道:"今晚的更夫我已经安排来了,哥们,要否盘查一下?"一禁子洗着牌笑着喊道,"哥儿们正忙着玩,你替我们查问吧!"

禁子将茂兰领到一小屋,教他如何打更,并让他在里面稍等,自己先进内牢看看,到时候来叫他。茂兰想见爹心切,心中不免忐忑不安。

禁子走入内牢,在昏暗的灯光下,掏出钥匙打开了第三监房,喊道:"周爷,周爷!"可是不见回音,借着外廊微弱的光亮,看到床上没有人影,怎么回事?朝床边头仔细一看,周顺昌躺在床边地下,只听见他"哎呦"一声,轻轻地道:"好苦呵!我从床边翻掉下来,怎么也爬不起来,周身疼痛,手脚麻痹了!"

"周爷,地下潮湿,不能久卧,我扶你床上躺着。"禁子道,"亏你身体硬朗,挨至今日。其他几位爷,撑不住的,已经先去了。"

"早走也好,偏咱落后受煎熬。"

"我们在牢中所见所闻,知道什么人好什么人坏,哪有像你这样受刑的人还敢骂那些官儿的?"禁子道,"你现在这样,怎么没有个亲戚来瞧你?"

"我京城哪有亲戚,家乡远,家人又不方便。"

"你做大官的,家人也不带一个?"

"我做的是穷官,家里也清苦,只有一老仆在照顾家小。"

"你家公子名叫周茂兰的不是?想来看你……"

周顺昌心头一颤,泪水扑簌簌地流下,警惕地道:"你怎知道他?莫非……我孩儿也被他们……拿了吗?"

禁子急忙解释道:"不是!周公子现在被徐如珂大人暗地里派来探监了!"

"唉!禁子哥,切不可让他进来,我……不想见他!"

"为何?周爷!"

"这种地方,他不能来,我这样子也没顾念到儿辈,若见了反倒牵肠挂肚,还让孩儿寒心。"

"周爷,令公子远道而来,怎能拒他?在这个地方,你们父子见一面也不是容易的!"

周顺昌想想也是,他对死并不怕,只是没有机会面见皇上,告发这帮祸国殃民的奸贼,再说那魏阉也是不会放过自己的。遗憾的是家中几个子女还没成人,自己不久于人世,真对不起妻子儿女,就要永离他们。顺昌道:"禁子哥,我儿茂兰在哪?"

禁子道:"等会你们父子见了面,可别大声呼叫,也别称他是儿子,他是扮装更夫进来的,不然露了馅被人知觉,大家都会一起掉脑袋的!周爷,可千万记住了!外厢就快派点更夫了,你先安睡一会儿,到更时我会带领令公子来的!"

眼看就要到初更时分,禁子将牢门虚掩,急急走出长廊,来到更夫休息的小房,叫茂兰道:"周公子,敲梆,跟我进去!"

来到三号监房门口,禁子关照茂兰:"令尊在里面,进去后你们父子可得轻声说话。周爷此刻在熟睡,不要惊他,且等他醒来。梆子给我,我交与别人敲打去。"说罢,禁子出去反锁了牢门。

茂兰借栅门外透进来的一点灯光,看到衣服上血迹斑斑的爹,便扑上身去喊道:"爹爹呀,孩儿来看你哉!"

周顺昌迷糊地听到喊声,慢慢睁开眼哽咽道:"茂兰,儿啊……"

茂兰摸着遍体鳞伤的爹爹,只见两手的手指都肿得不像样子,一只脚掌已腐烂露骨,腿断骨折,连翻身都不能,这如何是好?茂兰心如刀绞,疼痛难忍:"爹爹啊,这帮畜生怎么如此心狠?此仇不共戴天!"

"小声些,别让人听见,害了我儿性命!"顺昌咳嗽了一声,便道,"我门牙没了,言词不清,尚不多说,你明儿赶紧回去,记住爹爹为官什么也没贪,把这片清正忠贞之心,告诉周家未来的子孙。爹爹如今只求速死,扮作厉鬼将魏阉这害贼除掉!"

茂兰心痛爹爹被坏人折磨得不成人样,恨不得自己能替爹爹受难,他哭着,骂着,痛着,恼着,他真的无法理解这世上为何有这么多坏人当道,皇天怎么尽然不管?他也恨自己无能救爹爹。

父子二人一阵低声啜泣,茂兰不知今日该如何是好,连忙脱下自己一件内衣撕扯成片,开始为爹爹擦拭身上的脓血,一碰到伤处,爹爹就抽搐难过。

此时,走廊外面,远远的嘈杂声响起,渐渐地灯又亮了许多,只见禁子急急地窜进来道:"周爷,不好了,有人巡夜查牢来了!周公子你快躲一躲,这回可了不得!"

周顺昌尽力微声道:"禁哥,快领他出去!"

可是已经来不及了,来人已至门外。"快,快钻到床肚下去!"禁子惊慌道,"不管有何事,你都不能响动,更不能出来!"

175

茂兰蹲下身钻入床底，禁子顺手在床上扯出一些稻草，挡在床沿下边。

"禁子，禁子，哪里？"来的三位差人提着灯笼在走廊中喊道，"吏部周爷，周顺昌在几号牢房？"

禁子急步迎出牢门道："三号，就是这！"

一差官把禁子拉到一边低声咕噜了几句，禁子不由地惊叫道："我的妈呀！这，这怎能做得？"

"牢房中还有其他犯人吗？"一差官问。

"没有，周爷是单间！"禁子回道。

一差官拿出一个黑乎乎的口带绳线的布制囊袋，对禁子道："那好，咱奉厂爷之命，来此有一件东西送他。"说罢，扬了扬手中里面夹装着草灰的黑布囊。

"造孽呀！"禁子晓得，顺昌大限到了，这是拿来索命的，便对顺昌道："周老爷可晓得差官来的意思？"

"查犯人，倒还送我什么东西？"顺昌不解。

"送这东西是与周老爷受用的！"差官道，"请看，是一个布囊。"

"何用之有？"顺昌问。

差官不以为然道："不消多说了，周老爷你是懂事的，有甚要紧的话赶快吩咐一声，我们帮你记着！"

原来是来索我性命的，周顺昌一下明白了，竭力大呼道："魏忠贤，你这个恶贼，我，我死也做厉鬼击杀你……"

还没等他话说罢，两差人一起上前将布囊套上了他的头，顺昌手脚无法动弹，当即就哑声了。

两差人正要散开一起扯起绳索使劲收紧，茂兰从床底下爬

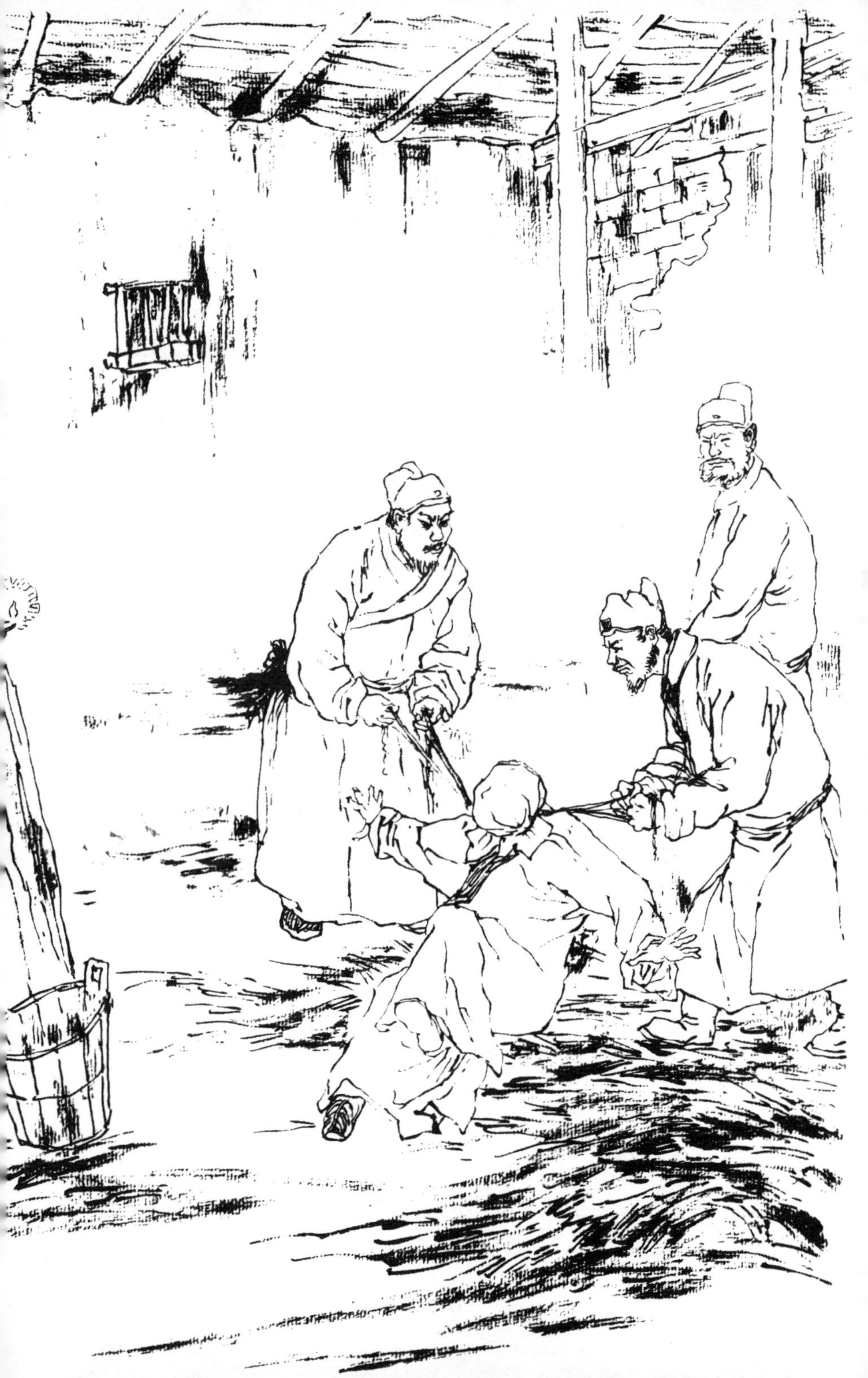

出:"住手!没有皇上圣旨,谁敢乱杀朝廷命官?"并上前抢夺一差人手中的绳线。

"唉,这厮是谁?"差官一惊,立即上前一脚把茂兰踢倒至墙角。

禁子急了,拦道:"这厮是个更夫!"

差官道:"更夫也爱管闲事,敢讨死么?是不是平时得了不少好处,帮腔来着?"

茂兰爬起来,冲过来,欲使劲抢绳子,喊道:"你们不能这样害人!"并与一差人扯了起来,身体单薄的茂兰怎是对手,三两下就被甩得老远,倒在了墙角地下,嘶喊道:"我的爹爹啊!老天……"面对眼前的事,他惊吓得晕了过去。

禁子望着周顺昌的脚牵动一下后,套着布袋的头颅已经耷拉了下来,知道他已经窒息归天了,连忙跪下道:"几位哥行行好吧!这厮其实是周吏部的公子,你们积德放过他吧!"说罢,起身从自己腰间掏出几两银子,好像是早已准备好了似的,送到差官手中,并道:"让兄弟们买点小酒喝喝!请求哥们网开一面吧!"

"好,就当我们什么都没看见,与他瞒过吧,好了,我们走吧!我们回去交差去了!"差官说着,提着灯笼就一起离去,临到门外回头对禁子道,"天亮,我们会来人把周爷的尸体领送交到验尸房去!"

差官走后,禁子情不自禁地叹道:"这世道也太黑恶了!"

监狱中,许显纯一伙为了克扣禁子们已是很低的工钱,平时教他们向囚犯亲属收"伙食补贴费",理由无非是囚犯只有吃得饱,才会身体好,挺得过去。

甚至,有的禁子还看中时机向被判死刑的犯人亲属收"狗肉钱",也叫"断头饭钱"。说是囚犯不能做饿死鬼,如果临死前不能吃到一顿饱饭,死后鬼会回家向亲属讨饭吃。所以,这顿饭标配是有荤有素,还有酒,吃完这些好上路,到了阴间也就没有遗憾了。

狱吏如果给犯人一块半生不熟的臭肉,囚犯都会感激。何故?因为犯人相信往黄泉路上走的时候用得上,这块肉,据说奈何桥边有恶狗守着,囚犯带着这块腥臭的生肉给这条狗吃,可以顺利通过奈何桥往生。一块臭肉都能骗钱,这样的监狱真是可恶到极致。有的犯人被关押时间长一点,狱吏就能多收到"饭钱"。

还有什么"上路好走钱",说望乡台是阴阳界,望乡台上鬼仓皇,前往阴曹地府前的鬼魂,为遥望一下家乡和亲人,最后还是想花钱登上望乡台。没钱上望乡台而没望到的话,是人死心不死的,阴魂不散,侵扰他人,家人何安?说穿了,这些都是牢狱骗犯人钱的手段。

可是,对这批东林党人,狱卒们的主子没有让他们用这些手段,而是暗暗地、急匆匆地将他们一个个处死了,禁子虽不知道主子们的用意,但从这帮所谓的犯人一个个不怕死的劲头可以猜出,他们都不一定真是什么罪犯。前几日,一朱姓先生来看吏部周老爷时也替其交了饭钱,怎么断头饭都没让他吃就把他害死了?

夜,一片漆黑!一片沉寂!

当禁子发现茂兰醒来,又抱住爹爹的身子啼哭时,生怕再被人发现,便对茂兰道:"周公子,人死不能复生,令尊老爷是东厂的死对头,他们若知你在此,必来追赃捉拿,你赶紧出去,托人来收殓尸首,快些扶柩还乡去吧!"说罢,硬拖起茂兰就向外走。

禁子将茂兰送出诏狱大门,关照他托人二天后来收尸,不得有误。

茂兰踉踉跄跄地离开诏狱,低头向前走着,忽然脚下被一块石头绊了一下,跌趴在地,又痛哭起来:"爹爹死得屈,死得惨呵!"

这时,天色渐明,只见远处一个人向诏狱这边走过来道:"地上坐着的,怎么啦?"该人走近一看,忙道,"原来是茂兰世弟呀,我正在寻你!"

来人正是朱祖文,茂兰哇地大哭道:"恩公呵,我爹爹死得惨啊!"

"周老爷,他……他怎么了?"

"爹爹夜里在牢中被人害了!是被……"

"且问周老爷怎么被害的?"

"是被他们囊首活杀的……"

"怎么发生这等手段毒辣之事?"朱祖文面向诏狱方向跪地念道,"周老爷,小人朱祖文给你磕头了,受你的大恩,小人来不及报了,惭愧得很啊!周老爷黄泉路上走好呵!"

"恩公,我爹爹冤死,好苦呵,我懊恼!你花钱花时间来京,一直帮我,何言有愧?"

却说朱祖文这几天在京,为周老爷之事,找了好几个江南同乡,或欲疏通关系或是借款。其中,他就找过苏州府吴江人叶绍颙。

叶绍颙,天启五年进士,历任浙江道御史、山西巡按、太仆寺卿、南光禄寺卿、大理寺卿。朱祖文向他借贷,说是为周顺昌的案子。因前二日，朱祖文托人去过诏狱，进去见过周顺昌老爷。听一狱吏说："只要交足三千两赃银，也许就可以释放。就算不能放，追到了赃，至少可以保证不追拿亲属。"于是，这几日朱祖文在京便四处借贷。

朱祖文将此情讲给叶绍颙听，叶绍颙觉得不大可能。叶说："欲加之罪，何患无辞！况且周顺昌蔑旨欺君，还在苏州魏忠贤生祠骂其神像，且故意与重犯魏大中在案发后结为姻亲，是藐视君威，被魏奸记了一笔账。严重的是苏州百姓打死东厂校尉，又算到他头上了。他一生清廉，哪里有所谓的赃银可交？再说，就是交了又有何用？东厂能放人？前头的六君子，有的家属也交过一些所谓赃款，结果不是照样被他们整死。这就叫吃人不吐骨头！"

叶绍颙还告诉朱祖文，被毛一鹭绑架的苏州姑娘薛素月，送到京城来给魏忠贤做了七姨太。这个七姨太人小，可是并不乖，差点闯下大祸，目前魏忠贤看管得可紧了。

前几天薛素月的堂姐，也就是素月大伯的女儿薛素素，来京找人打听情况，设法想捞她堂妹。她堂妹是魏忠贤的人，除了皇上，一般人谁也管不了这事。

这会儿薛素素为其堂妹也在京城活动，她不光能在许多江南籍在京官员中走动，而且还能在朝中一些重要大臣中往来。是否能救周顺昌？叶绍颙叫朱祖文去会会这个薛素素再说。

但为了救周顺昌的性命，最起码可以让周顺昌在狱中得到点照顾，叶绍颙还是看在与周顺昌过去也有些交情的面上，借给了朱祖文一些银两，让他去诏狱打点试试。朱祖文这不刚来路上就碰到了周茂兰。

"我来迟了，惭愧得很！任务还没完成，周老爷却已经被害了,能不懊恼吗?"朱祖文道,"茂兰世弟,不必多说!此路上不能久留,走过前面通政司,就到我歇息的客店,咱们有话慢慢说。快走!"

次日,朱祖文为了把周顺昌的尸首接出来,经过多方打听,终于找到了名闻江南、才情卓然的女史薛素素,欲求其帮助。

知道周顺昌事情的原委后,薛素素想到有一个任翰林院编修、少詹事的无锡人华琪芳,正在协助魏忠贤、顾秉谦纂修《三朝要典》,料想他肯定有路子。

薛素素便以赠送一幅自己画的《兰竹松梅图》给华琪芳为由,约来了他。他们在京郊一家茶馆见面。

三人共同赏析了这幅图后,薛素素眉头微蹙,直接对华琪芳道:"妾身在吴县时,曾经受周顺昌大人的恩德,如今他犯有贪赃的罪名,难逃一死,我也于心不忍。今日想请你出面周旋,帮帮我和朱祖文先生,好把周顺昌老爷的尸体尽快运回故乡安葬。"

听说周顺昌已死,华琪芳吃了一惊,都是同乡做臣的,觉得无可奈何。自从周顺昌等被削职又被逮捕,没有人敢出来为其说话。

王恭厂灾变之后,一些大臣以此为借口,希望能够减轻对周顺昌等人的处罚。

士人们都意识到没有监督的权力是最可怕的,东厂执掌着司法大权,让大臣们胆战心惊。这次关于重修王恭的争论中,跟随阉党的士人也小心翼翼地借着皇帝修省的名义,呼吁将周顺昌等人移至刑部的大牢,由朝廷的司法部门来审理。皇帝下诏不允,就再也无人敢提及了。

"薛姑娘不必着急,近来这两批在江南被捉拿的人,都是犯有贪赃罪的东林党人，听说周顺昌还发动市民谋大逆，罪证确凿，不知真否？"华琪芳道。

"欲加之罪！整个事件的发生，本人前后都在场。文士只愿上疏进言，哪有造反之理？"朱祖文道，"但此次'苏州民变'确是因周吏部被逮，市民自发护之所发生的冲突。"

"正所谓'获罪于天，无所祷也'！想让他归葬故里，也不过是人之常情。"华琪芳对薛素素与朱祖文说道，"我一定会设法跟厂公求情。"

朱祖文感激地看着华琪芳道："我最后一次进诏狱见到周吏部的时候，他的前门牙齿已经被打掉，手指和脚趾的指甲都被拔掉，躺在那里已经不能说话，只是在地上不停地写着'冤'字。阉党要诬陷忠臣谋大逆，何患无辞？"

"《三朝要典》从今年四月开始编撰，厂臣魏忠贤要求汇总万历、泰昌、天启三朝有关梃击、红丸、移宫三大疑案的示谕、奏疏等档册。牵涉其中的东林党人都被归入逆党，恐怕永世不得翻身。"

薛素素道："《三朝要典》编成，只是没有当朝众贤，他们怎么都成逆党了，这不是鸠占鹊巢？"

华琪芳也同情东林党人，因为其中大多数是江南人，他也交往认识许多。现在朝廷上下重要部位，也没什么正人君子了，皇帝身边都布满了厂公的心腹。剩下的几个不是陪官，就是外任的官。学场有别于官场，风骨难胜媚骨，他认为顺昌看不过眼，面对这么深重的人性丑恶和生命的脆弱，顺昌精神难以承受，干脆就此罢官。他认为顺昌是一个好生古怪之人，可谓是政坛上的一朵奇葩。却不知顺昌任福州推官时为何得罪也是同乡的吕纯如？

华琪芳心想：起初吕纯如名声在朝廷内外并不算太坏。万历年间，吕纯如任河南偃师知县时，主持过重修颜真卿墓一事，吕在撰写的《唐太师颜鲁公真卿墓碑记》中说："我读唐史，颜真卿死时，总是挥泪不止，为他的壮烈赴死骄傲，为他的不幸遭遇难过，为他报国捐躯的行为感到惋惜。"

为了教化地方民众，吕纯如还极为推崇北宋著名的哲学家、教育家程颢、程颐兄弟，倡明道学，还组织新建了二程夫子祠。吕还编撰过《学古适用》，主张用实用之学挽救社稷。这样一个有思想的人也要害周顺昌，华琪芳觉得不可思议。

华琪芳端起茶杯抿了一口，慢慢道："但魏大中贪赃被捕时，周顺昌途中截船相送，与其针砭时政，并结为姻亲，还毫无顾忌地告诉旗尉官说，若不知世间有不畏死男子耶？归语忠贤，我故吏部郎周顺昌也。这不是向东厂挑战示威吗？听说在苏州厂公生祠落成时，周顺昌在生祠内大肆骂像，想必传到东厂，厂公记恨多了，不然魏忠贤也不会去抓一个吏部员外郎。虽然抓他的是东厂，但给他挖坑的却是太监李实和应天巡抚毛一鹭等。"

薛素素对华琪芳道："魏忠贤真有不可捉摸的一面！不管怎样，你得去找魏忠贤一趟，将周顺昌尸骨搞出来！至于我妹薛素月的事，我再另作打算。"

华琪芳同意帮助，朱祖文对他和薛素素能够相帮，感激涕零。

第二十章　太监纳妾虐民女　女史借机救姊妹

　　断梦玉笋囚翠笼，
　　唯将两泪滴宸宫。
　　朱楼深掩留残月，
　　恶劣阉人枉为公。

　　话说薛素月被毛一鹭绑架，从苏州送至京城，在魏府红楼已有数月。那时正是苏州为魏忠贤建生祠，收祠饷的时候。
　　素月这女孩，明眸亮齿，性情温柔，算是名花皓月，一个气质典型的江南姑娘。魏忠贤一见，果觉苏杭出美女，大遂心愿。
　　当周顺昌一伙被逮至京，魏忠贤觉得反对自己的对头，主要是东林党一帮骨干，现被自己拿捏在手，心中的疙瘩松解了许多。
　　魏忠贤平常时日，为朝廷和宫中的事情操心，一般都在宫中，与客氏厮守在一起。
　　魏府中的几个姨太太，不知高墙之外是甚境况。素月进来后，几次欲越墙而逃，无奈戒备森严，墙高难攀，又不能穿墙破壁。

她们偶尔集体出门游逛，也是大小太监警卫着。魏府中的几位姨太太，整天只能睡破黑夜，白天在前后院嗅花玩草，闻风望月，或杯盘交错，麻将声声，时不时有吵闹嬉笑，啼啼哭哭的。

被关了几个月时间的素月，凭着稚气和纯真，赢得几位年长的姨太、管家及小太监们的喜欢。她托人从外面买了针线和绸布，绣了一些衣裙和丝巾，分别赠送给几个姨太太，开始教喜欢动手的姨太练习刺绣，闲暇还哼些江南小曲给众人听听，给这座似监牢的深宅大院，带来了一些生气。

平日里，只要不想到魏忠贤，素月跟大家一样，就稍微愉快些，要是提到或想到这里的主子，马上就情绪低落了下来。好在魏忠贤在宫内外忙乎着，有时好多天都不回家。偶尔回来，也是照规矩由懂事的大姨太安排伺候，老三老四、老五老六都争着接近，想讨其喜欢，不过多求得些赏赐物品罢了。像素月这样子，很像是家里的孩子似的，她确实是个孩子。

这日是中秋节，魏忠贤与随从拎着好多月饼，起兴回到宫外的家中，犒赏姨太太们。吃晚饭时，素月被魏忠贤叫坐在身旁，他盯着素月，问长问短，素月见他就像老鼠见猫似的，感觉存在的空间一下子显得逼仄得不得了。一般吃饭时，薛素月被人喊叫，才肯上桌吃饭，不然就端起饭碗，平时跟府里下人一样，匆匆划几筷子就放碗，她过去一心做绣品养成了吃饭快的习惯。

当晚，魏忠贤似乎很有心情，没理其他人，说要教导教导小素月，也就是要与小妾素月过夜。

说是为了要一起过中秋夜，魏忠贤令管家婆子将素月装扮一新，美如嫦娥，艳如西施。

魏忠贤赠送了许多细软，素月一点不待见。少刻，丫头回避，喝得醉醺醺的魏忠贤，吐着酒气，打发了其他人，就来到素月的房间。他揭起布幔进来，爬上床便来搂抱，素月心中又惊又怕，本能地用手猛推，他未曾防备，一跤跌倒，滚下床去，四脚朝天。"好力道，好力道！"只见他嬉皮笑脸地爬起，坐在地毯上道："乖乖隆的咚，把我床下轰，妻妾打老公，你看咋来弄？"

只见素月双臂紧抱，和衣缩到床头里角，直愣愣地呆望着，不敢言语。

"快脱去衣服，让咱家先瞧瞧！"

素月迟疑着不知所措，她想到管家婆子对她说过的：猪羊进了屠户门，只有死路一条。只要放聪明些，顺着魏老爷，一般不会把你咋整。若是惹翻了他，那可就没日子过了，那二姨太曾不瞒他的变态虐待，就被打入水牢，生了重病被放出来，不几日就一命呜呼了。魏老爷会有一些变态的恶作剧行为，只能慢慢受着。

"还不快脱，是想让咱家来帮你动手？你已是咱的爱妾，咱也不会吃了你，睡觉总得脱衣服吧？起码外衣要脱！"魏忠贤瞪着大眼奸笑道。

素月从来没有在男人面前脱衣露体，面对眼前这贼脸，越想越害怕。素月缓慢地脱着外衣外裤。可是，魏贼等得不耐烦了，冲上来抱着她就用力剥去了她的内衣，素月泪汪汪地低着头，双臂紧紧交叉地护着一对还并不算怎么丰满的乳房。老贼抚摸着她那瘦削的香肩道："月儿，别紧张，老夫是喜欢你的，怕啥？"

素月吓得浑身发抖，说不出话来。老贼仔细地端详着面前的少女，仿佛是在欣赏一尊精美的艺术珍品。魏贼贪婪地伸手就去抓捏素月身体，惊得素月摇头哭喊起来。

太监不能过正常的男女性生活，但还有男人的性意识，还有相应的心理性需求。为了让世人忽略他们受过官刑，娶妻便成了他们最大的安慰。一些皇帝，有时对身旁一些非常忠顺的奴才也深表同情，甚至按照先朝惯例，同意太监与某某宫女"对食"，有的还可以结成"菜户"。

一般宫女们在宫里伺候主子时，也会学做一手好菜，当有了对食的人后，就会为对方做点好吃的菜，关系存在长久又稳定的伴侣，有如夫妻，就挂名叫"菜户"。另外，他们还可以一起在外面收义子义女。

魏忠贤与客氏就是由"对食"发展到"菜户"的。

这不，客氏今晚有节目，怕魏忠贤忘了，她派人来使唤魏忠贤，叫他速去赏月、听曲、分享月饼。一小太监在外厢见内屋没有什么动静，便远远地尖着嗓子喊道："启禀公公，客娘娘有请公公速去一趟！"

魏忠贤戾气十足地对小素月道："好！好！你这么不乖，那就等着罢！等我有空再回来好好调教你！"小素月恐惧地望着他，小太监提着灯笼在外面等着，言词俱厉的魏忠贤，悻悻地摇晃着胖笃笃的身子离去了。

算今晚有幸，素月又一次逃过了恶魔的纠缠。

魏忠贤与客氏究竟是何种关系？他们从未对外说起，宫内没有人知道。

话说魏忠贤进宫时，原名叫魏进忠。在宫中，不觉光阴如梭。一年除夕，有家的众人都回去守岁了，魏进忠无家可归，正适合在宫中执役，他独自无聊和衣靠在床上，正思念着老母亲，也想到离走的原先妻子。

忽然，他隐约听到外廷有人在呼叫："快来人护驾，有贼私闯进宫！"

魏进忠先听见宫门外乒乒乓乓一阵扑乱响，接着看见一彪形大汉，抡着一条包铜的粗棍闯了进来。魏进忠吃了一惊，无奈空手无械，便奔到仪杖架上拿了一把长枪，上前阻挡，被那汉子一棍打来，震断成两截。他又随手拿起一把木椅，也被打散。

魏进忠见势不好，只得闪躲，并大声呼喊，外面来了三个伙夫，那大汉转身迎战，进忠抽身到值班房拿了棍械，乘虚一棍将那汉子打倒在地。此时几十个锦衣卫正好冲来，众校尉上前将人捉住。

俗话说："救穷莫过粮绝，功高莫过救驾。"次日，魏进忠得赏元宝两锭，衣币酒馔若干。

过两日审出该人系患疯癫，被其妻锁在家，受除夕炮仗震惊，挣脱跑来，误闯东宫。有人说他是受人指使，且与宫中某某是亲戚，最后又扯上与郑贵妃有连。

结果，皇上觉得此事并非美事，不可远闻天下，故速速处决该人了事。魏进忠因功升做尚衣局管事，他手中有钱就在宫外买了一所住宅。不觉光萌似箭，魏进忠日日与诸贵来往频繁。

又一日，魏进忠在官中揽趣亭水池畔执事。两个小内侍招他过去，说小爷（皇子朱由校）的风筝线被树枝缠住了，树高，他们弄不着，让他帮忙去弄！

可是进忠也够不着，他机灵地让两个小太监蹲着，踩在他俩的肩上，拽下树枝解了绳线。

进忠将风筝送到亭内，准备给太子呈上，可旁边几个小内侍围着，不好给。当一旁站着的保姆，伸手来承接时，四目相对，进忠看见这张脸,觉得好生面熟,可一时思维阻滞,想不出是谁,只得慢慢退下。

进忠远远地倚栏望着那离去的背影,定神细思,突然省悟,那保姆不是印月表妹吗?

只不过觉得她身材更丰韵了些,看那走路的样子,跟记忆中的也差不离,难道世上真有相貌相似的么?待自己慢慢打探再言。

且说客氏,其实叫客印月,她就是魏忠贤多年不能忘怀的姨表妹。

她年轻时因与忠贤的关系惹上是非,赌气出门跟戏班混了两年,后来戏班散了,她又跟一男子混了两年,不妥,只好回家跟邻村侯少宝结了婚。

想不到那侯少宝缺乏性功能,未育。婆婆允许印月与其弟侯二宝暗搞,也未整出肚子来,遂为他们收养了一个义女叫侯秋红。

侯少宝后来生了肺痨,加上知道妻与弟之间有一腿,就一直生闷气,很快就恹恹病逝了。照当地"叔接嫂"的风俗,客印月就不出家门,改嫁于小叔子侯二宝。

这侯二宝也是个好吃懒做又喜好赌钱的货。那年旱灾,贫困难过中,印月怀孕生了个男孩,生活更窘迫,她无奈之下逃进京来,靠替富人家做帮佣,维持生计。恰巧宫中选乳婆,她遂托人就被选中了,进宫乳育小皇子朱由校。

在宫中三年,小爷断乳后却时时不肯离开她,患上了恋乳症。只要客氏一离开,小爷就会吵着要"客巴巴"。宫内人也跟小爷叫客氏为客巴巴。

这期间,她丈夫侯二宝在外跟人家打架被打死了,儿子留给义女侯秋红照管。在宫内,至今有好几个年头了,客氏因做人乖巧圆滑,还算混得开。

是日,在宫中揽趣亭见了魏进忠后,客印月想到,虽然没有了胡子,也没听见发声,总觉得他就是魏家哥哥的模样。次日问随从卜喜儿道,昨日那帮助摘风筝的官儿,是哪个衙门的,姓甚名谁?

卜喜道不知他名,只知他是本宫尚衣局的一个少掌。印月听了疑惑着,问那人平日怎么未见?卜喜道他官小,不能进来。印月让卜喜带她去见那人,卜喜未应。

客印月气得倒在床上就昏睡过去。

她梦中总是少时的光景,同表哥在一起打闹的欢乐,尤其是稍大后,青梅竹马时的耳鬓厮磨,以及偷尝禁果的羞涩。哪知只为躲避亲友的责难,自己逃离出去,一别成永恨,后悔了这么多年。

他是怎么进宫的呢?印月越想越不能熬,再问卜喜儿才知,他随上头的太监出宫办差,已去几天了。

就这样,一连几日,印月吃不下,睡不着,过去的影子总在心里,由于积郁加上受寒发热,爬不起身了。

宫人上报娘娘,请来太医院医官给印月诊治。医官视其为神智迷乱,开方给她吃了几服药,还是不见好。小爷要她陪,也没办法。见她病势严重,太监启奏皇上,准其出宫回家养病,病愈后再来。

内官扶她上轿出宫,送至永定门外石榴庄东头的家中,由秋红服侍。

真是：百病尚可治，相思竟难医。

且说魏进忠出去了个把月方回。一连数日，逗留在宫门边察看，见小爷出来玩，只有宫女和小内侍跟着，未见其保姆。有心打听，也不好开口。

一日守坐在宫门外，只见卜喜儿捧着一些礼盒出来，叫校尉挑担。魏进忠上前探知，是娘娘赐水果等给客巴巴的。

魏进忠问："客巴巴不在宫内？"

卜喜道："客巴巴病了回家中去疗养了，她病了，我服侍小爷又服侍不好，真倒霉！"

"她家在哪？"

"在永定门外石榴庄，这会儿我得赶过去送礼。"

魏进忠也想跟过去，可是手头有事，不能耽搁。到了晚上，魏进忠备了些酒菜，找到了卜喜儿，两人对饮起来。在酒桌上，进忠才了解了客巴巴的一些事，并说自己有法子能医好她的病。

卜喜儿道："你吹吧，你若是个外官懂医我还信，你跟我一样是个内侍，能有何本事？若你真有本事医好她，我就不用陪小爷，挨骂受气了。"

"我进宫前做过几年郎中，我有妙药，我从不说谎。"

"那好，明天就陪你去。"

次日，他们在饭后一同赶去宫外石榴庄。

到石榴庄后，卜喜儿先进门道自己是奉旨差医来看病的，客巴巴的侍女秋红连忙出来拜谢。等吃了茶，秋红便引他们进了卧室。

进忠吩咐秋红拉开窗帘，让室外的光线进来，顿时室内亮堂了许多。卜喜近床撩开帐幔,进忠上前掀开客氏被角,拉出其一只手臂,吃了一惊,还没搭脉,就果然看见手镯处一颗他熟悉的痣。

在悲喜交集中,进忠伸出两手指搭在她手颈处诊脉,但见印月睡眼蒙眬,好想去亲近一下,无奈,一定要使她清醒为妙。

进忠从袖中掏出锦囊取出一块膏药,分开一部分,叫秋红取水来化开。秋红扶起印月,卜喜将药慢慢灌下,再放其睡下。忠贤道她半日后定会醒来,到时再吃一剂。

卜喜打开一只礼盒,拿出白银十两,递给秋红,并叫秋红拿分出五两答谢进忠公公。进忠道:"咱是东宫服役的,怎敢受礼?快收回去放好!"

当两人快要分别时,秋红望着进忠道:"望明日公公能再来看看。"进忠当然答应。

进忠在第二日一早独自骑马又至,秋红谢道:昨日公公的药方真灵,母亲好了许多,今个早间还能吃些汤粥。进忠又进房号其脉,脉象平稳多了,吩咐再服一剂。随后,进忠在外堂吃了茶,与秋红拉话,并问了她们一家近来的状况。

进忠指名道姓地问了一些人,秋红道:你怎么知道我们家老底子?你莫非就是娘常提起的魏家舅舅?秋红疑惑着。进忠应道正是。秋红顿时内心好生欢喜。

临近中午,印月果然有所好转,清醒了许多。秋红请进忠进房,印月遂请就座,问道你不就是上月在御花园宫内见过的?秋红插嘴说这就是你常说的魏家舅舅!印月看见了他耳朵上有裂痕,肯定不错。只是感觉他做了太监声音稍有变化,变得尖细了些。

193

进忠道:"印月妹妹,正是我呀!那天我已就认出是妹子了!"

印月放声大哭,一把扯拉进忠衣袖道:"冤家哥哥,想煞我了,只听说你死了,你怎么许久才来,你是怎么进宫的?快说道说道。"

进忠低头道:"想念妹妹,我后悔自己的所作所为,为了惩罚自己,才自残进得宫来,也没想到还能见到妹妹。"两人哭了一阵,共诉离别之情,都后悔走错了路,想不到还有相逢的今日,可谓奇事。

突然,卜喜儿冲来,先怨进忠道:"怎么不等咱自己先来?"再对印月道:"小爷这几天吵得很,咱们快被小爷折磨死了,今早皇后娘娘见小爷无人管得住,特让咱再来探视,问你是否再需请御医,这得马上去宫里回禀。"

印月道:"这不好些了吗?待休息一阵就能回宫,烦请禀报娘娘,不须差医,让魏公公再去配些药巩固一下即可,也请代为谢恩。"

半月不到,印月回宫了。

接下来,进忠通过卜喜传递信息,与印月频频来往,相互依傍,光阴似箭,一晃就几年过去了。

小爷朱由校十六岁那年,登基为皇帝。

这年,经客氏的百般周旋,进忠逐步晋升,最后掌管了东厂。

进忠一上任,得知有人准备在天启成婚那天反叛。这桩大案很快就被魏进忠破获了。他遂立了大功,被天启赐名为"忠贤"。

声势渐大后,改名的魏忠贤又掌管了司礼监。正巧已任锦衣卫副千户的田尔耕，是忠贤原来妻子的姨表兄。眼见忠贤在官中势头上升，田尔耕因自己在做事过程中犯有小错，便灵机一动，欲攀附魏忠贤，便来讨好认其为义父。田尔耕是认贼作父的始作俑者。

魏忠贤有了势力，在官内也还是依靠客氏。他们利用小太监、宫女和手下，将天启在朝廷内外的一切行动信息都掌握着。

话说回来，客氏对魏忠贤得势后纳妾并不吃醋，她只是吃天启皇上的"醋"。

听说应天巡抚毛一鹭从江南送薛素月来给魏忠贤做妾，客氏知道了也没有表露什么不好的意见。她只是对魏忠贤说，自己的儿子侯国兴已十九岁了，你亲哥的儿子魏良卿都二十一岁了，还不如让他们去搞女人，然后将怀了他们种的女人，秘密送进宫中，呈献给皇上，暗度陈仓，那以后的江山不就是咱们的？至于怎么让女人通过验身、初次见红以及临幸的时间记录等，可通过一些内监将局做好。

客氏这么想的也是这么做的，也就是在崇祯登基后才实施的。她准备选了十位女子，最终送给崇祯的是八位，圣上也乐意收下了。

客氏听说魏忠贤最近收了一个苏州姑娘做七姨太，便去看了一下，觉得薛素月貌相确实不错，且认为江南女孩温顺，性格柔软，容易管得住。

于是，她跟忠贤商量，叫他让出来，将素月安排到自己身边做丫鬟，好好调教调教，暗中让自己儿子侯国兴让素月怀孕，再找机会灌醉天启就范，让天启收了素月，若得成的话，再变换其身份。如此这般，切不可天机外露，这是欺君之罪，若有闪失，遭受杀身之祸不算，还会被满门抄斩的。

魏忠贤先是觉得这样做似乎有些不妥，且丢了自己的脸面。客氏对忠贤道，反正你也真与她做不了那个男女之事，不如你先休了她，我再留下她便罢了。忠贤听了，权衡了一下，终于同意。

却说薛素素在京城，经过打听，找着了魏府。一日，她在魏宅的前后门兜了大半天，终于看见一个挑着竹箩出来像是去买菜的伙夫，就远远地跟随上去。跟到菜市场，她发现该伙夫一般每天喜欢买哪些菜，心里有数了。她发现该伙夫基本每天都去一家卖鱼的摊头买些鱼，有时即使不买，也会去鱼摊招呼一声，这定是熟客。

是日，薛素素装扮成农妇模样，事先经过沟通，便守在卖鱼摊前。一会儿，候着了那魏家的伙夫，只见他今日买了好几条大鱼。

"魏家大师傅，跟你商量一下，这是我一个熟人，她父亲害了痨病，需要大鱼的鱼鳞入药，她也买不起大鱼，麻烦你看看能否回去将去除的鱼鳞送给她？"卖鱼的妇人指着身旁的素素道。

那人用眼瞥视了一下，觉得眼前的女人望着顺眼，感觉不错，反正是小事一桩，便爽快地答应道："不难，那我明日来时捎来，没问题！"

"那明日就不新鲜了。"卖鱼的妇人道，"让她跟你去取吧，如何？她为父亲的病可着急呢！"

"那也行！"伙夫见着漂亮女人，也乐意。

素素提着一小竹篮跟着伙夫回去。

一路上，素素有意无意地与伙夫搭话，看样子有美女陪他，伙夫很开心。

"你们魏家吃饭的人可不少吧！听说魏老爷的姨太太有好多房，大的、小的，都很漂亮？"素素问。

"那当然是！"憨厚的伙夫答道。

"那最小的有多大，有多漂亮呀？"素素故意又问。

"肯定比你小，她是南方苏州人，长相很标致！"伙夫看着素素道，"唉，七姨太的脸型、眼睛与你倒真的有些相像！"

"噢？有这么巧的事？要是能见着一面瞧瞧才有意思呢！"素素心里有数，"对了！师傅，我能不能跟你们回去，上门去帮你们杀鱼，也好自己收集鱼鳞，省得麻烦你们师傅动手，如何？"

"这也好！我跟魏府看门的讲一声，省得盘问陌生人。"

"听说南方女人都穿丝绸衣服，很好看！如能让我见到七姨太饱饱眼福就好了，我家丈夫就是嫌我不会穿衣打扮，我就想跟人家学学！"

"她一般在前屋楼上，平时也不怎么下楼，也很少到厨房来。只是前几日她喜欢吃薄皮小馄饨，才下来找过我，叫我帮她去买。"

"那好啊，听你说她与我长得像，我也是好奇，那你设法请她下来让我见一见，如何？"素素娇嗔道，并拿出些碎银塞进伙夫的外兜里，"这是我父亲买药用的，用来谢谢你了！"

"你客气了！"

"既然你家七姨太喜欢吃薄皮小馄饨，那我们何不再顺便买一份捎给她，你让她来拿，这样我不就能见到了？"

"嗳！还是你聪明！"

"若她让我送上去，怎处？"

"那就叫店家别在馄饨里放盐,让她下楼来自己看着放,如何?"

"有理,有理!快去买份小馄饨。"

进得魏府,在后院天井里,素素卷起衣袖,慢慢地洗杀起鱼来。对水乡长大的人来说,此活不难,只是她想见妹妹,故意将动作放慢些。那伙夫屁颠屁颠地上前屋去请七姨太了。

不一会儿,七姨太终于来到了后厨房。

当素素与素月两人一见的刹那,素月惊讶地睁着大眼张嘴望着姐姐。

素素用眼左右扫了一下,将食指伸到嘴唇一竖,用眼神示意她别语,再探望四周,见伙夫正在灶上忙着加热小馄饨,无人注意,便提高嗓门对素月道:"我是卖鱼的,是顺便来府上帮师傅来杀鱼的。呵,这就是七姨太呀?七姨太的衣服真好看!"她乘说话间将一张纸条迅速塞到妹妹手里。

如此这般,又过了两日,素素又是以同样的借口,去了魏府,见了妹妹。她计划着,一定设法将素月妹妹救出!

第二十一章　千秋留名垂青史　五侠赴义啸长天

血雨腥风光日蔽，
阉奸祸国肆凶狂。
咬钉嚼铁英雄汉，
义薄云天撼上苍。

话说颜佩韦一行五人，去官府自首，为苏城百姓带来了平安，太守寇慎感动得流泪。寇慎想，不知吏部周顺昌在京受到什么处治？若说周吏部唆使百姓造反是绝对没有的事。古话说：书生造反，十年不成。不过，东林士人强烈的参政意识，以及为国家社稷的前程而勇于反腐倡廉之忠孝节义精神，是儒家修身治国平天下思想的体现，却怎么被阉党盯上了，是这些秉性刚烈的君子挡了奸佞们的道？寇慎想着江南士人的仕途荆棘，也十分敬佩江南百姓的义勇精神。

寇太守吩咐狱中牢头，不要严格拘禁五人，连家属送食也一律放行，使五人在狱中自在一些。

这五人不是官，只是平民百姓，地方县级以上衙门就能处置。

在狱中，五壮士一致共言："为吏部死，复何憾！"狱中也有人安慰他们道："你们或可不死，据说当朝任首辅的同乡顾秉谦在京为你们周旋。"

颜佩韦回道："顾秉谦已认魏忠贤为父，诸大臣都惨遭横祸，我们如何得免？我们宁愿从周吏部而死，不愿因奸相而获生！"言辞多么慷慨！

马杰意气扬扬道："大丈夫假若病故，则与草木同腐，默默无闻。而今吾等为魏奸所害，未必不千载留名！"他很自豪。

在这起事件中，毛一鹭受到了他有生以来最大的惊吓。一气之下，他将苏州民变的严重性提升，十日之内上了三疏。

魏忠贤闻之心中也觉恐慌，江南是漕运重地，捉拿东林党人也是他自己的主张，处置不慎，百姓真的起义，自己就难跟皇帝交代了。

正好，李实去书给李永贞，意思是因自己挑起事端，若处治百姓，罪孽可就造大了，尽管自己的孙管家也被打死，但不能乱了苏州，怕惊动圣上，求情从宽处置。

再说内阁顾秉谦与通政司吏徐如珂，皆念桑梓，魏忠贤觉得不如做顺水人情，不必从毛一鹭意，只批斩首犯五人，平息事宜。

新代替徐吉的苏松巡按王琪，也是阉党分子，建议一定斩杀五人，平息后患。于是，圣旨下，五义士即将被屠。

十月初，周顺昌南下的棺木到了阊门河间，颜佩韦闻信，对马杰等道："周吏部死了，棺木已运回，逆贼们要是杀了我们，我们就去帮忠臣，做厉鬼，击杀他们！"此话被一杂役听到，便传至毛一鹭处，毛听之，哼道："那就早些成全他们吧！"

次日，毛一鹭接到魏阉命李永贞传来的旨意：

"奉天承运，皇帝诏曰：叛臣周顺昌笼络百姓，鼓噪于苏州城。凶手颜佩韦、杨念如、周文元、马杰和沈扬等五人，违抗圣旨，打杀打伤旗尉于西察院。周顺昌已投入诏狱，罪在不赦。颜佩韦等五人就地斩首，以正国法。钦此。"

另有旨意也到了苏州，将生事时助势的生员王节、刘羽仪、王景皋、殷献臣、沙舜臣等多位秀才也黜退了。在胥门码头带头殴打押解黄尊素校尉的几位市民，被捉拿发配至边疆充军。

圣旨下到苏州后的第二天早上，天空一片乌云翻滚，狂风怒号，接着连日大雨倾盆，稼禾皆残，太湖水势迅速高涨，百姓皆言："奸人造孽，老天发怒，五人忠义感动了上苍！"

听说周吏部已在京师狱中被害，灵柩已经运回苏州，五义士在狱中痛楚万分，他们觉得没有救到周吏部生还，反而使其增添了一份罪名。颜佩韦哭道："周吏部已死，我等被杀后，一定速去辅助忠臣做厉鬼，击杀东厂这帮害人奸贼！"

本来对这五个人的处置只是先有个死刑判决，留有时间的余地，一般待秋后处决。毛一鹭听见此话大怒，便起了迅速处决的杀心。

毛一鹭生怕夜长梦多，感觉对干爹魏魁不好交代。他既无国家观念，也无民本意识，接到圣旨时，内心还有些虚怕，他只担心民众会劫法场，故不敢自己监斩，遂命知府寇慎和兵使张孝监斩，并派重兵保护现场秩序。毛一鹭想到校慰是在西察院被打死的，五人就必须在西察院门前枭首示众。

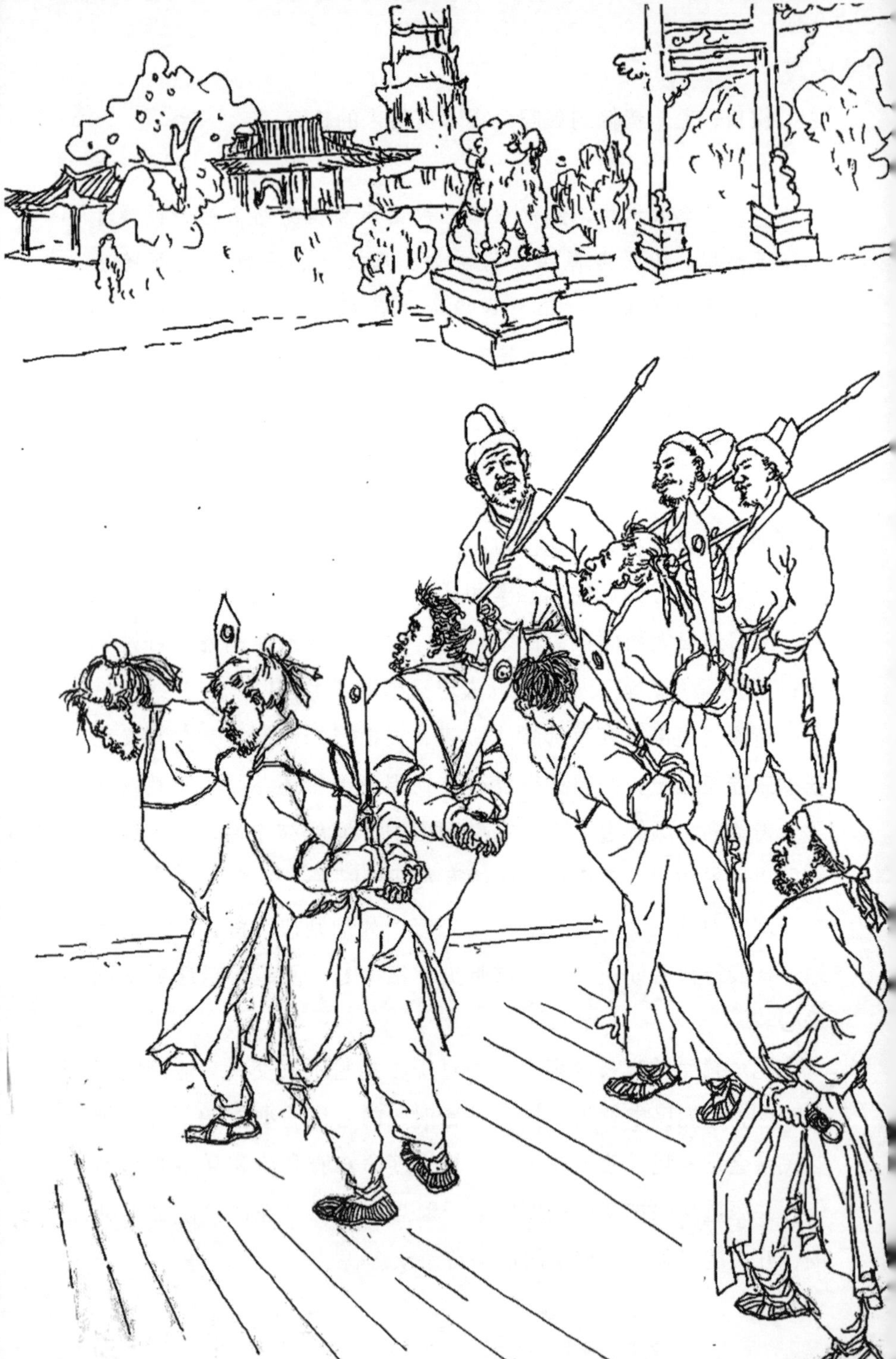

这日午后，颜佩韦等五人被官府众多衙役绑赴察院场。

此刻天色阴沉，巡抚衙门也没及时张榜公告具体时间与地址。仓促提斩，显然是怕百姓有准备，连囚犯的父母妻儿都来不及得知消息赶到。只有一路遇到的人，跟随他们前去观前街视察院场，当场赞的赞，叹的叹。周边一些路口巷道还被士兵封阻。

一阵阵开道的锣声敲得人心发慌，听着沉重的脚镣拖在石条街面上发出的"啷啴"声响，看到颜佩韦、杨念如、周文元、沈扬、马杰，被五花大绑，背插打"×"的姓名标牌，路边饭店老板们急忙在自家门口摆设香案酒水，有的店家自动点香在路边分发给路人。

五人个个毫不畏惧，神情凛然，昂首挺胸。

颜佩韦笑呵呵地对围观的一些群众道："列位请了，我学生上路去了。"

杨念如对看望他的友人道："我杨念如只因周吏部无辜被逮，心中真是不服，与几位兄弟同众多百姓一起打死了校尉。那日成千上万人，一齐上阵，不想官府竟将爹爹等五人视作乱民，开在本上，被圣上旨意批杀，你道冤不冤枉？不过出了此事，要屠杀一城百姓，我们五兄弟现在担着，倒不觉得有甚冤枉！"

"自己愿做的事，说它怎么，难道还怕死不成？"马杰道。

"怕死早就不参与了，只是救不了周吏部，死有余恨！"沈扬道。

他们视死如归，谈笑自如。正是：依依送别有俦侣，相看唯存意气孤！

三声铳炮响时，五人更是一齐大骂不休：

"二十年后，老子还是一条好汉，还要痛杀这些祸国殃民的奸佞！"

"打死校尉，为民除害，我死也瞑目了！"

"奸佞不除，社稷难安！"

"你毛一鹭与阉党分子一伙欺诈百姓，作恶多端，贪赃枉法，一定不得好死！"

"毛一鹭你认贼为父，为其建造生祠，借机搜刮百姓，残害忠良，我们兄弟五人到阴间也要和周老爷一起向你索命……"

午时三刻，行刑时辰已到。五人被按下跪着，只见高台上甩下来一支令箭，并有声大喝道："斩！"

顷刻，法场周围的群众跪倒一大片，天怒人怨，哀声震地。

"老天哪，造孽呀！怎不睁开眼看看？我儿在哪？"突然，人群中传来一声撕心裂肺的呼喊声，只见一位婆婆拼命向前挤来，那是颜母在喊："孩儿们，一路走好！娘来送你们了！"

颜佩韦痛心疾首道："娘，孩儿上路，不能侍奉你老人家了，真罪人也！多保重啊……"

说时迟，那时快！刽子手们大刀举起，五人引颈受刑，血光冲天！

霎时间，昏天黑地阴风惨，有屈无伸怨气冲。从来就没有人知道过"民不畏死，知晓大义"与"匹夫一怒，溅血三尺"是什么样，这在江南，在苏州，就有见证了！正如诗云：

当年结义素心诚，
今日临刑骨气硬。
不畏牺牲功赫赫，

奋乎百世胜鏖兵。

执刑前，兵使张孝对五壮士勇于担当之义举，颇为尊敬，但又不能违旨，当时难过得流泪。

为警示众人，按照造反起事或反抗朝廷的惯例，首级须在城头挂示三日。颜母泣血号呼，被一刽子手踢倒在地。秀才刘羽仪看到后立即上前扶起道："伯母，事已如此，哭也无益，我们得找其他人的家属，一起收敛尸骸，买棺盛殓，处理后事。"

在此前一刻，王节已约吴公如等飞速去分别通知其他几人家属，只是他们还未来得及赶到现场来。

当夜，五人的尸身分别都被其家属买来棺材收殓。因考虑到头颅未能拿来与尸体合拢，怕尸体腐烂，人们便用大量的石灰垫在棺底，还在棺内放了许多吸湿的木炭。五具棺材被封好后，众人将其抬至城外的一个破庙内暂厝。

次日，有一贤明士绅吴默，花了五十两银钱，托人周旋，在第二天夜里就提前从城头上取下五人头颅。

吴默用准备好的精制的樟木匣子，暂且分别将五人首级装好，并将其藏匿于城内王洗马巷自家后院旁，寄埋在尼姑坟边一棵桂花树下。他决意待与五人家属一起商量，想请高深道人做好法事，选好郊外坟址，准备将尸体与尸首合起来一并下葬。

就在五人就义后几日，苏州接连几天都是狂风暴雨，大风拔木，凡三昼夜不止。太湖一带，河水暴涨，禾苗遭淹，许多道路桥梁被冲毁，人曰：天怒人怨！此乃五人忠义，感动上苍落泪不休矣！

为此事，毛一鹭经常日不能食夜不能寐，神魂惊荡，每每一入梦就恍恍惚惚瞧见五义士领着一群市民愤怒地冲来向他索命。他整天惶惶不可终日，寝食俱废，沉沉若梦，惊魂不安。

民意大如天，在京的阉党分子也开始惧怕江南市民，各种古怪的谣言四起，特别是锦衣卫中的旗尉再不敢出京南下，就连魏忠贤本人觉得自己像盲人骑瞎马，夜来无奔头，前面已临深崖了。

一晃冬至日就到了，为了在五位义士的尸首尚未腐烂之前，尽快将尸体与尸首合拢到一起，众亲友经过热心人的联络，已经筹集了一些经费，大部分费用分给死者家属作生活费，少许经费用来买了一块集体墓地，便着手开始处理起丧事。

这天中午小雨渐止，天上阴云还未完全散去，秋风肆虐地吹着郊外田野的荒草和树叶。在盘门外西南五六里地，有一片名叫青阳地的义冢岗。这里松柏阴森，显得十分荒芜。

踏着泥泞的道路，一群人相好了一块地。二十来人挖了一个下午，才挖出一排五个土坑，接着再去庙里抬运棺材。由于路上泥泞，直到傍晚时分，五具棺材才运到。另外，五个人的尸首也运至现场。

此刻，夜色已拉下了帷幕，站在远处穿青色衣衫扬首对县城方向张望的人，是本城举人文震亨；另一个头戴方巾与文震亨并列站在一起的是解元杨廷枢。他们焦急地等着两个人，那就是专门缝尸的两个皮匠。

缝尸的皮匠可不好找，一般刽子手都是异地人，趁年轻时做一段时间营生，很少有人在年老时，为还阴债积德做缝尸匠。今日托人相约的这两个人，讲好从无锡乘船过来的，下午已经派人去胥门码头接了，怎么到现在还不过来？

"文兄，这两人说好下午一定到场的，怎么到现在还不来，该不会爽约吧？"杨廷枢问道。

"已经先去给了银子，应该不会。不是讲得明明白白，风雨无阻吗？"文震亨道。

这会儿，隐约看见有人提着灯笼正徐徐地朝青阳地这边来了。

"来了！这一定是他们！"文震亨定眼望去，果然晃动的亮光越来越明。

此刻，周围一片漆黑，远处传来了一阵阵狗叫声，晚来的秋风送来阵阵寒意。

这青阳地，大大小小，高高低低，散布着无数个坟头，埋在这里的大都是一些连几尺地都买不起的穷苦人，或是倒毙在路旁和从水里捞起来，被做慈善的人收尸安葬在此的。

缝尸匠来了，当他们揭去竹箩上的绸袱，打开写好名字的头颅盒子时，站在一旁的很多人都从袖袍里出手帕握在手里，准备掩口鼻了。可是，缝尸匠提着灯笼照着给大家对号辨别时，却没有发觉有一点臭味。

原来这些头颅是风干的，只是面色失血稍许由白变青，颈部创口有一点血迹发黑而已。缝尸匠说盒子是樟木的，里面用布包有石灰吸湿是做得非常对的。

看起来这几个头颅的脸色呈暗灰样，但神情都栩栩如生。只是颜佩韦、马杰好像还没被抹过眼，怒睁着一双大眼，直教人望着背脊发凉，要是此时毛一鹭在场，真不知他会有什么样的感觉？

文震亨指挥人打开五具棺盖，经过在场家属一个个辨认，两个皮匠用蜡线分别将五颗头缝与各自的颈项上。之后，再命人钉好棺材盖板，由土工用绳索分别抬至坑穴。请来的一个道士口念了一番经咒后，土工们才开始用锹培土填坟。

堆好坟土，做好坟头，一些家属取出准备好的香烛、纸钱、三牲祭品和黄酒，边祭奠边痛哭。

这夜半哭声，响彻荒野。月黑风高，纷飞的纸灰，像蝴蝶在火光中飞腾。

西郊的上空，映红了一片。

望着这血色的夜景，一群人撩起衣襟，拱手跪下，带头的文震亨、杨廷枢等大声祷告：

"五位英灵，你们为了正义，蹈死不顾，苏州全城百姓有知！"

"五位阿哥，你们一路走好，请放心，乾坤朗朗，定会天日重光！"

"委屈你们在此栖息，待将奸党锄灭，恩怨报清，再为五位树碑立坊，以供世人瞻仰……"

第二十二章　遗命嫁女难分离　罹难魂归未有期

> 巢倾遗命难违背，
> 结义成婚安可期？
> 肠断天崖星日蔽，
> 愁眉蹙额泪如丝。

且说周顺昌在魏大中被押解至京途中，舟过苏州胥门码头时，与魏大中两人议定了缔结姻亲一事，即周顺昌决定将女儿茂芹嫁给魏大中孙子魏允楠。

那魏大中家中又是何种境况呢？

魏大中住浙江嘉善县，嘉善与吴江一衣带水，乘船过去不过大半天时间。魏大忠自幼家贫，读书砥行时，师事高攀龙。考中进士授官后仍生活节俭，夫人一如既往地纺纱织布，家中连用人也不雇。提升为吏科都给事中时，魏大中进京不带家属，只带一个奴仆烧火做饭，家中经济状况一直保持如旧。

魏大中被诬蔑接受熊廷弼等人贿赂，亦是莫须有罪名。魏大中在家乡被逮捕时，长子魏学洢扮称家童，欲随父同行。魏大中说："覆巢焉有完卵耶？父子俱碎，无为也。"魏学洢并没随牢船北上，为了安全起见，秘密地沿大运河边走陆路北上，沿途不断打听父亲的船行消息。

到达京城后，魏学洢白天躲避在客店之中，昼伏夜出，向父辈在京的好友求救。有的怕受连累无可相助，有的则对他深表同情，只极力帮助打探狱情。此期间，魏学洢写有《家书》诗一首：

时事纷纷不可诘，
孤忠耿耿徒离忧。
国人争愤柙中兕，
之子却怜堂下牛。
黄发廿年浪引领，
青山万古仍含羞。
弹章三上累胆落，
夙志不遂差堪酬。

魏大中在狱中被刑罚折磨，魏学洢事父于狱中，匍匐饮血，为筹所谓赃款而不得不在狱外到处求救于乡友。此间狱卒受人指使害死魏大中，而相验领埋之旨，延迟了五天，狱吏没有得到钱财也只好发尸。尸体从牢房中拖出时，肌体溃烂，骸骨发黑，几乎难以辨认，魏学洢负尸以出，扶榇而归。

魏大中死后，追赃未完，行动未止，魏学洢因此返乡后被下浙江监狱。家庭遭此大变，魏学洢对当时政治的黑暗痛心疾首，经历了父亲的人生巨变，一下子成熟了很多，他明白世态炎凉，做官的希望幻灭，人也变得视死如归。

这一年，魏学洢在狱中绝望病故，死时才29岁。这位年轻的明末散文作家，文质彬彬，虚怀若谷，思想细腻，好学善文，平时只跟一般的普通百姓交往。生前，他就写出了传世名篇《核舟记》，著有《茅檐集》八卷，后来被收入《四库全书》。

后来阉党倒台，魏大中次子魏学濂徒步入都，刺血上《痛陈家难疏》，陈述父受冤狱兄死孝之惨状，又上书弹劾阮大铖等人交通逆阉，罪大恶极。不久，魏大中被追谥为忠节，魏学洢也被下诏旌表为孝子。崇祯明白其冤，追赠大中为太常卿，谥"忠节"，予祭葬，学洢配祭附葬，私谥"孝烈"，敕建忠孝祠、忠臣孝子坊于嘉善城中，邑人称为魏家祠堂、魏家牌楼。

魏学濂与黄尊素之子黄宗羲、周顺昌之子周茂兰等，几年后一起参加了张溥组织的复社，并成为骨干。崇祯十六年（1643），魏学濂进士及第，授庶吉士，平时擅画山水与花鸟，在崇祯朝为官，李自成打进北京时自缢而死。

嘉善魏氏一门之忠臣孝子，忠烈激越，儒雅秀气，在文化上都有一定的造诣。其子侄后辈中，也出现了许多诗人词人，如魏学渠、魏学洙、魏允枏、魏允枚、魏允桓、魏允札等。

周顺昌与魏大中前后相继被魏阉谋害了，遵照他俩议定的婚约，周夫人不得不考虑该如何去办。

正是：自古忠臣身易折，巢倾命舍殃孥妻。

自周顺昌被逮至京，孩儿茂兰去跟踪，周夫人天天在家以泪洗面，祈祷老爷生还，盼望儿子早归。

上次魏大中离开苏州时，周顺昌托人捎信传言至嘉善魏家，言明两家定亲之事。过后魏家很重视，来人打探证实过事情的原委，还送来点彩礼。亲事定了，可两家主人正遭难事，都不知该如何是好。

是日，周夫人唤来女儿茂芹道："你爹爹被冤逮，你哥哥入京，更愁着怕再有不测祸起，听说近日有屠城之旨到苏，城中一片混乱，许多人惊慌而逃，我想只好与你暂避入乡去。"

"我们去哪？"茂芹问道。

"前天正巧碰到颜佩韦之母，他儿子被捕入狱之后，心中难过，一人也甚是孤单。现在城里人都向外移，你公如舅舅叫我们赶紧离城，趁早搬至城外颜家暂住，且与颜伯母寓居一阵时日再说，我想我们该早早去！"周夫人思虑道。

"母亲！屠城之事，不知真否？爹爹在京结果不明，要是哥哥能回来，有个实信便好。"茂芹道。

次日，这对母女俩提着简单的包袱，由吴公如引着一起来到城外颜家。有颜母朝夕相伴，两家人患难与共，相互安慰，度过了几天稍微舒坦的日子。

可是就在一个阴气沉沉、秋风扫落叶的下午，颜母跟着吴公如准备进城打探消息，正好遇到五人被枭首。

至此，按照圣旨处分，五人被斩后，屠城之疑也就不存在了。

一日后的下午，茂芹与周夫人刚回家，茂兰步履蹒跚地回来了。"啊呀，娘！在京目睹爹爹被害，忽闻奸党密拿自己，只得逃脱回归……"周茂兰进门就扑向母亲，跪地喘噎道。

周夫人惊悸地抱着儿子的头哭泣道："我的儿啊，我儿受苦了！"

茂芹与哥哥和母亲抱成一团："哥哥啊，爹爹呢？"痛泣不止。

周夫人急问："我儿，你爹爹怎么了？"

茂兰道:"多亏朱祖文先生在京借银代为输赃,爹爹才得以缓死,我才血疏上奏。"

茂芹问:"上了疏,可准?"

茂兰道:"哪里能上?幸亏父执徐如珂世伯,疏通狱禁我才能入牢探视!"

周夫人又问:"进入牢内,见了爹爹,怎样了?"

周茂兰低头道:"爹爹身受重刑,皮开肉裂,血迹斑斑!"

"爹爹受苦,好痛心也!"茂芹掩面道。

"你爹爹可曾与儿说些啥么子?"周夫人又问。

周茂兰漱咽一下口水,慢声回答道:"孩儿与爹爹,夜中絮语,帮爹抚疼,好宽慰!"

周夫人追问:"这还好!你爹跟你说了些啥?"

"不曾想五更时分,来了几个手执令箭之人,拎着灯笼而至。"茂兰答道。

"是些啥人?来作啥?"茂芹问。

茂兰揉了揉眼,吞吞吐吐地道:"这帮人,都是催、催命鬼,一下用布囊套住爹爹的头,打倒了我……爹爹就没气了。"

"我相公苦啊,怎的不痛煞我也!"周夫人叹着,一下子晕倒过去。

"醒醒,母亲醒醒啊!"茂兰扶着母亲的头焦急地呼唤着。

"我的亲爹啊……"茂芹拼命嘶喊着,哭声震惊了左右邻里。

正是:身去魂归事何济,黄泉有恨星日蔽。

此时,正好遇见颜母与吴公如有事需相商一起赶来。颜母相帮把周夫人扶躺在床上,再慢慢地给她喂水,渐渐使其醒了过来。

吴公如得知姐夫被害离世,一向性格刚毅的他鼻子一酸,也熬不住悲痛,抽泣了起来。事已至此,也是他早就预料到的,他向茂兰问道:"如今棺木在何处?"

茂兰答道:"孩儿在京城正联系船只,准备起身与祖文先生一起陪着先扶柩南归,不料被跟随的贼探得知,魏贼差人前来缉拿,为的还是追缴所谓的赃款,孩儿与朱先生商量,只得花钱寄柩于郊外庙舍,暂逃归家。朱先生还在京,积极筹齐所有代输的'赃银',这些与盘缠都是他在京借贷的。若不是他和一些在京的同乡相助,恐怕孩儿也回不来了。"

颜母问茂兰道:"公子,在狱中,周老爷生前可有何言嘱咐?"

茂兰显得有些木讷,道:"一时仓促,我也未曾问明白,爹爹也未及时细说。只是去时在镇江的路上遇见官船时,爹爹嘱咐过说,妹妹已许魏家,让母亲速送过去,以了一桩未了之事。"

正在一旁一直沉默的茂芹噘起嘴道:"哥哥,你在说什么呀?"

周夫人沉思了一下对女儿道:"我儿!魏家也是非常不错的人家,你爹将你许之,你就是魏家的人了。前几日魏家曾来人催婚,只因你爹在京信息未定,才回了他去。如今你爹走了,遗言在此,自然得准备嫁去!"

颜母道:"夫人言之有理,哪个做父母不想子女好?小姐呵,父命难违!"

茂芹不解道:"母亲孤单女儿不应离开,爹爹虽有遗命,孩儿还是不能去的。爹爹为孩儿与魏家联姻,得罪了坏人,是孩儿连累了爹爹。儿宁愿遁入空门,削发为尼,怎肯自顾去嫁人?"

茂兰对妹妹道:"爹命不宜违背,完了你的婚姻大事,我得北上负枢南归!"

正说着,管家顾阿大匆匆回来道:"夫人,不好了!"他看见茂兰先急问,"大公子回来了,老爷啥样了?"

"老爷被陷害,惨死狱中了。"茂兰回道。顾阿大一听,顿时老泪纵横。

"刚才你说甚急事?"周夫人急问。

"城中传言,沸沸扬扬!"顾阿大道。

"说啥么子?"茂兰问。

"说京城差官已至阊门,是来捉拿大公子的,并要来抄家!"顾阿大惊慌道。

"我出京时,并无此说!怎么回事?权奸凶威!"茂兰道。

正是:临头祸到难回避,权珰势焰天中烧。

一家又乱哭成一团,奇殃惨罹,该如何是好?吴公如对周夫人道:"姐姐,如今哭也无益,覆巢之下无完卵,还是趁早出走避难,免得全家遭殃。"

顾阿大道:"夫人、公子、小姐,你们及早设法偷生便好。"

周夫人道:"夫死为忠,奴死为节,我岂可不顾,勉强偷生?"

茂芹道:"父已冤死,母命难存,兄又祸在旦夕,我怎能偷生苟活?"

周夫人向茂芹道:"我儿已是魏家孙媳,父言谆谆,理应该即往才是。"

茂芹扑向周夫人怀中:"孩儿无论如何是不能去的,要死就死在一起。"

此时此刻，此景此情，令人无奈至极，周夫人果断地发声："这也由不得孩儿了，顾管家，快去阊门码头唤一船，准备去嘉善，立即送小姐出门！只是无人做伴，该怎处？"

吴公如道："作为舅舅，我得去送亲！"

颜母想想也是，一个姑娘家的还不懂什么为媳之道，该怎么去做人家媳妇？至少得有大人交代一些才不会被别人笑话，便对周夫人道："还是让老妇去嘉善一趟陪送一下小姐！"

周夫人道："如此甚好，我儿赶紧先准备一下，洗洗头，换身衣裳，挑一下随身带的东西。管家，你即刻去码头唤船！"

茂芹跪地道："娘啊，危祸当头，你真忍心撇开孩儿！叫孩子怎么处啊？"

一会儿工夫，顾管家来报："去嘉善的船只，在码头上候着呢，请小姐下船去！"

颜母担心道："小姐快走吧，被别人知道不好，省得麻烦。"

周夫人对吴公如道："孩儿舅舅，你同颜妈一起将芹儿送至魏家，见那边亲家就说，两家都在患难中，一切只得从简了。"

"好的，这就去！"公如应道。

一行人送到阊门码头上，颜母对茂兰道："小姐就此拜别夫人与公子罢！"

生死别离，心绞肠断，痛上加痛，茂芹几番扑到母亲怀中，不忍离去。

"让妹妹去吧，母亲且请宽怀！"茂兰望着忧心忡忡的母亲道："今日孩儿送离妹妹，马上还得动身上京将父亲的灵柩扶回！"说罢扶着妹妹上了船，返身就跳下了船板。

接着，船头与岸上，又是一阵凄苦的呼喊。

第二十三章　天子明理闲裁遣　首奸畏罪急投缳

> 新皇登基斩骈连，
> 阉党权颠洗罪愆。
> 君子死生牵梦绕，
> 千秋不朽义悬天。

魏忠贤势位至盛，各地的生祠彰示着他的三朝辅皇之功德，但他认为侯爵不足以酬其功勋。他各方布置心腹，执掌兵权、加恩边将、牵制辽抚、经管库务、总督河漕、派镇海外……还假意劝天启给信王成婚，封其出府。还奉旨晋升侄儿魏良卿爵宁国公世袭官太子太保，封圣夫人客氏之子侯国兴为伯爵。他渐渐发觉身在朝廷中的所有人，包括皇帝都不过是平凡之人，都没有什么了不起，他欲仿汉时王莽、董卓、曹操之事，起事逆谋，可又觉得自己底气不足。

天启六年（1626），主持后宫事务的懿安皇后，以长嫂代母的身份，着手为信王朱由检大婚挑选王妃。当时掌管着皇太后印玺的祖母辈宣懿刘太妃，即明神宗的昭妃，对选妃有极大的发言权。在众多候选的淑女里，周氏脱颖而出。于是，周氏被看中而选为信王妃。

周氏，原是江南苏州人，皮肤洁白，细腻如玉，可谓圣质端凝，才色双绝。她父亲周奎以看相算命谋生，母亲丁氏是父亲的继室，家境清贫。周氏从小随父识文断字，随母纺纱织布做女红。周氏全家由苏州迁居北京后，父亲仍运用易经以堪舆卜卦为业，周氏被选前在宫中是做皇太后侍女的。周氏被选中后在信王府生活的一段时间里，始终保持着平民本色，仁心贤德，常常穿布衣，吃素食，自己还亲自浣衣做饭。

天启七年（1627）八月始，熹宗朱由校因病不能坐朝，魏忠贤乘机启升了许多心腹。八月二十一日，时年二十三岁的天启皇帝突然驾崩，此刻，因钳不住众口，百官嘈杂，魏忠贤没与总兵崔呈秀衔接好，慌张无措，也许算是错失谋逆良机。

朝廷不可一日无君，熹宗没有子嗣，在众臣急促推进下，兄终弟及。当朝换了新主，信王朱由检受了遗诏，继承旧制，尊为天子，为思宗，改号崇祯。

朱由检登基，时年十八岁，朝廷为崇祯皇帝选妻之时，明熹宗的张皇后并不看好年小体弱的王妃周氏，但周氏已经展现出惊人的美貌和柔婉的个性，深得宫中一些人的喜爱。她仪态端庄，知书达礼，也通晓文墨，周氏就由王妃晋升为皇后。

当时朝廷内库已空。在后宫，周氏以瘦弱单薄的身躯担当重任，与皇帝一起提倡节俭，并设置二十四具纺车，教宫女纺纱织布，把后宫治理得井井有条，这在宫中是罕见的。

崇祯好读书，宫内遍置书籍，书生风度的崇祯帝还常作四书八股文示众，拍马屁的大臣极力称颂。崇祯骄傲自己即使不当皇帝，肯定也是天下名士，自然视周皇后为人生知己，宠爱有加。

崇祯与周皇后情深谊笃，曾经有过这么一件事：

有一个年仅十一岁的小太监，在坤宁宫侍候皇后。有一天，皇后问他是否识字，他答不识。皇后就教他识字，少顷考问，他却忘记了，皇后罚其跪阶。皇帝见了嬉笑着对他说：我向先生求情，宽恕你，如何？皇后佯装嗔怒说：这不坏了学规？小太监这才谢恩而起。透过这种日常生活细节，人们似乎可以看到这对寻常夫妻间谈笑融洽之情。

出生于苏州的周皇后，国色天香，天生丽质，聪明灵动，威望很高，却生性简朴。宫眷夏天穿衣从未有用纯素的，一般亦不敢用。周氏喜以白纱为衫，明明白白，并不加盖饰，清清爽爽。皇上笑曰："此真白衣大士也！"一时宫眷暑衣裙衫，皆以纯素白纱裁制，内衬绯红掩映裆腹。宫眷岁节朝贺，俱穿纻靴或缎靴，她讲究节约，却独穿棉鞋，欲以示别。

后来的事实证明，周皇后果然未负刘太后当初选她的厚望。周皇后母仪天下，知书达礼，深明大义，掌管后宫之后，本本分分，从不替亲友乞讨皇上恩泽。

此后每逢年过节，大臣贵妇入朝来参贺，她按照礼节规定，也从不滥赏。其父周奎被封为嘉定伯，赐第于苏州葑门（清代为织造署）。周奎此时身为国丈，虽拥有了不少财富，却鼠目寸光，极为吝啬。他会八卦却算不了自己的后运，他还将陈圆圆收为义女，备献皇上，欲献媚发财未成，再将陈圆圆卖给田妃之父田弘遇，最终使得陈圆圆落予吴三桂之手。此事在此不表。

崇祯帝朱由检继位不久，朝廷上下，气象一新，一些言官联名上疏，纷纷要求追查魏忠贤和当年与魏忠贤一伙狼狈为奸的臣子。

俗话说：擒贼先擒王。朝中最能言的几十个言官，都被魏忠贤处理了，剩下的投靠的投靠，回乡的回乡。崇祯帝对上疏告发魏忠贤罪状的言官采取"姑不究"的态度，意思是言者无罪，大胆说！眼下还处于先帝丧期，崇祯帝还不想大开杀戒，只是冷处理，静观其变。

这信号使魏忠贤有所错觉，以为看在先帝的面子上，新帝不会拿他开涮。魏忠贤又玩那老一套把戏，去向新皇上诉苦，讲述自己的委屈，老泪纵横，想博得年轻皇帝的怜悯。

此时宫内形势险恶，朱由检的皇嫂，也就是懿安皇后，觉得魏忠贤阴谋专权，手段恶劣，告诫朱由检不要随意吃宫中的食物，以防御膳房被人买通指使下毒，这样的例子在宫史上屡见不鲜。朱由检喜欢吃麦饼，就由周皇后亲自下厨制作，让他带进宫中作为备餐替用。

崇祯入朝时，内乱外患不断，周皇后常劝崇祯皇帝要宽以待人，善待臣民百姓。可是崇祯固执自负，不听劝告，总是觉得全天下的人都有负于己。

当时四处用兵，军费紧张，周皇后心系圣上和社稷，着手裁减宫中列支，撤销不必要的开支，也常常拿出自己的私蓄和宫中节省下来的费用充作军费。

崇祯对周皇后的这些深明大义的举措十分感激，而其岳丈周奎却守着几十万两家财，目光短浅，不知唇亡齿寒的道理。边关告急时，他仅捐几千两银子应付，致使众臣皆相模仿应付，军费筹备难以充足。

十月底，一直静观的崇祯得到了一份想要的奏疏。

一天，有一个浙江海盐县贡生钱嘉征，向通政司请求代疏奏章，因为贡生没资格写奏章给皇上，通政司使吕图南怕麻烦想阻止其上疏，不料该贡生将吕图南一起扯进，诉他"党奸阻仰"。吕不服，上疏争辩，闹到上头，崇祯发话了："拿上来看看！"

初生牛犊不怕虎，钱嘉征仅是个国子监太学生，他见许多江南士子被冠无须有罪名遭谋害，而罪恶累累的魏忠贤还迟迟不被处理，急了！用心呈上一个标题极长的本，即《奏为请清官府之禁，以肃中兴之治、以培三百年士气事》，系统地罗列了魏忠贤并帝、蔑后、弄兵、无君、克剥、无圣、滥爵、冒功、建祠、通关等猖獗已久的十大罪行。其大意是：篡帝权，即把皇帝当傀儡、蔑视皇后、内操兵权、无视朝廷贤君、克扣剥夺藩王俸禄、不尊重古代圣贤、滥得官爵赏赐、冒领边将战功、搜刮民脂民膏、拉帮结私党等。这是继杨涟弹劾魏忠贤"二十四大罪"后，又一豪杰之举，是篇非常有影响的奏章，是促使魏党倒台的转折点。

有人劝钱贡生不要冒险，他说："举朝不言，而草莽言之，以为忠义士之倡，虽死何憾？"民间出大侠，这贡生如何了得！他直抒胸臆，说得酣畅淋漓，情由所动，字字铿锵有力，有如锤击。文中道：

> 高皇帝垂训，宦官不许干预朝政，魏忠贤却一手遮天，仗刑立威，荼毒廷臣，连累士林。凡钱谷衙门、远近重地、漕运咽喉，都安置心腹，意欲何为？先师孔子为万世名教之主，魏忠贤何人，敢在太学之侧建祠？古制非有军功不能封爵，魏忠贤竭天下之物力，建成三大殿，居然因此而袭为上公，不知节省。宁远稍胜，袁崇焕马未下鞍，魏忠贤就冒封伯候，设若辽阳、广宁版图，又将何以封之？各郡县请建生

祠不下百余座，一祠之费，不下五万金，敲骨吸髓，无非国之膏血！种种叛逆，罄竹难书，万剐不尽！

此时，对盘根错节的魏忠贤一伙，崇祯也没立即动手处置，他不徐不疾，采取隐忍之策略，没有逼急魏阉，不至于引起朝廷内外混乱。

崇祯不动声色地把魏忠贤招过来，将言官们的奏疏留着，只利用非朝廷官员的这一代表民意的奏疏，让近侍慢慢读给他听，先从精神上击他一记，看魏忠贤究竟有何反应。

魏忠贤一直跪听着，一下子急得大汗淋淋，六神无主，听完后只说："奴才该死，一定好好反省！"爬起来告退，后去找大太监徐应元讨教去了。

徐应元对魏忠贤道："这小人之疏奏得凶险，只看崇祯的态度了，这一步棋，崇祯走得别有用意！不妨你先避一避，自己辞去东厂提督一职，再见机行事。"

魏忠贤思前想后，还是怨自己当初胆小，若早点起事，发动政变，胜算也有八九成，无奈被身边庸碌之流拖失了机会。权衡再三，想想还是全身而退，引疾辞爵，先保全自己要紧。

崇祯见魏忠贤递辞呈，正中下怀，顺水推舟，马上准辞，准其调理养疾。

魏忠贤见崇祯一句挽留的话也没有，不给自己台阶下，一下子泄了气，索性又上疏辞了公、候、伯三个爵位。崇祯还是一点不客气，当然全部照准。

显赫的一世枭雄，一下子散了架，什么也没有了，魏忠贤不得不交出了厂印。

接着，言官们对准阉党骨干又是一通弹劾，这些弹劾皆指魏忠贤，经记录、调查，一点水分都没有，件件罪行属实。其中，逼死贵妃、动摇中宫、害死三皇子、削夺臣权、狱毙忠良、弄兵窃权、搜刮民财、建祠纳饷、追赃入私、广结子孙等滔天罪行，远远超过崇祯的耳闻。

三天后，崇祯一怒，果断出手，列举种种罪证，直接下诏发配老贼魏忠贤去凤阳皇陵守墓，并革了魏良卿等魏氏侄、孙等的职，处理了一大批德不配位的阉党分子。

兔死狐悲，大太监徐应元竟然还为魏忠贤讲情，求皇帝宽缓他。崇祯知道他们有勾结，盘问出魏忠贤辞职是徐应元的主意，更是火冒三丈，令打百棍，并也发配徐应元到显陵去当守差了。

第二天，魏忠贤着手离京，命人将家中的金银财宝转移寄存，另装了四十多车，准备运往凤阳，装不下的家私分别送给门下众人，又送了一些给客氏的儿子侯家，带着六十多勇壮家丁和号称"八百壮士"的护卫在傍晚缓缓地出发了。

只有李永贞、刘若愚二人前来相送，他俩也都担心这排场太大，招来麻烦。魏忠贤却不以为然道："皇帝若要杀我，也不会等到现在！好歹我还是三朝老人。"他俩送了三十多里，在长亭执手挥泪而别。

正是：失势丧魂辞朝去，长途杳杳有落晖。

果不其然，有一通政司使杨绍震看不下去，怕这权奸不安分去守陵，遂上一疏道：魏忠贤带着士兵和武器，浩浩荡荡千余人，弓上弦，刀出鞘，安知无揭竿起义之嫌？况且崔呈秀之弟是浙江总兵，已建旗于两浙，也许会南北呼应！不如早早除此妖孽。

这一夸大之说,激怒了年少的崇祯。这老奸分明在示威,遂下令一定要除掉魏忠贤!况且近日弹劾魏奸的折子,层出不穷,百官敦促崇祯一定要严惩魏忠贤。

还有,崇祯想起一件事来,前段时间他还未登皇位时,皇宫丢失了一件龙袍。普通人拿到龙袍,既不能穿,也不能卖,除非有人想谋逆。

为什么会有人盗窃龙袍?而且龙袍最后会在自己的房内被东厂搜出,发现龙袍的恰好是一个小太监。

当初崇祯听说此事,急得卧病在床,就是想不通,谁干的呢?

现在一下子想明白了,这就是魏忠贤和客氏布的局,他们这么栽赃,肯定是要诬陷自己觊觎皇位,以便引起皇族兄弟内斗。好在奸贼还没有来得及安排人上奏此事。真的好险!魏忠贤确有叛逆之行为。

十一月初四,崇祯给兵部下的诏谕中说:"巨恶不思自改,致将素蓄亡命之徒,身带凶戈恶械随护,势若叛然。朕心甚恶。着锦衣卫差旗官,前去扭解……"即派兵配合锦衣卫追拿魏忠贤。

十一月初六,魏忠贤到了阜城县境内,忽有四名飞骑奔到轿前,跪地密报朝廷情况,即刻又返去。原来这是李永贞抢先派来报信的。魏忠贤心知不妙,让侍监李朝钦不要声张,继续赶路。傍晚时分,赶到阜城县城南关,找了一间大店住下。

是夜,满天漆黑,地上的景物根本看不见,城外之夜肃冷,寂寥。

魏忠贤在昏暗的孤灯下坐立不稳,闷闷想到,自己是个净身的无奈人儿,苦熬了那么多年,因为那客氏,才风光了这七年,也没得到什么乐子,捞了钱也不开心,只是与人斗,得到权,被尊崇着,特别是被称爷、称爹的,是为真乐!

眼下,一切都不存在了,结束了。若再被缉回,等待他的就是诏狱中自己设置的那十八般极刑。那些又被启用的东林之流,肯定会报复自己。他越想越怕,老泪横流,晓得自己杀了那么多人,做了那么多不该做的事,算是彻底完了。不如趁校尉未到,寻个了断!不然自己被逮回受罪,别说被治死,就是被羞辱,自己也受不了。

梦幻中,往事纷乱无序地袭来,失眠之夜再也响不起那特别的呼噜声了,像浮云一样飘忽的思绪蜂拥着他,他看见周顺昌满身血迹衣衫褴褛,却器宇轩昂地站立在自己面前,瞪着大眼冲着自己道:"奸贼,你诛我东林,杀尽忠良,忒狠毒了!我要吃你的肉,剥你的皮!"

他好像看见一个义子双手捧起自己的宝贝,自己又被众多义子抬着前往家族墓地。他梦见自己跪在父母的坟前,磕头告诉爹娘:你们生给儿子的骨肉,儿子已经赎回来了,总算圆满了……

忽然,一阵阴风吹来,寒嗖嗖的,魏忠贤在恍恍惚惚中被惊醒。

此时,正好从外面厢房里传来一阵小曲声,曲名为《桂枝儿·五更曲》,是一个从京城来的白书生唱的,声音凄凉不堪,分明是催命曲,魏忠贤听得心生惶愧。

一更,愁起
听初更,鼓正敲,心儿懊恼。

想当初，开夜宴，何等奢豪。
进羊羔，斟美酒，笙歌聒噪。
如今寂寥荒店里，只好醉村醪。
又怕酒淡愁浓也，怎把愁肠扫？

二更，凄凉
二更时，辗转愁，梦儿难就。
想当初，睡牙床，锦绣衾绸。
如今芦为帷，土为坑，寒风入牖。
壁穿寒月冷，檐浅夜蛮愁。
可怜满枕凄凉也，重起绕房走。

三更，飘零
夜将中，鼓咚咚，更锣三下。
梦才成，又惊觉，无限嗟呀。
想当初，势倾朝，谁人不敬？
九卿称晚辈，宰相为私衙。
如今势去时衰也，零落如飘草。

四更，无望
城楼上，敲四鼓，星移斗转。
思量起，当日里，蟒玉朝天。
如今别龙楼，辞凤阁，凄凄孤馆。
鸡声茅店里，月影草桥烟。
真个目断长途也，一望一回远。

五更，荒凉
　　闹嚷嚷，人催起，五更天气。
　　正寒冬，风凛冽，霜拂征衣。
　　更何人，效殷勤，寒温彼此。
　　随行的是寒月影，吆喝的是马声嘶。
　　似这般荒凉也，真个不如死！

　　曲终，夜沉沉，更又深。魏忠贤沉浸在"祭歌"旋律的余音里，万念俱灰。生不如死，反正自己在人世间也没什么好盼头了，魂真的能断吗？断了也许好受些！只见他独自起身，解下裤带，悬梁自挂了，结束了显赫一时的罪恶一生。
　　正是：天作孽犹可违，自作孽不可活。

　　一会儿，忠实走狗李朝钦发现主子走了，也紧跟着悬梁自尽了。
　　五更后，太监刘应选叩门催起，发现他们二人悬吊着，立即叫来几个算是心腹的"走狗"，转而便分享起"狗食"来，将房中的所有能随带的金银财宝与行李都搜出，装在马匹上，等都准备好了，才对外大声叫喊道："魏爷走了，咱们快跟上！"便驰马背道从另一条路跑了。
　　曾号称"八百壮士"的那些士兵和随从，生怕被定为"从逆"罪名，慌慌张张地趁乱将四十车行李瓜分了一半，纷纷逃散。
　　只有六十几名家丁没跑，他们也不知上哪去，只好等待发

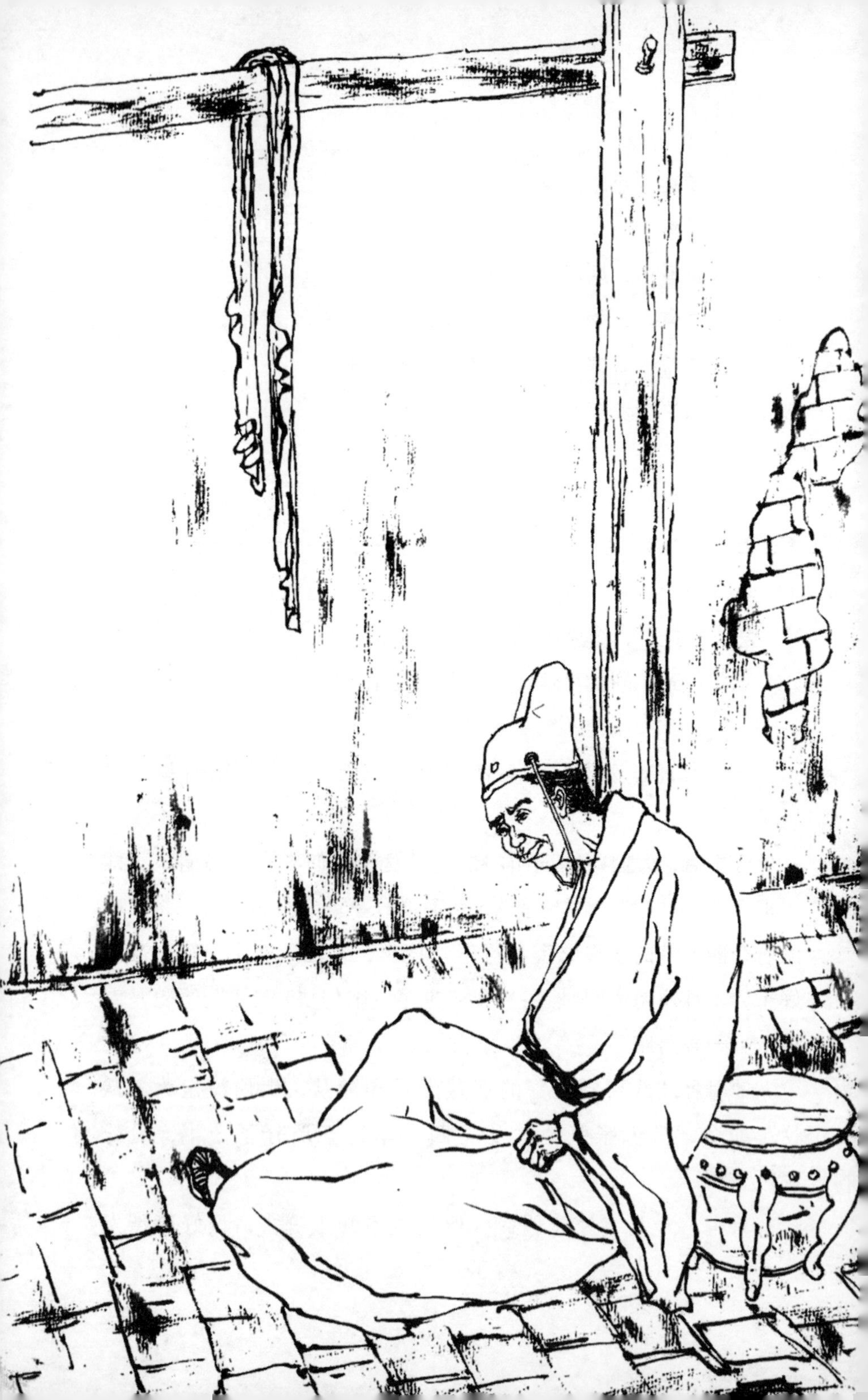

落,并顺便忙着收尸。

十一月十九日,魏忠贤在途中畏罪上吊自尽的消息,才传至京城。

崇祯批复将魏尸"姑与掩埋",指示将留下的行李带到当地河间府,并将其家丁、伙夫、马夫等,审过以后可以就地放了。

第二十四章　阉党树倒猢狲散　良臣昭雪天下传

> 魔掌遮天窃国梁，
> 风云变幻纪纲张。
> 巨阉运逆途中缢，
> 树倒猢狲没处藏。

魏忠贤是十一月初六上吊的，人们当时还不知道。户部员外郎王守履第一个上疏：崔呈秀其罪可杀。崇祯批复：先削其籍为民，再交三法司会勘定罪。

正在老家蓟州的崔呈秀，自知罪责难逃，本着活一日算一日的念头，日日与妻妾饮酒作乐最后畏罪上吊。

魏、崔自杀去见了阎王，消息震惊了京师上下，朝中人心大快，扬眉吐气。觉得没来得及对他们清算就自己死了，太便宜了他们。而被处分发回私宅，身为中宫的客氏，就没那么容易去见阎王了。

身份低下的客氏，在浣衣局受司礼太监用竹板私笞，招供道：进贡给先皇的八个中宫女，是她私招的奴婢，有的在宫外怀了孕，有的是被魏忠贤侄子魏良卿和自家的儿子侯国兴搞怀孕的。他们准备学吕不韦，给天启添些假子嗣。假如熹宗驾崩能延迟，有婴儿生出被立为太子的话，那朱氏江山不就旁落外人之手了？做出该事真可谓大逆不道。

客氏同时也招供了用官库被偷龙袍栽赃陷害崇祯这桩事，可是先帝未追究。祸害其他内官的事就别提了。这几件大事一供出，客氏还有好下场？

崇祯闻之，一言不发。结果，客氏就被几个小太监活活折磨得受不了，悬梁自缢了。当初乘八人大轿，何等荣耀的"奉圣夫人"，也就这么去见了阎王。正如诗云：

乳君劣德污龙体，
构陷帮凶巧斡旋。
颓势庙堂新主易，
贪婪蛊惑赴黄泉。

话说太监李实，掌管织造事，奉魏忠贤之命差驻苏杭，同毛一鹭几人同拜魏忠贤为义父，掌握着江南一方的兵马钱粮，只等厂爷登基，便起事接应。可是，北方朝廷却迟迟没有举动。

今日得知皇上龙体不佳，厂爷里外统管，并招了不少兵在宫内进行内部操练，若有机会定乘机举事。李实想自己应先有个准备，若厂爷举事不成，换了新皇帝，该如何？

今日与毛兄正约会面，商量商量，将自己的担心与其说道说道，这样心里也许会踏实些。

不一会毛一鹭来到，李实退避左右，与他交头接耳谈论了自己对大局的了解和认识：

他肯定厂爷扫除了一些最喜欢执义进谏的江南士官,尤其是东林党人;肯定厂爷掌握了东厂、西厂、内阁等机要部门,并将一些其他机构的人事更换到位了;肯定厂爷招了不少兵在宫内进行内部操练,准备得很充分;肯定通过这次逮捕贪官追赃得到的经费不菲;肯定皇帝落水患了伤寒,身体有恙而将所有朝中之事归厂爷总管的信息准确;肯定为了防备外敌入侵将兵部兵力集中在辽东与厂爷插手掌管将士得功的事不假;肯定厂爷在建生祠塑神像时,要头戴九曲簪缨、蟒袍加身、玉带环腰,得以有厂爷得权的暗示,等等。

从以上这些情况分析,两人断定魏忠贤做皇帝的事,一定会水到渠成!于是,两人沾沾自喜地对自己的前途可谓又更充满信心。

京城至苏州传讯信息,一般要七天时间,为了一桩事情的传讯,只得分批分人连续传达。官方正常来回在路上的信使不算,临时安排跑信的人员,已增加了十多个,尤其是近阶段。

只是,自五人被斩首后,毛一鹭、李实蹲在苏州,有些恐慌。

是日,门子突然来报:"禀报老爷,有飞骑到!"

"快,快唤他!"毛一鹭急忙招呼道。

信使进来,磕头。李实在一旁道:"快起来说,京城圣上怎么样了?"

"圣上驾崩了!"信使报。

"啊!圣上驾崩,九千岁怎么样?"毛一鹭问道。

"九千岁正在料理圣上的丧事呢。"信使道。

什么时候了?厂爷可真沉得住气!李实郁郁地心想,总归要变天了吧？若有不测，厂爷起事不顺，该如何是好？想到这，他倒有些吃不准了。

"那圣上临终传有什么旨意？"毛一鹭问。

"懿旨飞传至五凤楼，小的只得知太后有懿旨！"信使回答。

"那现在新圣上是谁？是九千岁吗？"李实探问道。

"太后传旨，真天授，信王登基了！"信使道。

"啊！原来是信王朱由俭当了皇帝，九千岁呢？"李实也疑惑了。

"魏爷休矣！"信使道。

毛一鹭疑惑。

"听说，新圣上发配他去凤阳守皇陵去，他只在拖延时间。"信使补充道。

有这等事？毛、李一下子像泄了气的皮球，都低头丧气。信使下去后，他们两人一时都说不出话来。

"厂爷没有了势头，毛哥，我们怎处？"李实问毛一鹭，毛呆立着无法应答。

接着又有飞骑来报，这原来是被派往京师的手下家丁探信回来了。只见其急忙忙将朝中之事，报与主人李实："如今不好了，小的打听朝内消息，怕事情耽搁，路上奔了七昼夜才回的。"

"据说厂爷被发凤阳守皇陵，此事可真？"李实问。

"是真的！魏老爷去了，刚过卢沟桥，有四十多车装有二百多箱金银财宝，在路上都被人抢分一半走了，可惜呀！"家丁答道，"听说魏老爷还没到凤阳，十一月初六，在途中旅店投环上吊，自缢了！"

"啊！我的干爹啊，怎么会是这样！你不管我们了？"毛一鹭

233

哭了。

"厂爷死了，朝廷可安排祭葬？"李实问。

"哪有！圣上还追罪，戮尸万剐呢。"家丁低头摇手道。

"朝中崔尚书、倪老爷、许老爷及那一帮小爷们各咋样？"毛一鹭急了。

"都被扣拿，听说……"家丁显得有些不好说的样子，李实朝他瞪了一眼，他只得说道，"听说一些朝中干儿义孙、文的五虎、武的十彪、红孩儿等将被枭首。"

此刻，又有飞骑再次来报：东林已复用，魏党已尽诛。现在朝廷正在各地搜捕魏忠贤的干儿义孙，罪分七等，一个都不放过。

"傻了！冰山倒了，尽融成水流。树倒猢狲散，一个都溜不了。""只怕东林又起斗，受冤人来报旧仇。既然如此，我们肯定也逃不脱了！"李实抬头仰天长叹，"罢了，罢了！如何是好？"

忽然，又一飞骑进来，叩头道："二位老爷在上，事情紧急，我花了五日五昼，刚下马特来送报！"

"你回了？我正等你报话！"李实道，"好！好！你说来听听！"

"朝中魏党皆拿，旧日东林，死的如周顺昌等一些忠义之臣，一个个祭葬，活的都赐官升用。"飞骑道，"李老爷，你的名字不在内。"

"我是个内官，应该是不相涉的！"李实却也坦然，到底他是在前朝皇帝边蹲过，伴君有小功，也许不归其类，他还存侥幸心理。但像毛一鹭，恐怕逃不了干系，李实抬眼望了望他，毛一鹭显得很沮丧。

唇亡齿寒！此夜，毛一鹭回到自己的房内，精神恍惚，仿佛看到周顺昌领着颜佩韦、杨念如、周文元、沈扬和马杰等五人，一个个怒瞪双眼，伸着血手，前来向他索命。只见他浑身发抖，睁着大眼，惊恐着唯唯诺诺，不一会儿有人听见他在室内"啊"了一声，便气绝身亡。

正是：作恶多端志先昏，胆丧魂飞报终身。

曾经满朝的乌烟瘴气，顿时清明得多了。崇祯紧急提用了瞿式耜等几人为言官，花了一年多时间继续清算阉党七年多栽培的党羽。

百足之虫，死而不僵，像负责清算工作的刑部苏茂相、左都御史曹思诚、大理寺左少卿潘士良等，原来就是老资格没有明罪的阉党分子，他们怎甘心卖力，拖了一个多月后才将魏、客的判词呈上，而崔呈秀的判词迟迟未出。

崇祯帝为此极为不满，发怒下旨在太监的主要"产地"河间府，再将未腐的魏忠贤掘出来，戮尸凌迟；并令蓟州府将崔呈秀之尸斩首示众；也令迅速查验客氏尸身一并斩首，只是客氏的尸首被其义女秋红领去，还没有及时查出下落。此举是崇祯震慑活人的。

崇祯二年（1629）正月，第二波对魏党分子的清算开始了，阁部大臣报上的"逆案"名单仅几十人，崇祯的宗旨是"除恶务尽"，魏忠贤是内廷中人，若无外廷众人参与勾结，坏事能做得那么大？

崇祯再召集内阁大臣，拿出一个黄包给他们看，里面全是为魏忠贤歌功颂德的奏疏，是一些奸人结党营私、乱政作孽的铁证。

接着，狂扫"五虎十彪"和附逆田尔耕、许显纯、倪文焕、李永贞、周应秋、李朝钦、田吉、刘若愚、崔应元、王体乾……以及所有这些权奸的旁系支脉、客氏和魏氏的真正亲属，前后共二百六十人，加上后补的五十四人，一起共有三百一十五人，统统被分别予以处治。一些首要分子的家财也同时被籍没。

三月，将这些人罪分七等，以谕旨形式公布全国。立即正法论斩的、秋后处决的、充军边疆的、输赎为民的、革职回籍的、另行处置的、留置待察的，等等，皆有！也有受处分很轻的阉党分子，像阮大铖、马士英等人，后来还是遗祸不浅。

苏杭织造府太监李实，在后来受审时辩说，当年以他名义诬陷周顺昌、黄尊素等七君子的疏状，是魏忠贤指使他人在空白疏上冒他之名填的。审讯前，李实托人贿赂三千银两给黄尊素之子黄宗羲，乞饶遭拒。黄宗羲上疏作证，崇祯见疏令刑部核查，处其贿赂罪。

早在魏广微攻击首辅时，顾秉谦就自感苗头不对。于是，他畏罪接连多次上疏乞休，结果，魏忠贤倒台，顾秉谦因献媚图宠，助纣为虐，不顾廉耻，先被削籍，列入"逆案"。后来，顾秉谦又花钱赎自己为平民。

七月十三日，顾秉谦江南家乡的昆山县玉山镇老百姓积怨暴发，纷纷不满顾秉谦的所作所为，集群冲到魏家，将其所有房屋焚烧成平地。

已是八旬高龄的顾秉谦，回乡仓皇逃至一渔船上居住。在百般无奈之下，承诺将窖藏的四万两银拿出来，捐献给朝廷，才被允许在他乡寄居。

如丧家之犬的顾秉谦，最终客死在异县。后来经过不少周折，其棺木才被允许运回家乡。然而三十年没被入土落葬，之后草草被安葬，没有多长时间又遇盗墓贼，其尸体被掘出焚烧。真是一旦作恶，难以回头，最终没有好下场。这都是正义对丑恶与黑暗的声讨！

是啊，天道是与非，苍天绕过谁？

朝廷为杨涟、左光斗、魏大中、周朝瑞、袁化中、顾大章等六君子，以及周顺昌、缪昌期、周宗建、黄尊素、李应升、李攀龙、周起元等七君子，一起平反昭雪，表彰他们忠义节烈。朝廷还分别赐予了各种荣衔、官职和谥号，谥号中大多带有"忠"字。

特别是周顺昌，微言敝龈，忱怀千缕，清名慎行，古今一人，高风盖世。崇祯曾撰文将亢志守节的周顺昌比作屈原、岳飞和文天祥，这可是当时最高的褒奖。

正是：大道不灭，义理永存！

第二十五章　惩凶治恶解怨恨　毁祠建墓慰忠魂

冲天公愤生祠毁，
虎阜山塘瑞气长。
新葬五人三尺墓，
牌坊高耸义风倡。

虎丘，乃苏州第一名胜之地，传说吴王阖闾葬于此，三日后有猛虎盘踞于墓上，因之得名"虎丘"。

当初应天巡抚毛一鹭和苏杭织造内监李实，为他们干爹魏忠贤建"普惠祠"时，经风水师堪舆，就将生祠选址于此。

魏忠贤倒台，定为逆案的消息传到苏州，大快人心，苏城百姓奔走相告。大太监魏忠贤贪图重税，搜刮苏州百姓，还要走狗为自己修生祠，欲谋取皇位，诬陷江南许多清正忠义的贤臣，特别是害死了周吏部等东林士子，还杀了颜佩韦等五位义士，如今魏忠贤被治罪，所以苏州百姓都欢呼着，急着商量到山塘街去，要拆毁那逆贼的生祠。

东南方向从城中阊门出来的一批人，从渡僧桥来了；西头从枫桥和西津桥出来的一批人，经西园寺来了；北面从浒关和白洋湾出来的一批人，经长泾庙来了。虎丘山下，山塘街上的青山桥与绿水桥畔，百姓满脸怒色地蜂拥而至，个个咬牙切齿，他们来的目的是为了泄心头之气。

从阊门来的一些群众先到，见祠堂的"牢门"紧关着，一为首的人愤怒地踩门道："要先打杀陆堂长，别让他溜了！"

当陆万龄听到"嘭嘭嘭"的撞门声，以及"陆万龄，陆万龄快快开门"的叫喊声，已吓得他当场尿出一身。

小小堂长陆万龄，监生出身，依仗毛一鹭，攀附魏阉。曾上书说魏忠贤可与孔子并尊，并建言将魏忠贤神像移入国子监，使得众人认为此举荒唐至极，惹得一些国子监司业人员皆称病辞官。

有人在京师还代陆万龄奏疏，曰："上公之功，在禹之下，孟子之上。"他还真得到了魏忠贤的嘉奖。陆万龄认为得势，恣意妄行，有恃无恐，竟想要到江南来搜括富户监生。

听到京城传来的不好消息，陆万龄躲在祠中不见人已经好几日了。今日，他早已换好外衣和帽子，剪去胡须，面上稍稍涂些污灰，装扮成乞丐，正准备离开，不想这就来了人。

他急忙带上打狗用的讨饭棍和碗，从后院边门溜了出去，拐弯越过一条小河，向齐门外方向逃了，最后逃出苏州，在外过着流浪乞讨的日子。

大门被撞开后，人群"一窝蜂"地进来，踢倒香炉，掀翻供桌。

"不好了，恶囚陆万龄从后门溜了！"突然有人叫道，"逃了这猢狲，真不消恨！"于是，众人就动手扯下了厅堂上的匾额和两旁柱上的对联。望着那神像，可太令人生气了，有人上去拽下那

239

魏贼头冠，剥了其龙袍，扯下了玉带，推倒了神像。

有人用脚踢着塑像之身道：把这像用屠刀削碎，像刀剐鱼鳞一样。

有人拽出魏像的头，征求众人意见道：要么把其砸碎，要么将其抛在河里日夜受水冲击？

有人说：该头是沉香木做的，金贵得很，劈碎了，大家分分吧！

有人说：放屁！分了又有何用？

有人指责说：若不分，留着这魔头有何用？不如用火烧了罢！

"不要砸，不要劈！就拿这头先去祭吏部周老爷，然后祭颜佩韦等五义士，再拿回到这，跟这祠堂的废木料一起焚化便是！"

"要送到城隍庙去，由威灵显赫的城隍爷收治他！"

"有理，言之有理！"

"现在我们去上塘桐泾桥林家巷，就请周公子，到周老爷坟头祭奠便了。"

又有一群人找来绳索，一人爬上牌坊顶头，把绳头缚好，准备扳倒石牌坊。这时跳出一人来，即兴编了一首号子，哎嗨、哎嗨地喊道：

五个人哎，爱憎明嗨！
痛打贼哎，百姓笑嗨！
扳石牌哎，断础残嗨！
用力拉哎，冤恨解嗨！

哈……随着一声声号子的呼喊,千斤石牌坊摇动了几下,终于被扳倒了。

接着,有人找来竹梯,开始上屋用锄头扫瓦。就这样,不到夜间,曾经高大的魏忠贤生祠,就这样在老百姓的欢歌恨语中,终于被拆平了。

次日,由本城乡宦、太仆寺卿吴默牵头,会同多位士绅一起商量,便动手将五人的棺木由盘门青阳岗移迁过来,一起合葬在魏祠旧址上。

从五人就义到现在,时间算起来不过十一个月。

坟建好后,接下来就是竖碑、立坊、造享堂,又是一些天的忙碌!

一贯崇尚民族气节的解元杨廷枢,挥笔题写了"义风千古"四个遒劲大字,作为坊额,镌刻于石牌之上,令人深思。他是明末尚书杨成之子,住吴县城西杨衙前。周顺昌被逮时,他誓以死殉义。后来清兵南侵时,他又隐迹太湖边邓尉山,以"复社"为名,联络东林后裔与弟子暗中反清。结果被搜逮后,就义于吴江芦墟。行刑时,他大呼:"头可断,发不可断!""生为大明人,死为大明鬼!"时年五十三岁,被葬于虎丘十房庄。留有绝命诗十二首,仅存世其二:

其一

社稷倾颓已二年,
偷生视息亦何颜?
只今浩气还天地,
方信平生不苟然。

其二
　　骂贼常山舌有锋，
　　日星炯炯贯空中。
　　子规啼血归来后，
　　夜半声传远寺钟。

　　一个被董其昌、陈元素用长诗称赞过的，誉为"文兼韩柳，书擅羲献"的八岁长洲县神童韩馨，用丹笔写下了"五人之墓"四个遒劲的大字，后来被镌刻在高高的花岗岩石上为碑名。为此，吴默极为推崇，写信给做过黄岩县令的韩馨之父道："非郎君不能运此笔！"后来韩馨成人，清兵入主中原，他决意出仕，加入复社，自号"少微真人"，著有《绀雪堂稿》《洽隐园遗墨》传世。阉党分子阮大铖，曾仰慕其名，以重金招纳，但遭其拒绝。后来为了躲避迫害，韩馨栖隐徐庄，但每年清明必来祭扫五人之墓。顺治六年（1619），韩馨购南显子巷归氏废园，增建"洽隐堂"。他生前往来雅集觞咏者，皆为晚明遗老，卒谥"贞文先生"。

　　五人因为周顺昌遭逮而被义愤所激，为免苏州被屠城挺身而出，遂以身殉，五人之名不朽。然而五人皆有父母和妻儿，他们无禄无靠，生活艰难。

　　鉴于此，以士大夫文人及地方绅士文震孟、姚希孟、申用懋、钱谦益、瞿式耜、董其昌、范允临、陈继儒、杨廷枢、周延儒、徐汧、王节、董其昌、王时敏、张溥、庄起元、吴默和蒋灿等五十四人，解囊相助，并立石书碑记之，亦充分显示了江南各阶层人士的好义之举。

五人永居虎阜，临山塘，观官舫，留在了红尘中热闹的繁华之地。墓门前碑上分别刻有"颜佩韦、周文元、马杰、杨念如、沈扬"五位义士之姓名。

　　迁葬好坟，竖好碑与坊，又动工新建了享堂。墓前松柏葱葱，墓后青竹翠绿。来往之人，无不称颂。

　　义士埋山塘，正气千古扬。七里山塘依旧繁花盛放，杨柳依依，水天清旷，全城百姓和一些南来北往的士人都陆续前来祭奠。

　　正是：热血淋漓恨满腔，清忠侠骨口碑香。

　　话说状元文震孟，一直在姑苏城西郊外的竹坞家中，感叹斯文还有幸不被沦丧，高兴不已。近口又有圣恩二召要还京师，在即将起程之前，先祭奠了周顺昌墓舍，这会又准备一些祭礼到山塘来祭奠五人。

　　王节等一群江南贡生，为了吏部周顺昌，险遭不测，一些人现又复了前程。王节等今日正在见官府人，忙碌着，没空来此，只有吴中另一秀才赵伯通早早来此。赵经过十六次科考，历经两代皇朝，还不得晋级，不知前程。赵伯通非常仰慕文老先生的高才，知道文老先生德高望重，肯提携后学士子。他在城西支硎山法螺寺和尚处，打听到了文老爷子今日要到山塘街，便急匆匆赶来，欲等待时机幸会之。

　　这不，赵伯通来到五人墓地已经多时，怎还不见文老先生来？他先到隔壁葫芦庙内讨些茶解渴，又吃了碗素面，再焦急地等待。

　　少顷，文震孟到来，他不见奸祠金碧辉煌在何方，只见断础残桩，瓦砾恁荒，又见新坊耸建，墓碑高广，遂即兴作诗吟道：

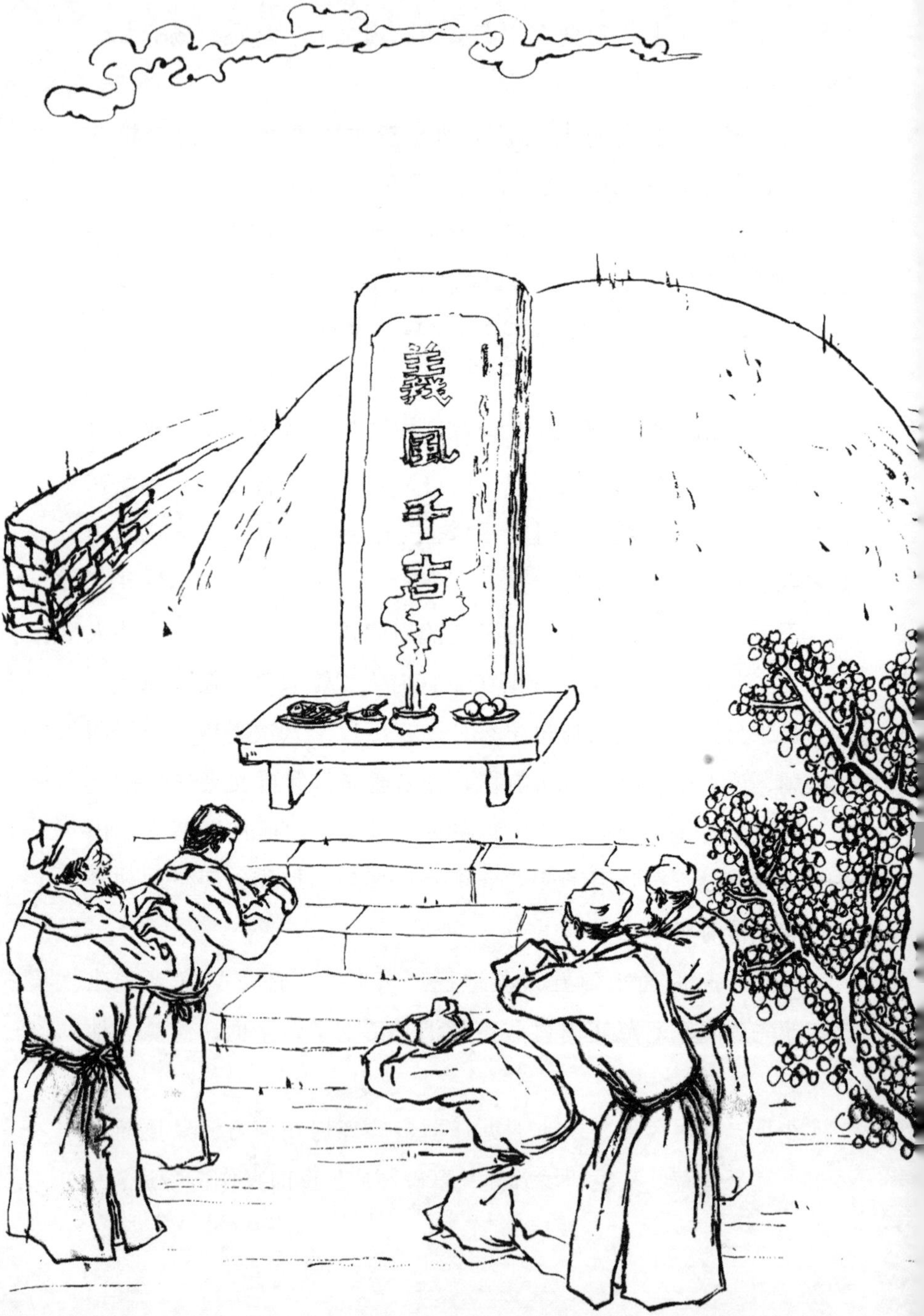
義風千古

死难五人功竟遑，
护贤反腐爱憎明！
男儿浩气云天薄，
取义成仁愧我生。

"好诗！好诗！"赵伯通急忙向前作揖道："晚生迎先达，鞠躬望后尘！"

"此兄尊姓大名？"文震孟问。

"晚生是贡生赵伯通，历经穆宗、神宗二代科考，就以秀才终身了。凡本邑地方公事，皆到场为首具呈！何况五人义事，不得不在此开丧陪宾。"

"久仰，久仰！"

"今日文老先生祭奠五义人，晚生特来伺候！"

"有劳赵兄！"

"摆设祭礼开始！"赵伯通拉开腔调道。

此时，一帮人急吼吼地冲来，有人手提一人头，道："且喜文老爷在此！"

"你们手提的是？"文震孟问。

"奸贼魏忠贤的头像！你看他凶眼貌残，狰狞似豺狼！"

"列位是来拆生祠的吗？"

"是！我们昨天用此首极祭了周顺昌老爷，今日来祭五位烈士，就摆列在这供礼当中罢。"

"有理！这五位大哥的行为，是千古少有的事啊！"文震孟道。

赵伯通焚帛，并道："奠酒了！老颜、老杨、文元、马杰、沈扬五位好汉兄弟,你们的义举值得人人敬佩!今日文老爷来祭奠,你们冤魂不散,地下有知,得谢文老爷呵!"

文震孟拈好香,持壶滴酒道:"俺也只剩须眉,羞戴冠裳!今日里来,给列位祭杯酒!"

正是:草民献身识大义,文臣屈膝把坟祭。

"文老爷,我们拿这贼头先去了!"一个提着魏像头的人道。

"拿他作甚?"文震孟问。

"我恨煞魏贼,让我劈他一块,出出气!"赵伯通道。

"拿这个头准备到城隍庙里去焚化,劈不得!只有让天道无私的城隍神,除凶剪逆,履职领治这个恶魂!"那人道。

"听说这头是沉香木的,沉香木可是好药方子,据说能治心头痛的病,待我咬下他一块,捎回去磨细泡酒喝。"赵伯通道。

"这又不是什么好吃的馒头,你怎么咬得动呵?"众人皆笑之。

正说着,一小生领着一帮人走了过来,对文震孟作揖道:"文老爷在上!小的乃杨念如之子杨小毛,后面这位是颜佩韦的母亲。我们得知文老爷今日来此祭奠,特一起来答谢!"

颜母感激涕零,难以言表,道:"文老爷来浇奠,胜似那玺书褒奖。"

文震孟上前一步道:"二位请起!权奸嚣张,五位以市井一介,击逆杀尉,震惊朝野,阉党胆寒,缇骑不敢南下肆虐。如今新主登位,下官蒙恩已受三召,至京师后,即向圣上为五位义士叩求旌表。"

"感谢文老先生一片热心肠!"颜母道。

"多谢文老爷行祭!如能得到旌表,那就太好了!"小毛感动地跪地道。

正是：意殷殷痛咒权珰，泪潸潸恸祭先灵。

此时，又陆续来了一帮人，原来是周顺昌之子周茂兰等。

"承蒙文老伯光临行祭，小侄不胜感激！今天，小侄一来是致谢，二来是为送别！父挚荣升，幽灵荣享！"周茂兰上前对文震孟鞠躬作揖道。

"贤侄来了。今日国运重亨，圣主明鉴，巨恶被惩。昨日我外甥姚希孟，也蒙钦召。令尊乃我同年挚友，为叩阍鸣冤，望贤侄一起跟我们北上京师。况且以前血疏，未经御览，今可乘机请求祭葬祠谥。"

"好！多谢老伯！"

"不过，老夫有一言相告众人！"文震孟面向众人道："五人虽已葬之，其家眷必受寒苦，我已托同志捐款购置免税义田和半塘房屋一处，用以安置，并已求帖立案。老夫去后，乞求哪位能承办代转？"

"我愿领命！"赵伯通作揖道。

"好！有劳赵兄。"文震孟道。

众人一起向文老爷鞠躬致敬。

"好！此乃公举，无须多谢！"文震孟道。忽然，文老爷一随从来禀报：巡抚、巡按、道台、知府、县官，及许多乡绅老爷，俱在码头候送文老爷。

"既如此，大家就此一别吧！"文震孟向众人拱手道。

"小侄即刻回去，禀告母亲，准随姚老伯船一起北上鸣冤。"周茂兰迈腿飞跑而去。

众人一起随着文震孟到河边相送，依依不舍地目送文老爷上了小船，驶向阊门码头。

第二十六章　追封忠臣天子令　树立丰碑万民仰

> 忠诚一帜江南榜，
> 仗义吴民拥冠裳。
> 社稷纲常谁可振，
> 匹夫千古口碑扬。

　　正义是迟到了，但没有缺席。随着阉党集团的覆灭，被冤死的那些正直官员也得到了平反。

　　周顺昌之子周茂兰到京上完血书，得知袁化中之子是为烈士之子诉冤中最早的一个。接着是黄尊素之子黄宗羲，将诏狱黑幕公之于众。接下来是魏大中之子魏学濂和杨涟之子杨之易等，连连上血书，这种原非奏书形式的上疏，使崇祯备受触动。

　　这些孝子在京目睹、参与了对部分阉党分子的审判。茂兰与同难诸君子后裔，经过允许在诏狱中门处设祭坛，众人共推魏学濂撰祭文。祭文未读完，在场之人皆狂哭不止，悲愤之至。崇祯帝闻之挥泪道："忠臣孤子，甚悯朕怀。"冤臣终得雪。

　　天地一新，妖孳遁形，日月重辉，朝野欢庆。

　　正是：一时胜弱在于力，千古胜负在于理。

第二年的清明节前夕,苏州知府寇慎陪同钦差,前往周顺昌家送匾。匾上大书着御赐"清忠风世"四个鎏金大字。

圣上特别降旨授周顺昌为奉直大夫诰命,称其为"夷旷似玉,清平如水……为今第一之清誉"。其妻吴氏被封为三品官的夫人,加封淑人;赠其祖父为通议大夫太常寺卿诰命,赠其祖母韩氏为淑人诰命;其父被赠一如其官,其母张氏为安人。其子周茂兰荫袭了父亲的官爵,为中书舍人,留京纂修国史。又被恩准于在阊门外林家巷口,为周顺昌立"清忠风世坊",并赐墓地一顷二十亩,准予立祠赐祭。这抚恤赏赐,可谓恩荣至极。

周顺昌祭葬在白莲泾马家墩,墓边青石围坟,坟面向虎丘,外环以河。配有翁仲、石马、石虎、石羊和青松、梅花树等。

在送葬周顺昌时,明末最后的江南巡抚张国维,敦尚节义,他"徒步送之,不避泥淖"。十一年后,张国维因"闻其风而敬慕之",作了《周忠介公祠记》。周顺昌祠敕建在城内饮马桥西卫前街。

到了清明节这一天,周茂兰早就备好了香烛纸钱,欲与嘉善来的妹婿魏允柟一起去山塘,祭扫为救父献身的五人之墓。周夫人见之却喊住他们:"什么时候去找一下朱完天先生,就是那个朱祖文,应好好地拜谢一下!"

"等今日我们去了山塘祭奠五人后,再去找!"周茂兰道。

"娘今日也要去虎丘,向那五位烈士鞠个躬,表示一下!"周夫人对儿子说,"叫上你的弟弟妹妹们,全家一起去!"

走过半塘,即到青山桥堍,在绿水环绕的葫芦庙东边,葱翠的松柏,挂着晶莹的露珠,在早晨的霞光中,苍翠欲滴。嫩嫩的

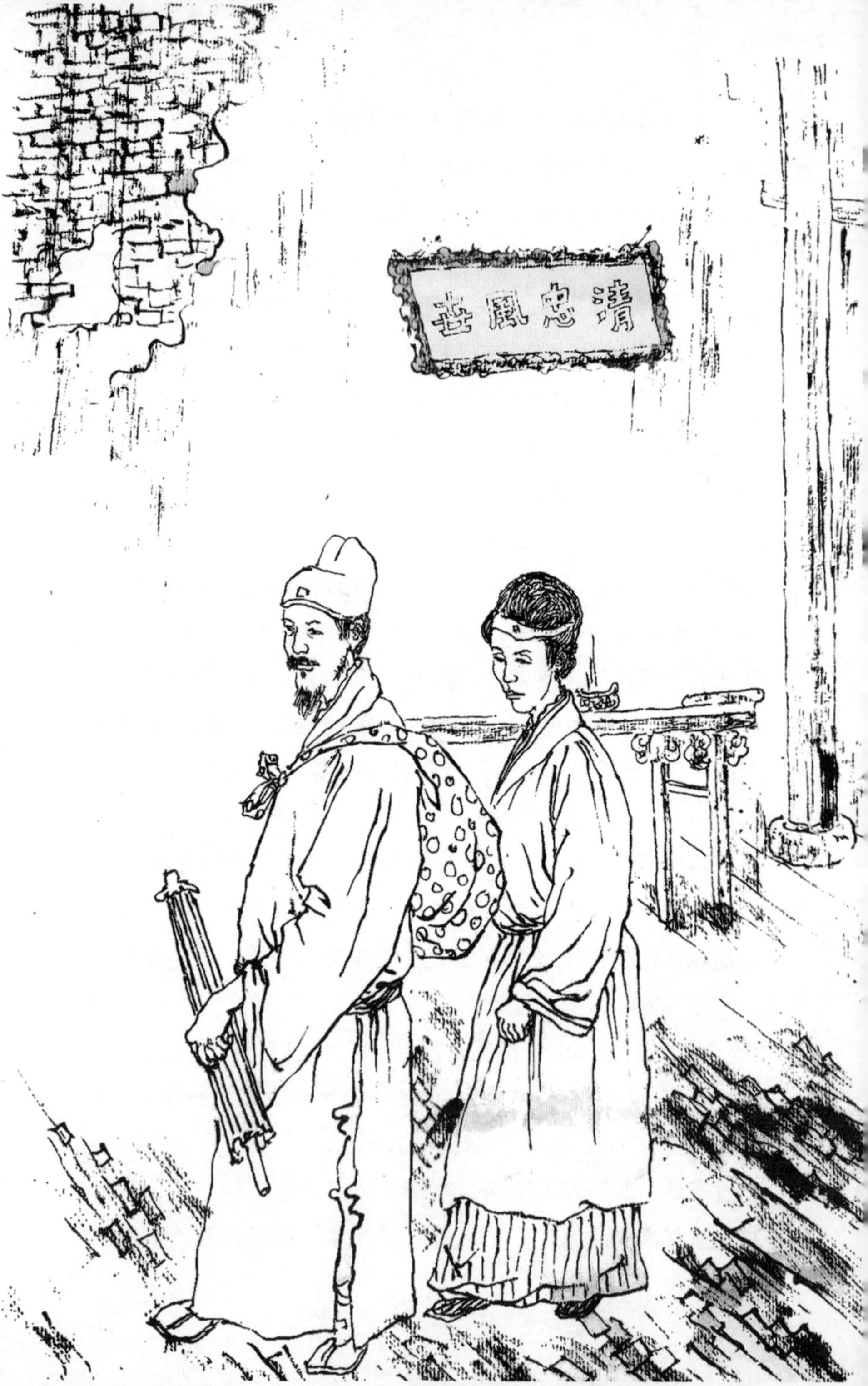

青草尖上，露珠散发着明亮的光彩。远远望去，在虎丘山下的五人墓后，有一片深绿的竹林，显得非常静谧，有种与世隔绝的意境，似挂在山塘运河旁一幅水墨风景画。初来乍到的魏允柟，不禁口占一绝，吟道：

愤世头颅向斧迎，
五人壮举鬼神惊。
浩然正气存天地，
虎阜山塘日月明。

他们来到墓前，见早来的百姓点燃的香烛与纸灰堆，还冒着缕缕青烟。

茂兰和妹夫一起摆放好几样供肴，烧了香烛纸钱，一家人正在磕头时，朱祖文先生来了。

祖文在来此之前，府县考虑到魏奸既诛，重其行义，赠官产五十亩，祖文不受，赠金也拒收，深得众人敬仰。

此刻，与朱祖文一起来的还有一个手持鲜花和一个手拎纸钱的两个貌美女子。

茂兰起身定眼一看赶紧向母亲道："母亲，这就是随我跟父亲一起北上的恩公，朱祖文兄长！"

"伯母大人，晚辈给您请安了！"朱祖文急忙行礼，并牵着一个年岁小的女子道，"这是内人薛素月，我们在京时，由她姐薛素素主媒的。"

周夫人看了道："这不是我家茂芹的小姐妹素月吗？被逮到京城无恙吧？回来了就好！回来就好！"只见素月已牵着茂芹的手，

两人拥肩泣泪。

一旁持鲜花的美女上前来躬身,一揖到底道:"周师母,素素也给您请安来了,您还记得我吗?"

周夫人仔细打量了一下,只见眼前这位女子二十七八岁模样,唇红齿白,面似桃花,端庄雅丽,身材娇媚,衣着朴素,一双似嗔似笑的清澈眼神,透露出无比的聪慧。周夫人揉了揉眼,还没反应过来,朱祖文赶紧道:"这就是女史薛素素,周伯父在京出事后,她也操了不少心。"

"呵,想起来了,你就是我家吴公如舅舅早年带来跟老爷学写字画的那个小素素,是吗?真是女大十八变!变得这么漂亮了,这么多年了,若不说,我哪里认得出?"周夫人笑着打量道。

"师母身体一向好吗?"薛素素上前挽着周夫人,并对茂兰道,"这是茂兰吧?我在府上学艺,他那时还小不会拿笔呢,快十七八年了……"

"好!好!奠祭好这五位阿哥,我们就请祖文贤侄和素素、素月一起回家坐坐去。"周夫人对茂兰等子女道。

朱祖文又对周夫人道:"伯父大人的恩情,小侄还没报呢,这次北上,晚辈做得不够。伯父不幸去了,实在使人痛心!"

周茂兰插嘴道:"朱兄的恩德,我们一家人一定记得!"

"这些日子我把北上京师的所有经过,写成了《北行日谱》,正准备交于茂兰世弟一阅。"朱祖文道。

正说着,守墓的杨念如后生杨小毛,领着一群文质彬彬的人来到墓前。其中一位为首的走近对周夫人作揖道:"敢问,这位是周老夫人么?"

"你是?"

"我叫张溥,太仓人,我与几位朋友非常敬仰吏部周老爷,也被这五位义士所感动,特来此祭奠!我们也正想前去拜谒周老爷呢!"

这一行人是钱谦益、杨廷枢、王节、刘羽翰、范允临、申用懋、王时敏、周廷儒、文震亨、徐汧等地方绅士。他们一一给周夫人致礼,茂兰在一旁还礼。

后来,这位成为复社领袖的太史张溥,特意为悼念五义士写了一篇盛名久扬的《五人墓记》碑文,成为后人编写《古文观止》的压轴篇,文章大意如下:

墓中的五个人,就是当周蓼洲先生被捕的时候,激于义愤而死于这件事的。到了现在,本郡有声望的士大夫们向有关当局请求,就清理已被废除的魏忠贤生祠旧址来安葬他们,并且在他们的墓门之前竖立碑石,来表彰他们的事迹。啊,这也真是件盛大隆重的事情呀!

这五人的死,距离现在建墓安葬,时间不过十一个月罢了。在这十一个月当中,大凡富贵人家的子弟,意气豪放、志得意满的人,他们因患病而死,死后埋没不值得称道的人,也太多了,何况乡间没有声名的人呢?唯独这五个人声名光荣显耀,为什么呢?

我还记得周公被捕,是在丁卯年三月十五日。我们社里那些道德品行可以作为读书人表率的,替他伸张正义,并募集钱财送他起程。当时哭声震天动地,差役们按着剑柄上前问:"在为谁悲痛?"大家不能再忍受了,把他们打倒在地。当时毛一鹭是大中丞职衔作应天府巡抚，他是魏忠贤的党羽，周公被捕就是由他主使的。苏州的老百姓正痛心此事，这时趁着他厉声呵骂的时候，就一齐喊叫着追赶他。这位巡抚躲进厕所里才得以逃脱。不久，他以苏州人民发动暴乱的罪名向朝廷请示，追究这件事，杀了五个人。被杀的是颜佩韦、杨念如、马杰、沈扬、周文元，就是现在一起埋葬在墓中的这五个人。

然而，当五个人临刑的时候，神情慷慨自若，呼喊着毛一鹭的名字骂他，谈笑着死去了。砍下的头颅被挂在城头上，脸色一点也没改变。有位有名望的人拿出五十两银子，买下五个人的头并用木匣装起来，最终与尸体合到了一起。所以现在墓中是完完整整的五个人。

唉！当魏忠贤作乱的时候，做官的人能够不改变自己志节的，中国之大，能有几个人呢？但这五个人生于民间，从来没受过诗书的教诲，却能被大义所激励，踏上死途也不回头，又是什么缘故呢？况且当时假托的皇帝诏书纷纷传出，追捕同党的人遍于天下，终于因为我们苏州人民的发愤抗击，使我党不再受株连治罪。魏忠贤也迟疑不决，畏惧正义，篡夺帝位的阴谋难于立刻发动，直到当今的皇上即位，魏忠贤畏罪吊死在发配途中，不能不说是这五个人的功劳呀。

由此看来，如今这些高官显贵们，一旦犯罪受罚，有的脱身逃走，不能被远近各地所容纳，也有的剪发毁容、闭门不出，或假装疯狂不知逃到何处的，他们那可耻的人格，卑贱的行为，比起这五个人的死来，轻重的差别到底怎么样呢？因此周蓼洲先生的忠义显露在朝廷，赠给他的谥号美好而光荣，在死后享受到荣耀；而这五个人也能够被修建一座大坟墓，在大堤之上立碑刻着他们的名字。所有四方的有志之士经过这里没有不跪拜流泪的，这实在是百代难得的际遇啊。不这样的话，假使让这五个人保全性命在家中一直生活到老，尽享天年，人人都能够像对待奴仆一样使唤他们，又怎么能让豪杰们屈身下拜，在墓道上扼腕惋惜，抒发他们有志之士的悲叹呢？所以我和我们同社的诸位先生，惋惜这墓前空有一块石碑，就为它做了这篇碑记，也用以说明死生意义的重大，即使一个普通老百姓对于国家也有重要的作用啊。

那几位有声望的士大夫是：太仆卿吴因之，太史文震孟、姚希孟。

文章中说写此文的原因，是要说明匹夫之有重于社稷也，也就是要告诉人们，这五人死得很有意义，这五个普通的百姓，也应受世人敬仰。

在墓前，解元杨廷枢书写的"义风千古"四字，已镌刻于石牌坊横额之上。

后来，在吴县、长洲县与元和县，以及苏北、河北等地民间，皆立有周王庙。庙里一般有周顺昌老爷的塑像，其像长脸净面，微有胡须，头戴纱帽，身穿官服，腰系玉带，手持笏板，脚蹬皂靴，案桌上有一笔架、一块砚台，还有一块刻着"皇天巡抚都城隍御史周顺昌"的铜印，传说玉皇大帝封了周顺昌为都城隍神。

民间百姓心目中集土谷神、猛将神于周顺昌一身，还将五义士保全了苏城百姓的性命，使朝廷不敢多派税吏来江南敲诈百姓，说成是守财神，是他们驱除了妖魔，守护了百姓的财产，说他们是五路财神转世。

第二十七章　墓园无寂喜神守　弦歌不辍义风扬

> 为民惩恶气正喧，
> 永守山塘义伴魂。
> 只缘后人稀有谒，
> 无言碑石冷乾坤。

在五人墓享堂，可见左边有块石碑。碑额"吴·葛将军墓碑"几个篆体大字及碑文，是由周顺昌之孙周靖所镌刻。碑文内容是由明末闻名江南的大儒、《小窗幽记》的作者陈继儒所撰。碑中记载了明朝纺织工人领袖葛成领导苏州纺织工人起义，反贪护法的斗争过程。

碑上文末引用了一首绝句，这是当时目睹此事的离职首辅朱国祯所作：

> 吴中义士气如云，
> 留得余生代有闻。
> 东海长虹挂秋月，
> 丹青齐拜葛将军。

这诗中"丹青",一般指书画作品,在此借指画家。

这些画家齐拜葛成,究竟是怎么回事呢?

宋朝时,江南承延了古代已经掌握的纺织蚕丝技术,生产出了"泽被天下"的丝绸织品,尤其是制作各类朝廷官服和时尚锦衣的绸缎,风行于世,逐渐成为中国经济最发达的地区。

至明朝,江南成为朝廷最重要的税源地之一,赋税占全国的三分之一以上。江南苏州,城东已汇集了成千上万的手工业者,纺织机轰鸣,响彻半城,印染等其他产业也较发达;城西是闻名于世的东南大都会,坊市繁华,店铺林立,商贾云集。

万历年间,国家进行了几次大规模战争,花掉军费上千万两,而财政每年税收入账只有四百万两。于是,朝廷要员开始派亲信,以"矿监""税使"的名义,在全国各地进行搜刮。而江南是朝廷税源重地,万历二十七年(1599),太监孙隆奉命带领一群"税使",来到一向富庶甲天下的苏州。

孙隆妄议查税,擅自加征,勾结也企图从中渔利的苏州地方劣绅汤莘、黄建节等人,在许多津渡要道与城门,设立关卡。所有路过的商贩都要缴纳过路费;市街里巷的小铺,凡出售针头线脑、米盐、果薪、鸡鸭鱼肉,无不有税;对进城的农民也进行抽税,连一只西瓜、一只鸡蛋也不能免,甚至连摆摊代写书信的书生、卜卦算命的盲人也不放过,被盘剥的百姓苦不堪言。

不多久,城内做买卖的商贩日渐稀少,整个城市变得萧条冷落起来。

就这样,两年下来,孙隆看到税源日益稀少,担心上头主子怪罪下来,只好把手伸得更长些,对苏州城的支柱产业即丝织业下手，进行税上加税。

百姓称这些税棍是"阳澄湖堤岸上的大闸蟹——横行霸道。"

万历二十九年（1601）六月，一连两个月阴雨，苏州闹了一场水灾，桑田淹没，机户倒闭。贪官孙隆一伙还向机户横征暴敛，规定每台织机收税银三钱，每匹绸缎收税银五分，每匹纱收税银二分。

对于这种天灾人祸，当时民间歌谣道：

四月水杀麦，
五月水杀禾。
茫茫阡陌殚为河，
杀麦杀禾犹自可，
更有税官来杀我。

这年夏天刚到，生计无望而"叫歇（停工）"的机匠们纷纷涌向玄妙观机工殿，填街塞巷，泣诉衷情，一连多日未休。

结果，有人出来安慰大家说：我们的苦难即将过去，上天眷顾，有一位喜神会降临，他会指引我们，带领我们过上好日子……

三天后，果然有一位身材魁伟之人立在桥头。只见他突然振臂而出，手执芭蕉扇，召唤大家。

这人是从苏州乡下来城务工的机匠葛成，他与万历皇帝同龄，但同龄不同命。万历皇帝在皇宫中嫔妃成群，锦衣玉食，而葛成三十多岁穷得讨不起老婆，还是一条光棍，他有时连饭都吃不上，每天一早都要到桥头上等待机主雇佣，如找不到活，肚子就会挨饿。不过，他对时事有看法，经过众人推举、包装、宣传，一个鲜活的人物形象——喜神在群众中出现了。

经葛成吆喝，当场一呼百应，渐渐地人越来越多，以至成百上千的人从各条巷口走出。葛成号召大伙到玄妙观广场去议事集会。

经过一帮人集体组织决定，葛成出面大声说道："朝廷派来的税吏勾搭地方恶魔，无故给机户增税，全城机户不堪重负，都不得不停机歇业，不可能雇佣我们了，我愿意带领大家一起杀税官恶魔，引起官府重视，改变一下这个世道，让我们有活干，能吃饱饭！"这句话一下点燃了织工们心中的怒火，机工纷纷举手响应。

葛成继续道："为了能让大家吃上饭，必须要做一桩大事，这事一不是反对官府，二不是要打家劫舍，只是先杀那些狗税官！再惩戒贪官污吏，找官府商量减税，抗议税务政策不合理。为了活命，明天来玄妙观集合！"并当场进行人事分工，约定了一些行动计划。

百姓皆纷纷许诺听从这位"喜神"指挥。他们听懂了纪律，为了不被饿死只是想跟随葛成"喜闹"一下。

经过精心筹备，一场以手工业工人为主体的起义斗争一触即发。

六月初六，一个较好的晴天。一大早在玄妙观陆续云集了上万人。

大家推选出葛贤等六人为首，通过祭酒"誓神"的仪式盟誓起义，只以棍棒为武器，不挟一刃，不掠一物，不扰市民，发誓只杀税棍，只烧税卡和税官贪得的不义之屋，最终赶走了税监孙隆。

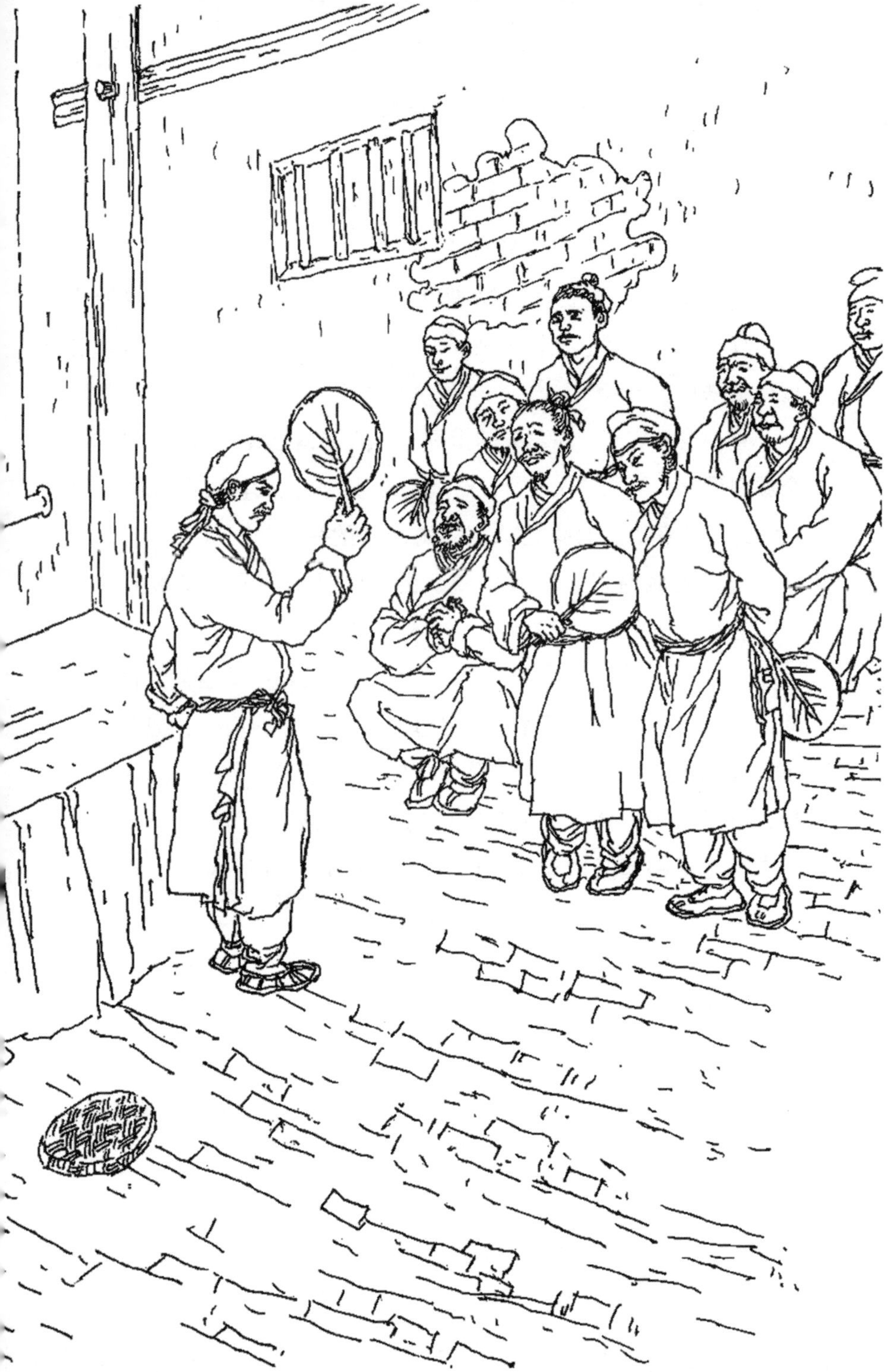

葛成等二十多位骨干，举手拈香，当众誓言，呼声响彻云天，

"我等受神的授意，起誓杀了阉妖孙隆！"

"为了过上好日子，捣毁税衙！"

"今日之事，为朝廷除民害也。若因此为利，则天下孰能说之。有听我约束者，从；否则，去！"他们一再严明组织纪律，注重行动秩序。

祭神盟誓完毕，在葛成的指挥下，队伍编分成六队，分别向六个城门进发，每队一人前行，摇蕉扇为号，众人后执绞棍随之。

这天中午，税官黄建节踞守葑门外的税卡里，收一卖瓜老者税，该人入城时已以数瓜纳税，出城时易米四升，又被收税一升，老翁感伤哭泣，反被鞭打。

正巧，当时葛成带领的一路纺织机工正好行动至此。葛成挥动手里的芭蕉扇，一声呼喊，路边的群众也一拥而上，把黄建节等包围起来。民怨沸天，群众情绪高涨，结果这个贪得无厌的恶棍，被众人你一拳我一脚打得头破血流，结果丧了性命。

另外几路起义的织工，也分别向盘门、阊门、平门、相门等处城门的税卡发起了攻击。有的税棍被打得跪地求饶，有个别企图反抗的，被扔进了护城河里。其中，有一名税官徐怡春也被怒不可止的众人殴毙。正如歌谣所唱：

千人奋挺起，
万人夹道看，
斩尔木、揭尔竿，
随我来，杀税官！

葛成率织工前去捉拿孙隆的两个心腹，到汤莘和徐成家中时，却发现这两条走狗得到风声，早已逃进了长洲县衙门。结果，葛成他们烧毁了孙隆等人用不义之财建造的房屋，将搜得的不义之财也一并焚之。

愤怒的织工们还要冲进长洲县衙捉人，却被葛成阻止。葛成理智地认为，冲击县衙官府将会把这场抗税起义定义成一场暴乱。

下午，葛贤看到大伙将事情已闹大，就和众人一起再到玄妙观商议，决定去找孙隆算总账。葛成率领织工们冲向了孙隆的驻地，准备活捉这个大太监。

起义队伍围堵了孙隆所在的北局税监司，孙隆早已吓得爬出后墙，躲进位于黄鹂桥的时任宰辅的申时行家中。入夜后，孙隆乘夜色搭船逃向杭州去了。

次日，起义者又寻查到潘行禄、周仰云等十多名税棍，痛殴他们并毁烧其所贪财物。又过一日，葛成的助手徐元、陆满、顾云和钱大等，又分别找到支持税官的乡绅丁元复和归某家中，痛斥其人。

在这次行动过程中，有人发现一个机工乘机窃得一户人家的古鼎，该人被缚后也被一些义愤者乱棍打伤，意外致死。

事发时，鉴于影响甚大，就有当政者闻而惊之，飞檄欲请刚升任四川按察司副使而束装待离的苏州知府朱燮元用兵镇压。

朱知府却认为国家的兵是用来御敌的，不能用来镇压百姓，这起事件是自己任官执政不良惹起的，若官府因此再镇压，是犯了双重的错误，何况众怒难犯，无异火上浇油！

自事发起，朱知府连日率僚属骑马在闹市安慰百姓，劝谕解散，答应减免税额，并指令长洲知县邓云霄，将为虎作伥的税官汤莘、徐成等戴枷示众，带到玄妙观接受公审，系之入狱，革除民弊，众皆悦服。

六月初九，鉴于城内税官税卡都已被肃清，朱知府也已答应取消增加的税赋，于是葛成决定结束起义，命人在苏州六大城门贴出榜文：

> 税官作恶，民不堪命。我等倡议，为民除害。今大害已除，望四民各安其业，勿得借口生乱。事情结果，待府衙判定。

一夜之间，整个姑苏城又归于平静。

就在葛成认为通过斗争目的已经达到而准备复工之际，朝廷从太仓调动了不受地方控制的军队，欲前来镇压"织佣之变"。

为保护起义者不受官府迫害，葛成经过深虑，决定自己一个人承担这起事件的所有罪名，便挺身到府衙投案自首道："倡议者我也，以我正法足矣。若要株连平民，株连则必生乱。"

朱知府道："本人作为朝廷命官，实在无德无能，以致地方上有这种贪税之事发生。你一个老百姓何罪之有？"葛成道："为民除害，是义；杀人抵罪，是法。无义则乱，无法亦乱。我理应当死，怎敢逃脱法的制裁？您若不追究，我便自我了断。"

朱知府心里清楚，在这起事件中，他们并没伤市民一人，没抢民财一文，没毁官府一物。按《大明律》其实这并不能称为造反作乱。

葛成前来自首，勇于担当责任，朱知府被其言行所感，非常佩服一个小老百姓有如此思想境界，甚至对外将葛成改名称为"葛贤"，同时也是投鼠忌器，怕再次激发民变，只好将葛成收监下狱，上报朝廷时以"聚众倡乱"的罪名，判处葛成死刑，但并不执行。

结果，朱知府上疏报至朝廷，当朝天子万历帝也为苏州人的血性行为所震撼，迫于边关敌人外侵和国内无财源的严峻形势，只好反省自己治国无方，唯恐杀了葛成导致更大的民变，只得同意了朱知府的判决，顺势抚定织工事变，了结此案：

> 苏州府织房机手，聚众誓神，杀人毁屋，大干法纪。本当尽法究治，但赤身空手，不怀一丝……原因公愤，情有可原。

之后，神宗惩罢了朝中的贪官太监，并撤销了全国许多地方的不法之税，四方百姓得以安宁。葛成领导的起义运动打击了贪官污吏，保护了商人、工人与农民的利益，也为后人做了榜样。

葛成入狱这一天，前来探望的市民络绎不绝，有的端着好酒好菜，有的拿着新的衣帽鞋袜，有的商贾慕其义，以万金相赠。葛成一一谢绝了所有的好意。

吴人敬葛成若神明！

当日在玄妙观门口的旌旗杆下，站立着一位花白头发的长者，他叫张献翼。他博览群书，才高八斗，文名尤盛，却只是个怀才不遇的清流之辈，其书、画、文皆卓成一家，也是当时姑苏文坛的昆曲剧作家。他身为文士，却有豪风侠气，曾深受时任首辅申时行和江南大名士文徵明的青睐。

但他因不满时政，愤懑中曾举斧击头自残，使头骨受伤，又曾举锥刺耳达寸许，实为狂士，令人不可思议，连其兄张凤翼也称其随心所欲，嬉笑怒骂，是急公好义的桀骜不驯之徒。

此刻，只见他身着彩绘着荷菊的衣裳，头戴滑稽艺人的常用俳巾，脸上挂着道具五色须，正激动地对围来的老百姓大声道：

苏城织工经受税监孙隆等人的剥削，已至民不聊生，财匮力尽，工厂歇息。今由葛贤等人，为保广大织工的生存，起义击杀贪税之官，现已慷慨入狱，此去凶多吉少。故而，张某带头在此，率众为葛贤举行生祭大典……

这一不寻常之举，使人好奇。只见他手持一把桃花折扇，言行举止被人视为轻狂疯癫，然而又使人觉其才华横溢，超凡脱俗，有侠义胆识。

生祭仪式，在张献翼的主持下，群情鼎沸。

在此过程中，还有人登高大呼，要倡义建立生祠，供奉葛成。

生祭结束，张凤翼特地请来申时行家戏班中少年李玉等一批人马，排演了王世贞所作的昆剧《鸣凤记》中的一折《写本》。且听：

【前腔】〔生〕夫人，（唱）你何须泣，也不用伤，论臣道须扶纲植常，骂贼舌不愧常山，杀贼鬼何怯睢阳，事君致身当死难。

〔旦〕难道连儿女也不顾了？

〔生〕你休将儿女情牵绊！夫人，想大丈夫在世，（唱）也须要烈烈轰轰吓哈做一场！

……

〔生〕恨权臣协谋树党，专朝政，颠覆朝纲。我写不出他滔天的深罪样，写不出他欺罔的暗衷肠。哎呀！这奸贼罪恶多端，教我从哪一款写起？

……

此剧表现的是与腐败宰相严嵩斗争之事。后来，张献翼把葛成的事编成了一个剧本，叫《蕉扇记》。

葛成的事迹，让人心情振奋。后来在江淮之间，许多地方也都建有规模大小不一的生堂，供奉葛成。

万历四十一年（1613），葛成获得了朝廷的赦免，结束了牢狱中漫长的十三年生活，出狱时他已是五十多岁。

出狱后，一些富有的机户要赠送葛成房屋、钱财，他都谢绝了。他敬仰颜佩韦等五人之高义，晚年自愿在墓后竹园边筑庐而居，与杨念如后人一起守墓。

平时的葛成，与往年做机工时一样，依然穿着破旧的麻衣，靠做雇工过着贫苦的生活。

后来他把五人墓边所种的竹子编织一些竹器拿去卖，维持生计。竹制灯笼卖得非常红火，还有他精制的纸扇，配上文人画的桃花，即成桃花扇，为后人演绎了许多经典故事。说起来这该得益于他曾被推为"喜神"。

有一诗人作《忆江南》词，颂其曰：

声名响，竹器在山塘。义薄云天何祭守，灯笼红火喜神忙。钦佩将军郎。

平日里，葛成仗义执言，守正恶邪，手中常挥一芭蕉扇，一如既往地爱打抱不平，街头巷尾若有矛盾纠纷，都愿请他调解，往往也能息人之争。百姓都感怀他的贤德，尊称他为"葛将军"，称其是除暴安良、彰善瘅恶的驱魔大神。

城东城西，有人遇见难事，都求他去化解。他乐善好施，经常接济贫民，活脱脱一个济公形象，演绎出了许多彰显美德的故事。

当时，住在山塘街上的徽商程尚甫，非常敬重葛成，看他单身一人，便赠了一名叫艾姬的姑娘给葛成做妻。说这是"打着灯笼"，花费重金，好不容易在外找到的孝顺姑娘。

葛成认为自己年龄已大，且在狱中受过伤，身体不适，不能接受。因谢绝不了，葛成便不与她同居，百般劝说姑娘，将其收为义女。

艾姬姑娘也不明白其中缘故，便问隔壁庙里的一个道姑。道姑对她说："葛贤，不是人，是神！"

半月后，葛成打听到她家住址便将之遣还，并送了嫁妆。

后来，艾姬出嫁，葛成特地陪送了自己精制的两只灯笼，说艾姑娘是被徽商程老板"打着灯笼"找到的，成婚后必有重喜。葛成早年曾拜师学过《易经》，说起来也会算卦。

过了一年，艾姬果然生了一对龙凤胎。艾姬每逢过年总会带一双儿女前来拜望他这个"喜爹""喜爷爷"。

喜神之誉，在葛成率众起事时就传开了。后来姑苏城乡许多人家办婚事，都去山塘街买灯笼，新婚之人总会来求拜葛成，欲沾沾喜气，且要求在灯笼上将剪纸中两个"喜"联在一起成"囍"字。而许多文人仕女，有意寄情，也都来定制一把扇骨，回去配画一幅桃花图。

朱国桢那诗中"东海长虹挂秋月"，"长虹挂秋月"即挂灯笼，后来就成为江南民间举办喜事的标志之一。

喜神，就是算卦中的吉神，在百姓心目中，很多人总是希望趋吉避凶，祈求喜乐。所以，在江南民间就这样借故造出了一个喜神来。

在我国的丝织业中，明代苏州已有工匠依靠出卖劳动力，而领取货币工资来维持生活的雇佣现象，形成"机户出资，机工出力"的关系。这是农耕文明的蜕变，是资本主义生产关系萌芽的重要标志。葛成有组织地领导的中国苏州纺织工人运动，比欧洲三大工人运动（法国里昂工人起义、英国宪章运动和德国西里西亚纺织工人起义）早了二百多年。

1630年农历十月二十日，葛成去世，他因早年在狱中受了寒湿，病发而终。

在虎丘山下的五人之墓旁，有一隙地属曹姓所有，当时曹氏的两个外甥朱君隗和王君宋，因钦佩葛成有过大义之举，出面要其舅父割让出来，使得这位名垂青史的市民领袖得以葬身于此。

碑刻"有吴葛贤之墓"，为状元、内阁大学士文震孟所题。"三吴名士争相与其结为师友"的被誉为山间宰相的陈继儒，特为葛成撰写碑文。正如诗言：

起义惩贪事竟成,

织佣之变世人惊。

白公堤上罡风在,

民喜芳魂枕扇醒。

葛成曾扮喜神起事,惩治了人间贪官,惊动了世人。

苏州民间称葛成是喜神,是驱魔护法的将军。

青山埋义骨,绿水伴英魂。葛成去世后,许多百姓家中办喜事之前,还不忘前来拜喜神之坟,祈求他保佑家中平安,喜事连连。

在山塘街义风园这块土地上,葛成的神像替代了罪恶的魏忠贤神像。

当时形成一股风,有许多苏州画匠拜见过生前的葛成,画匠们争先恐后地画其神像。百姓欲沾喜气,纷纷求得画像回家,将其挂在厅堂,祈求家中有喜,有的人家将其贴在大门上,当门神辟邪。

这样一来,苏州一些画匠生意兴隆,以至金门内与阊门外许多经营纸张商店的纸张断货,一度出现了"金阊纸贵"的现象。

后　记

　　明代，发生在江南的两次苏州市民运动，以及发生在浙江、安徽、江西和福建等地的一些群众运动，无不反映了江南人民善辨正义与邪恶，敢于同腐败和恶势力抗争的精神。特别是以江南士大夫为首的一些仁人志士，政治观点比较进步，为了能够代表人民的利益，激贪厉俗，不让邪恶盛行，许多人绝不选择依附和沉默，而是不遗余力，敢于针砭时弊，多次上疏弹劾腐败分子，皓首穷经，不惜生命，积极主张改良政治，注重民生，有的为此被捕下狱献出生命。

　　江南名胜虎丘山下，这巍巍的墓地，见证了江南人勇于为正义牺牲自己的壮行，告诉了人们：这股生生不息的力量之源，就在"天下兴亡，匹夫有责"的担当之中。正如《论语·卫灵公》所云："志士仁人，无求生以害仁，有杀身以成仁。"

　　正是：碧血丹心照青史，义风千古人钦仰。

　　明末清初苏州本土戏剧家李玉是第一个将人民群众搬上历史舞台的剧作家。他为五位市民保护周顺昌，同阉党作斗争而就义的事，创作了名剧《清忠谱》。可谓：神州戏坛标赤帜，词场正史口碑香。为演绎葛成领导纺织工人起义之壮举，苏州本土另一剧作家张献翼，又用极短的时间创作了昆剧《蕉扇记》，李玉也做昆剧《万民安》，表达了对葛成的崇敬。

在山塘街的野芳浜或五人之墓旁，以及虎丘千人石上，经常上演富有江南韵味的昆剧。那慷慨激昂，悲壮凄怆，又深情缱绻、缠绵哀婉的水磨腔调，经久不息，昭示着江南人的忠义气节。

江南，山温水软，人杰地灵。这方水土养育的百姓，不光有崇文笃学、柔韧温雅的一面，在大是大非面前，并不都是保守持中，也会表现出激俗不羁、坚贞不屈、刚烈忠义的一面。就似江南运河之水，默默地承载着历史赋予它的凝重；就似古城小巷，静静地埋藏着吴戈和鱼肠剑的刚烈；就似吴山湖景，幽幽地蕴含着孙武子的谋略和范仲淹的天下之忧；就似江南风雨，悠悠地飘荡着文人雅士和百姓深晓大义的家国情怀。